空海の風景

〔上巻〕

司馬遼太郎

中央公論新社

空海の風景　上巻

一

僧空海がうまれた讃岐のくにというのは、茅渟《ちぬ》の海をへだてて畿内に接している。野がひろく、山がとびきりひくい。野のあちこちに物でも撒いたように円錐形の丘が散在しており、野がひろいせいか、海明かりのする空がひどく開豁《かいかつ》に見え、瀬戸内に湧く雲がさまざまに変化して、人の夢想を育てるにはかっこうの自然といえるかもしれない。

「わが父は佐伯氏にして、讃岐国多度郡の人なり。むかし敵毛を征し、班土を被れり」

と、空海自身の遺談をもとにした『御遺告《ごゆいごう》』の第一条に書いてある。東国の毛人の征討に出かけてゆき、その武功によって讃岐に土地をもらった家系である、という。こんにちともなれば疑わしくもあるが、そういう華やかな家系伝説が、空海の生きていた時代には讃岐佐伯氏の家の伝承としてひとびとに語られていたことはたしかである。

しかし空海にとって気の毒なことだが、佐伯氏には二種類ある。

中央にいる佐伯氏は、当時の日本の国家伝承である記紀の世界に登場するところの武門大伴氏の一派に相違なく、東国の毛人を征したかもしれないが、讃岐の佐伯氏にはそういう典拠がなく、強いて典拠によるとすれば、「征し」どころか、毛人そのものであるということにもなりかねない。

以下、しばらく日本書紀の記述にたよる。

毛人、蝦夷とは単純にアイヌと考えてもよく、あるいはばく然と農耕民に対し、縄文的採集生活をして定着することを欲しない種族と考えてもよい。

「冬は穴に宿《ね》、夏は樔《す》に住む。……山に登ること飛ぶ禽《とり》の如く、草を行《はし》ること走《に》ぐる獣《しし》の如し。……箭《や》を頭髻《たきふさ》に蔵《かく》し、刀《たち》を衣の中に佩《は》く。或いは党類《ともがら》をあつめて辺界《ほとり》を犯す。或いは農桑《なりはひのとき》を伺ひて人民を略《かす》む」

と、そのあらあらしげな印象が景行紀にある。その骨格は、弥生式の水稲農耕を神聖で唯一の生産手段と信じているこの列島の西方のひとびととはちがい、貌《かお》も扁平でなく、中高で、頭はずっしりとうしろが発達し、丈はひくく言語もちがっていたであろうという想像はゆるされる。

景行紀では、英雄的な王子が征討軍をひきいて東を征し、やがてかれらを多数捕虜にして畿内にもどった。このことは唐突なようだが、空海という天才の成立と無縁ではない。

かれら俘囚たちは、ひとまずは伊勢神宮におかれたが、そのさまは、蝦夷《えみし》ども、昼夜喧《な》り嘩《とよ》みて出入礼なし、というさわがしさであった。このため、他に移された。

――御諸山《みもろやま》のほとりにさぶらはしむ。

御諸山とは大和の三輪山のことである。この山は大和においてもっとも奇《く》しき神南備山とされるが、これをミモロと呼ぶのは多少のふしぎさがともなう。モロ（山）とは韓語である。水稲農耕は韓土とのつながりのふかい北九州の野で発生し、瀬戸内海をにぎわしつつ畿内でいよいよ盛大になり、この列島の人文を一変させた。蝦夷たちはそういう地を掻く生産手段をもたない。さらには、そういう農耕民族の言葉も解さず、風俗も異にしていたが、それらが多数とらえられて御諸山のほとりにさぶらわしめられたのは、異風の光景という以上に、いたましさをおぼえる。

ところがそこでもかれらは「隣里《さと》に叫び呼《よば》ひて人民をおびやか」したために、ついに畿内の国々に分住せしめられた。ほかに分けて住まわせられたという国は播磨、讃岐、伊予、安芸、阿波の五ヵ国で、それらのひとびとが、

「佐伯部《さへぎべ》の祖なり」

と、景行紀ではいう。要するに、かれらの一部が、空海のうまれた讃岐のくにに分住せしめられた。

人が、異語をつかう場合、騒《さえ》ぐようにきこえる。佐伯とはさへぎのことだという解き方に自

然な感じをおぼえる。

それら五ヵ国に住まわせられた言騒《ことさえ》ぐさへぎべは、それぞれ俘囚の長《おさ》の管理のもとにおかれた。まぎらわしいことだが、その俘囚の長もまた、佐伯氏と称した。中央の佐伯氏とは系列がちがうのである。中央のそれは古代王朝で武を担当した大伴氏の一派で、諸国の佐伯人の中央における管理をするためにその氏族名をもち、身分は連《むらじ》で、やがて宿禰《すくね》の姓《かばね》をもらうという名族である。空海の讃岐佐伯氏とはまるでちがっているのだが、しかし空海の生存した時代にはもはや混同されていたらしい。空海の死の直後、この讃岐佐伯氏は朝廷に運動し、

「私どもは大伴の一族で中央の佐伯氏と同族でありますのに、直《あたえ》の身分でしかありません。ぜひ宿禰の姓をいただきとうございます」

と懇願して、意外なほどのかんたんさで許されている。死後の空海の名声にもよるかもしれないが、たとえ空海が出なくても、空海の時代のこの讃岐佐伯氏はむらがって学才のある者を出し、そこは卑姓階級だけにとびぬけた立身はしなかったにせよ、中央の官界でそこそこに活躍した者が、異様なほどに多かった。そういうひとびとの力が、讃岐佐伯氏の身分昇格のために直接の力になったことはたしかである。

筆者は、空海において、ごくばく然と天才の成立ということを考えている。しかし空海の時代は今ともなれば遠すぎ、霞のかなたにあるようである。すこしでもそれに近づくために、とりあえずかれの環境の中になにか他とは異る条件がなかったかということを、佐伯氏というか

ぼそい糸口ながらたぐりつづけてみる。あるいはたぐりよせれば、空海の年少のころの顔や手足のうごきが肉眼でみえるだろうか。

われわれは、空海がうまれて育った屋敷のあとにゆくことができる。

私は年少のころ、そのあたりの海浜で一夏すごしたために、あの太陽があかるくて雲のかがやきのつよい、そのくせ大和盆地に似てやや古寂びた風景の記憶が、幾枚か鮮明にのこっている。そのころ讃岐の大人たちはよくお大師さんのことを話した。その多くは超人である魔術者としての伝説で、おそらく空海の生存時代よりずっとのちに高野聖《こうやのひじり》や行人《ぎょうにん》たちが創作してひろめたものにちがいない。

空海の伝説といえば、最近、私の知人でどういう場合でも理性をうしないそうにない人文科学者が、話題が空海のことになると、自分は、つまり自分のような讃岐そだちの者にはとても空海を人として論ずることはできない、人以上の存在だと思ったときにはじめて気持が安らいで多少とも空海について語ることができる、と言った。

それを聴いて私は息をわすれるような驚きをおぼえた。その人のその場合の印象は、私が年少のころ讃岐の海岸で接した漁師や農夫たちとすこしもかわらなかった。空海とはなおそのような存在でありつづけているのかとおもうと、この人物を肉眼で見たいという自分の願望が、わずかながらもそらおそろしくおもえたりする。しかしこの世にナマ身で存在した人間が、その死後千数百年を経てもなお半神としてあがめつづけられるというつらさ、もしくは空海の場合、それが自然以上の自然さをもつというのは、どういう機微によるものであろう。

空海の故地へは、たとえば高松を出て予讃線ぞいの国道を西へゆけばよい。この国道が、空海のうまれた奈良朝末期の官道であったろうということは、沿道に讃岐国の国分尼寺や国分寺跡がそれぞれ低い丘陵を背にし、南面して遺っていることでもわかる。途中、国府のあともある。国分寺の瓦を焼いた窯あとが丘陵の松林にかこまれた民家のもみほし庭のそばにのこっていて、岩肌を鑿りぬいて煙出しまであけられているというその構造はいまでも使えそうである。それら上代国家の地方施設の跡はすべて高松西郊の国分寺・府中盆地に集中している。空海の故地はさらに西へゆかねばならない。府中から国道を離れ、左へ折れてせまい県道をとると、道は古街道めかしくなり、丘陵のあいだを心もとなげに通っている。あちこちに饅頭を置いたような丘陵と丘陵のあいだの窪みにはたいてい青い水が潜んでいて、そのつどの空の色をたたえている。

池の多いことは讃岐へ来るたれものおどろきのひとつであるにちがいない。古代国家は国家や社会の基礎が水稲で成立していた。農耕が昇華して宗教になったり、ときには強烈な正義になったりした。正義といえば非農耕民を農耕化させて田畑に定着させることと、池をうがつことが政治の正義であり、最大の事業でもあった。大和にも和泉にも池が多い。しかしそれにもまして讃岐には池が多い。すでに空海のうまれたころにはこんにちの池のほとんどが存在した。

空海のころ、讃岐国は畿内の先進地帯におとらぬほどの人口を養っていたといわれるのは、この池の数を見てもわかることである。これだけの池をたれが掘ったのか、というせんさくはよけいなことだが、しかし伝承の解答は鮮烈である。多くは空海が掘ったという。伝承の空海は実在の空海にひどく得をさせているようである。

この旧官道を西へゆく途中、この夷《たい》らな土地にはめずらしく峠があって、峠という呼称がこっけいな感じがする。峠の斜面には孟宗竹がうえられ、筍の畑になっているのが、こんにち風であった。そのあたりにも傾斜を堰《せ》きとめて古池があり、塘《つつみ》の草だけが年々の色をしていた。人影のない塘に脚のみじかい犬が二ひきのぼっていて、一ぴきが塘の草に背中をこすりつけて、ずり落ちてはまた登っていた。犬のこういう動作ばかりは空海のころとかわらず、空海がこの道をあるいていてこの犬を見たと思っても、べつに不自然ではない。それにしてもこの犬が倦きもせずに一つ動作をくりかえしているしつこさはどうであろう。犬の習性にうとい私は、あれは皮膚がかゆいせいか、それとも犬にも文化意識があってあれはあれなりの遊戯なのか、よくわからない。すでに塘のすすきの穂が白くはじけてしまっている季節なのに、犬の背中がすべり落ちてゆくその跡だけが新鮮な野菜のようにあおあおしていて、奇妙な感じがした。人間も犬もいま吹いている風も自然の一表現という点では寸分かわらないということをひとびとが知ったのは大乗仏教によってであったが、空海はさらにぬけ出し、密教という非釈迦的な世界を確立した。密教は釈迦の思想を包摂しはしているが、しかし他の仏教のように釈迦を教祖とすることはしなかった。大日という宇宙の原理に人間のかたちをあたえてそれを教祖としているのである。そしてその原理に参加——法によって——しさえすれば風になることも犬になることも、まして生きたまま原理そのものに——愛欲の情念ぐるみに——なることもできるという可能性を断定し、空海はこのおどろくべき体系によってかれの同時代人を驚倒させた。峠のくだり道は空海の故地にちかづいている。もし犬を見ている私が犬に愛欲を感じても犬はよろこんで私の抽象化された愛欲のために子宮に化《な》ってくれるかもしれないという密教に似た妄想あるいは密教そのものの想像をつい覚えるのも、この峠がそうさせる気分かもしれなかった。

池の情景に触れた。ついでに別の池を連想して、そのはなしをつづける。

空海が、讃岐の真野の地で荒れていた古池を築きなおして満濃池《まんのう》という、ほとんど湖ともいうべき当時の日本で最大の池をつくる工事の監督をしたことは、諸記録でうたがいを容れにくい。

その満濃池が、いまも野をうるおしている。われわれはこの旧官道をそのまま西へゆく。そして空海の生地を目の前に見つつ、左へ折れると、やがて山地になる。讃岐には千メートルを越す山はすくないが、この山地はこの国にすればわりあい高く、六百、七百、八百メートルという峰がなだらかに並んでいて、そのふもとの二百メートルぐらいの高さに満濃池が水をたたえている。池は三方を山でかこまれて浸蝕谷をなしているが、北だけはかつては野の方向にむかって開口していたのを空海が堰堤《えんてい》を築いて水をせきとめ、池にした。

その堰堤の上に立つと、「池とはいはじ海原の八十嶋《やそしま》かけて見る心地せり」という古歌も大げさでなく、まわりに人家がないせいか、池の面にさざ波がたつのさえ気味わるいほどにしずかである。いまの堰堤は昭和二十八年に改修された。堰堤はいまのそれもそうだが、空海が築いたときも池にむかって弧をなすかたちにつくられ、それによってぼう大な水圧に堪えるようにできていた。

この池は、ごくざっとしたかたちとしては空海以前からあったであろう。その証拠に、弘仁九年（八一八）にこの池が決潰し、北方一面の田畑や人家が流失したという事実で想像がつく。国司はこれを改修しようとして三ヵ年間工事をしつづけたが、雨季になるとそのつど崩れた。住民はたまりかねて、京にいる空海をまねいて築池使に任命してくれと国司に請願した。国司はそれを京に歎願した。そのときの「……空海ヲ万農池ヲ築ク別当ニ宛テンコトヲ請フノ状」によると、筆者である地方長官はその文章の中で空海を礼讃し、

「百姓《ひやくせい》恋ヒ慕フコト実ニ父母ノ如シ」

とある。空海は入唐《にっとう》までは無名の僧であった。ながく私度僧《しどそう》のまま居て、官に登録されていなかったせいもあり、おそらく官寺の僧侶のあいだでさえほとんどその名が知られていなかったのではないか。しかし入唐し、帰朝してのちは空海をとりまく事情は一変した。すでに長安に渡来していたインドのもっともあたらしい宗教である密教が、かれによって根こそぎ日本に

もたらされた。その渡来の異様な思想をかれ自身が独自なものとして体系化し、さらにはそれ以外の異能をあらわしたりして、この築池にまねかれるころにはその盛名をきかぬ者はないほどにまでなっていたのである。

ここであらためて目をみはる必要があるのは、満濃池が、かれの故郷の池であることである。かれは京にはいたが当然その決潰による水害も知っていたろうし、そのあとの改修工事で国司以下が四苦八苦していることも知っていた。当時、かれの京における身辺には同族出身の者が、官人や僧になっていて接触が濃厚だったから、かれらを通しても、池の様子は知ることができた。さらには実家には佐伯氏のあとを継いでいる長兄の鈴伎麿《すずきまろ》もいたから、決潰の様子などはくわしくしらせてきたであろう。長兄はじかに京へのぼってきたかもしれない。

「ああ、あの築堤なら私にできるだろう」

と、空海はかれらの前でつぶやいて、かれらをこ躍りさせたかもしれない。

――だから、ぶらりと行ってやろう。

とは、空海はいわなかった。空海のずるいところであり、もし空海が大山師とすれば、日本史上類のない大山師にちがいないという側面が、このあたりにも仄《ほの》見えるようでもある。

すこし、満濃池の地形の印象をのべておく。

池畔を一周すると、浸蝕谷だけに形状が複雑で、地図でみれば掌のような形状の岬がいくつも池心にむかってつき出ており、ぜんたいのまわりが二十キロもある。まわりの三十六の谷々から水が落ちて池の水は涸れることがないところからみて、上古以来、自然の貯水がおこなわれていたのであろう。ただ雨がふると水が汪々《おうおう》とふくれあがってどっと下の野に落ちるために、この池の下の野をひらいてきた水稲農民たちはこの水をありがたがりつつも、雨季になれば逆に自分たちの生活を根こそぎに流してしまう凶暴な力としてたえずおびえておらねばならなかった。そのくせ一面、この池は季節になると池畔のいたるところにおそろしいほどの量の蛍をわかせ、夜の池を夢幻のようにいろどるのである。この池が、密教でいう能動の世界である金剛界と変容の世界である胎蔵界のふたつをあわせもつという、空海が感得した自然の秘奥を知るための妙材料であるようである。空海は幼少のころこの山中の池まで何度も遊びにきたはずであり、池畔の一木一草までなじみのふかいものであったにちがいない。

堰堤は、さきにふれたようにアーチ型である。空海が、堰堤が水圧に堪えるためにはこのかたちでなければならぬと考えついたといわれている。その堰堤の上に立って池をみず、池の水を背にして北方の野をみると、樹間をとおし、足もとのはるか下に野がひろがっている。

さきに、目をみはる必要があるとのべた。ということは、この野はことごとく空海の実家の佐伯氏の勢力下の野であるということなのである。この巨大な池の水は、アーチ型の築堤の下をくぐって奔《はし》り流れ、なんと三千六百町歩の広大な田園をうるおすというが、この池の水はすべて佐伯氏の勢力下の多度郡の野をうるおし、それ以外の土地には地勢上行かない。満濃池の築堤は、池を掘ることが日本国の栄えのためという大げさな名目がありこそすれ、実際にこの池でうるおうのは佐伯氏の勢力の野で、佐伯氏はこれによって律令体制という土地公有制度のもとにあっての土地私有の抜けみちのひとつである墾田をいくつかひらくことができるのである。といって空海は佐伯氏の私利のためというのが動機でこれを築いたのではないであろう。空海の思想には「貧しいものには物をあたえよ、富める者には法をあたえよ」という、それまでの釈迦仏教——煩悩から解脱することだけを目的とした——にはない思想があったが、この築堤の場合のように、物質的世界のことでこまっている者にはとりあえず法よりも利をあたえるという思想上の使命もあった。それがたまたま佐伯氏とその影響下の農民であったにすぎない。しかし気持を冷たくしてこれを考えると、動機はどうであれ、空海は讃岐における佐伯氏影響下の小天地に大利をあたえて満天下の感謝するところになったのである。

空海の食えぬところは、そういうところにもある。また他のところにもある。この築堤に乗りだすにあたって、かれは一笠一杖で出かけることなく、中央や地方の官人を奔走させることによって勅命のかたちをとらせたことである。かつまた僧でありながら、池を掘るについて国家的資格をもつ俗世の長官（別当）として出かけてゆくところにもあった。ついでながら後半期の空海ほど、日本国という、大唐帝国からみればちっぽけなこの国を、長安帰りのかれはそれがいかに小さい国であるかを肉体的実感で十分認識しつつ、知った上で国家そのものを追い使った男もまれであるかもしれない。すでに普遍的世界を知ってしまった空海には、それが日本であれ唐であれ、国家というものは指の腹にのせるほどにちっぽけな存在になってしまっていた。かれにとって国家は使用すべきものであり、追い使うべきものであった。日本史の規模からみてこのような男は空海以外にいないのではないか。

池を掘りにゆくにあたって、おそらくこれは空海自身が、自分をそのように待遇してもらいたいと官吏たちに示唆したにちがいないが、かれが京を発つにあたっておもおもしくも太政官符が発せられているのである。朝廷は以下のようにひとびとに命じている。まず現地で工事監督をしている真人浜継がみずから上京して空海を迎え、沿道供をせよ、また通過する道筋の国々の国司や大夫は、空海一行のために駅馬やら宿泊、食事などの世話をせよ、といったようにたいそうなものであった。しかし空海の味なところは、かれ自身はわずかに僧になりたての若い沙弥一人、召使いの童子四人をつれて行ったにすぎない。国家的装飾につつまれながらもその中央にいる自分自身はいかにも俗を脱し、行雲流水の飄々としたこしらえでゆくという劇的構成を考えるのが、空海という人物のおもしろさであった。京から讃岐までの旅程は、まず大和へくだったであろうか。大和の国司は大さわぎしたにちがいない。次いで河内国を通り、和泉国に入り、淡路国へ渡り、さらに海をこえて阿波国に上陸し、しかるのちにそのとなりの讃岐国に入った、とおもわれる。

佐伯氏の影響下にある讃岐国多度郡のひとびとは、佐伯氏という讃岐の古代的豪族の家系であるいまの当主に対して、おそらく、

「君《きみ》」

とよんでいたにちがいなく、その家の息子である空海には御子《みこ》とよぶ者もいたかもしれない。佐伯家の御子が、天子もうやまうほどの聖者になった。土地のひとびとにとっては、空海のもつ魔法——中世末のキリシタンの用語をことさら借りれば——の偉大さもさることながら、それほどの異人をこの郷党が出したということで、手を舞わせ足摺りするほどに空海に焦がれていたにちがいない。「恋ヒ慕フコト実ニ父母ノ如シ」というのは実況だったであろう。工事の責任を負っている国司にすればこれほどありがたい存在はなかった。国司が公共用の土木をおこすときには律令《りつりよう》でさだめられた労働力しか手に入れることができなかったが、空海がゆけば労役をわりあてられている連中以外の者も、利生《りしよう》にあずかりたいがために農具をすててあつまってくるにちがいない。この時代の日本中の人口は五百万人前後だったといわれており、そこから概算すれば讃岐ほどの上国ならば十万人以上はいたであろうか。そのうち五万人があつまっても巨大な労働力になる。かれはひとびとをあつめた。そして池へ突き出た大磐石の上にのぼった。そこに密教の行法である護摩をたくための壇を設け、炎をあげ、かれみずからが大日の深奥へ入りこみつつ土工地鎮の秘法を修した。そのとき、そういう空海をあおいでいたひ

とびとは天地があらためて今日よりうまれかわるような新鮮な感動をおぼえたであろう。空海のいる大磐石のまわりには讃岐じゅうからやってきたひとびとがびっしり詰めかけていたはずであった。空海は修法がおわると、その場で立ちあがり、

「自分は勅命できた」

と、まず言い、国家的権威を用いた。次いで、自分はすでに修法によって仏天を動かした、と国家以上の力を語り、「仏天は動き、この池をつくるために力を貸すべくここに集まってきている、ひとびとよ、力をつくせ」といったとき、百姓たちは地に体を投げつけて空海への畏敬とその言葉を聴いた感動をあらわそうとした。この感動は、工事にあらわれた。これほどの難工事がこのあと一ヵ月ほどのあいだで完成しているのである。


空海がこの世を去って千百数十年になる。

私は、空海の生地にむかっている。


満濃池の堰堤を基点にしていえば、すでにのべたように北方の海の方角に体をむけると、その足もとは野である。西方は丘陵群がずっと海の方向にむかってのびて、その峰々のうちの主峰をなすのが六百十六メートルの大麻山《おおあさやま》である。この大麻山とそれにつらなる峰のふもとこそ空海の佐伯氏が上代から蟠踞してきた土地であり、満濃池の堰堤の上から、樹々の梢ごしに、

その南北に細ながい田園をみることができる。古墳群もある。その大麻山の山麓には無数といってもいいほどにかたまっている。前期古墳とよばれるもので、その多くは空海の家の墓なのである。おなじ讃岐でも観音寺市のある三豊郡には後期古墳しかないのに対し、佐伯氏のこの根拠地には前期古墳が多いことをみると、このあたりでのとびきりの先進地帯であったにちがいなく、ともかくも佐伯氏の勢力は相当古いものであったかとおもわれる。

ついでながら、空海のころの讃岐には、そこここで土地を開拓して当時なお古代的勢威をのこしていた豪族やらそれに属するグループやらが四つばかりあった。いまの高松市付近はハタ氏であり、国司の庁があった綾歌郡のあたりはアヤ氏で、ハタと言い、アヤと言い、これらの氏族名称はおそらく他の地方の例からみて渡来人に相違ない。

「われらはハタの族人《うから》じゃ」

と、律令体制になって土地が公有になった空海のころも、このように農民たちは、他の地域の農民に対し、自分の所属をいっていたであろう。渡来人といえば屋島あたりから朝鮮との相似をおもわせる出土品が出るが、それらはハタ氏にかかわるものであろうか。なおハタ氏もアヤ氏も、日本書紀の知識が普及してからそのようにしたのか、先祖を日本書紀の中にもとめ、なまなましい渡来人という印象をみずから消している観がある。ほかに、讃岐の東のはしの大川郡あたりにもっとも古くからサヌキ氏が野をひらいて田を作っていた。

そういうなかにあって、佐伯氏は、いまの琴平、善通寺、丸亀のあたりをひらいて、古墳をつくりうるほどの豪族になっていたのである。満濃池の大磐石上の空海の護摩壇にあつまってきた百姓の多くは、

「われらはサヘギのうからじゃ」

と、他地方人に対してそのように称するひとびとであったに相違ない。

佐伯氏はかつて讃岐の国造《くにのみやつこ》だった家である。

この日本列島を統一する国家ができていないころ、津々浦々に数多くの部族国家があり、それぞれが小地方をおさめていた。佐伯氏もそのひとつである。大和朝廷がしだいに力を伸ばしてくるにつれてそれらはその系列に入り、既得権をみとめられつつ国造という地方長官の呼称をもらった。巨大な国造たとえば筑紫の国造や出雲の国造、または関東の上毛の国造などはなお独立の力がつよく、その地方では王としてあがめられていたが、畿内やそれにちかい讃岐のような国の国造は早くから力を弱めてしまい、大和政権の統制下に随順した。佐伯氏もそうである。やがて律令体制という中国的な国家体制が導入されるにおよんで国造という半独立的な地方長官の制は廃止され、中央から任命される国司をもって国々がおさめられた。しかしそれでもなお国造の伝統的勢力はいちがいに否定されることが困難だったらしく、国々の郡司という職は旧国造家の者をもって優先的にあてられることになっていた。が、ここでは余計なこと

かもしれないが、讃岐国は拓かれた時代が古かったため国造の家は佐伯氏だけでなく何家もあり、むしろ佐伯氏はそのうちの小勢力であったかもしれない。それらがたがいに興亡交代してどのような系譜になっているのか、いまとなればつかみにくい。ただここでは佐伯氏が、いつのほどか多度郡をひらいた豪族で、国造でありうる直《あたえ》の姓《かばね》を世襲してきた家であったことを知るだけでよい。

佐伯氏の田園がひらかれたのはいつごろかはわからないが、ただいえることは、前期古墳時代におけるその盛大な古墳の造営ぶりからみてそのころには相当の力があったろうということである。佐伯氏の力の源泉は水であった。水利のいいところに豪族が成立した。ところが讃岐国はいまもむかしも降雨量のすくない土地であり、川は細流しかなく、そのため田を作るには池による貯水と灌漑によらねばならなかった。航空写真で数えられたところでは、この国に五万の池があるという。佐伯氏が蟠踞していたこの大麻山東麓の平野は、古代ではぜんたいに真野とよばれ、マンノと発音されていたであろう。もっとも真野はいまでは満濃池の下の小さな野をさすにすぎない。このひろびろとした真野には、さほどの水利がなく、これだけの野をうるおして人口を養うには、空海改修以前、それよりもずっとふるくから、野の南方の台上にある満濃池の浸蝕谷に自然に溜まっている水を利用する以外になかったにちがいなく、逆にいえばこの野にはじめて弥生式の農耕技術を持ちこんできたひとびとは、「あの台上の谷に水が溜まっているから」ということで拓く気になったのであろう。ただ、自然の池はしばしば溢水した。古墳時代からの佐伯氏の仕事はこの満濃池の堤を、崩されてはくりかえしこりもせずに築いてゆくという労力動員のしごとだったかとおもわれる。古代にあっては佐伯氏はこの堤を築くことによって真野に住む私民をやしない、氏族のゆたかさをたもつことができたかのようである。

佐伯氏は、土着の氏族であろうか。

すでに触れたように、サヘギは東国の異種族をさす。日本書紀の記述というのはときに攬《と》り、ときに攬らないという態度がよさそうだが、ただ表現はいかにもおもしろい。かれら東の夷《えびす》については「識性暴強」と漢文で書き、識性《たましひ》暴《あら》び強《こは》し、と訓じさせている。掠奪をむねとし大変乱暴であるというのは、「おのおの封堺《さかひ》をむさぼりてならびに相《あひ》盗略《かす》む」。その民俗生活のすがたは「男《をのこ》女《めのこ》交《まじ》り居りて、父子《かぞこ》別《わきだめ》無し」というのは、中国の史籍にあかるい編者の筆がちょっとすべったのであろう。古代中国人が辺境の蕃族の生態をいうときは概してこのようである。蕃族というのは中国の礼教を知らないために中国人の目からみれば父子の別もなく、男女もおなじ席で起居する。周のころの秦は、漢民族の天下には属せず、西方の遊牧民族であったらしく、戎とみられていた。それが前四世紀、戦国時代になり、秦王が商鞅という衛からきた法治主義者を宰にしてから厳密な中央集権国家を確立し、ついには大陸を統一した。しかしその秦のはじめは戎翟《やばんじん》で「父子別なく、室を同じうして居る」と史記の商君伝にもある。書紀は野蛮人の概念を中国から借りたにちがいない。が、中国の遊牧民族の民俗を借りて描写してもいいほど、日本列島における毛人、蝦夷といわれる集団は、犂鍬《すきくわ》をもつ種族と俗を異にしていた。

かれらはこの列島の先住者であったであろう。東国にあってはいかにも走獣のように山河を駈けまわっているかのような印象があり、事実、狩猟がおもな手段である以上、やむをえなかった。農耕は、西からすすんだ。かれらは東へ追いやられてゆくが、農民が、谷間を見つけてはそこを水田にするのを山上からながめ、ときに農作物を掠奪した。たとえ掠奪しなくても、土を掻きまわすだけが能の定着者にとっては山野をとびまわっている狩猟者は書紀のいう強《こわ》しであり、たえざる恐怖であった。水田農耕をこの島々にもちこんできた大和政権は、国家成立の基礎原理を、儒教やキリスト教のような抽象的なものに置かず、きわめて現実的なもの――稲作農耕――に置いていたために、非農耕者を農耕に従わせ、野や谷に定着させることが国家の神聖事業であり、国家の征服事業というのも非農を農にするというだけが目的で、そのことが、滑稽なことに王化《みおもぶけ》ということになるのである。征服事業も、宗教上の抗争や領土の争奪ではなかったために、戦争の一性格である残虐ということはさほどなく、その戦法ももっぱら大部隊をもっておどし、蝦夷が降伏しさえすればそれを定着させ農民にしてしまい、それでもって王化の実があがったこととされる。

景行紀に書かれている伝承も、そういうものであった。サヘギが、五ヵ国に分住せしめられた。讃岐にもきた。讃岐の諸地方のなかで、満濃池が水をながしている大麻山東方のこの真野の地がえらばれ、そこにかれらが置かれたのは、当時としてはこのあたりはまだ開墾の余地がふんだんにあるところだったからにちがいない。ついでながら、讃岐は古代、サヌキ氏の根拠地の東讃からひらけ、東讃をもってばく然と讃岐と称せられていたような印象もある。西讃ともいうべき大麻山のあたりは、水のよく涸れる土器川の水をほそぼそとつかっての原始的耕作が存在したものの、大規模な弥生式農耕の展開は東讃よりやや遅れたかのようにもおもえる。大規模なそれは、満濃の浸蝕谷に、たとえ数年に一度切れるにせよ粗放な堤でもきずいて水を常時貯めるようになってからであった。ということはその築堤（というほどの大げさな工事でなかったにせよ）の労働力が大量に得られるようになってからであるということはいえる。つまりはサヘギのひとびとが来てからか、とおもったりするが、これはあくまでも想像である。しかし許される想像であるようにもおもえる。

空海がうまれた佐伯氏というのは、もとは東国からやってきた蝦夷の棟梁だったのか、あるいは棟梁でなくても、大和政権のもとから行った諸将のうちのひとりが責任をもたされてこの地に土着したのか、それとももともとからの土着勢力で大和からの命令によって蝦夷の集団を管理せしめられたのか、そこはよくわからない。ただ農業指導ができるだけの先進的能力をもっていなければならないということを考えると、サヘギの仲間から出た棟梁というぐあいにはゆかないかもしれない。

このことは空海を考える遊戯としてはゆるされるだろう。つまり空海は、数えて十五で都にのぼり、十八で当時、中国の制度をまねて設けられていた大学に入学している。大学にはいくつかの科があった。そのなかに音韻科という、外国語科があって、音博士《おんはかせ》が教授していたが、空海はそこへは入らず、ごくふつうの、つまり官吏になるのにもっとも適した科である明経《みようきよう》科《か》に入った。であるのに空海は語学に異常なほどに長《た》け、のち唐に行ったときは通訳の必要がまったくなく長安のひとびとをおどろかした。天賦の才といえばそれでしまいであるにせよ、空海が、もともと言語の音《おん》にとくべつ過敏にならざるをえない環境にそだったということを考えるわけにはゆかないだろうか。

空海は、このあたりに住むサヘギの老父たちのあいだになお遺っているサヘギの言葉か、もしくはサヘギだけにある音のまじるこの地方の特殊な方言かを耳になじんで育ったであろう。要するに空海の育った環境において異音、異語が使われていたという風景を想像することは、想像者にとってたまらない快楽である。もっとも空海の家そのものは旧国造の礼遇をうけている家だけに、大和方面でつかわれている言語をつかっていたにちがいないが、空海の身のまわりにいた老人や、田園で会う老農婦などはそれとはちがう音を舌の習慣としてもっていたかのようにおもわれる。外国語に熟達する感覚は、あるいはそういう環境のなかで育ちやすいかのようであり、空海もそうであったろうか。

空海においてサヘギを考えるという想像上の刺激は、いまひとつある。サヘギの血液が、空海やその一族に入っているとすれば、新鮮で濃厚な混血がときに天才をうむ条件の一つになりうるということである。空海の家系は、たとえかれが出なくても一個の天才家系として成立した。いちいちの家系上の人名はここでは省く。さらにまた、もしサヘギのひとびとが、その信仰や風俗の原型を片鱗でもその当時遺していたとすれば、人というものは平板で単一の風俗の地帯で育つよりもそういう環境で育ったほうが、人間についての思考が深くなるかもしれない。空海は官吏コースである大学を中退し、ぼろをまとって私度僧《しどそう》になった。そのことから推して、人間とはなにか、という思惟、もしくは風俗や言語はうわずみの付属物にすぎず、それを突きぬけたところに人間の普遍的課題があるのではないか、という、やがて空海の青年期をゆるがす懐疑は、そういうことへの想いを生みやすいなにかがあったのではないか。そのひとつとしてかれの育ったやや異俗的な環境も――仮説ながら――考えられはしまいか。以上、対岸に霞む空海像に近づくための橋のようなものを――まぼろしかもしれないが――架けてみた。たとえまぼろしであるにせよ、橋を架けねばならぬほどに空海は遠い。

いまさらあらためていうようだが、この稿は小説である。

ところで、こうも想像を抑制していては小説というものは成立しがたいが、しかし空海は実在した人物であり、かれの時代のどの人物よりも著作物が多く、さらには同時代と後世にあたえた影響の大きさということでいえばかれほどの人物は絶無であるかもしれない。このため、かれのような歴史的実在に対しては想像を抑制するほうが後世の節度であるようにおもわれ、むしろそのほうが早やばやと空海のそばに到達できるということもまれにありうる。しかしながら抑制のみしていては空海を肉眼でみたいという筆者の願望は遂げられないかもしれず、このためわずかずつながらも抑制をゆるめてゆきたい。

空海がうまれたのは、善通寺からはずっと海岸のほうの、いま海岸寺といわれる寺の所在地がそうだともいわれているが、出産のとき海浜に産屋でも設けられたのがそういう伝承になったのかもしれない。

空海の生誕の地は、いまの善通寺の境内である。

善通寺には五岳山という山号がある。そのまわりに五つの山が茸のようにそれぞれ峰をつき立ててちょうど屏風をたてめぐらしたような景状をなしているためにその名がある。いまの地理的風景ではそのようだが、空海のころは海がいまの善通寺のあたりまできており、その五つの山はじかに入江にのぞんでいた。そのかたちをとって、このあたりは屏風ヶ浦とよばれたらしい。空海はその屏風ヶ浦でうまれた。瀬戸内海をゆく白帆も、館の前の砂浜から見た。

摂津の難波《なにわ》ノ津を発した丹塗りの遣唐使船が内海を西へ帆走してゆく姿も、おおぜいの里人とともに浜に立って見たであろう。しかも重大なことに、空海の幼少期に一度この華やかな船団が屛風ヶ浦の沖を通りすぎているのである。かれが数えて四歳のときで、これがかれの年少のころの大事件のひとつだったにちがいないというのは、この年の遣唐大使が佐伯今毛人《さえきのいまえみし》であることだった。今毛人の佐伯氏は中央における大伴氏と一類の佐伯氏で、空海の生家の讃岐佐伯氏とは別系統ではあったが、しかしこの時代には讃岐佐伯氏は中央佐伯氏に濃厚に接近し、すでに触れたように讃岐のほうは支族であるというふうに家系をあわせるようなかたちになっていた。もっとも中央の佐伯氏といえども名流ながら貴族とまではいえない。そういう卑《ひく》い門地ながら佐伯今毛人は独力で官位を昇った。かれは大学に入り、ついで、中国の制度をまねた官吏登庸試験に合格したあと、その稀有の吏才でもって従三位までのぼった。もっとも従三位になったのは六十四歳であったが、門閥にあらずしてここまで陞《のぼ》った官人はめずらしいとされた。聖武天皇がかれの吏才を愛し、東大寺を建立するための造東大寺長官に任命したが、ぼう大な労働力をうごかして管理するのはかれ以外にはいないといわれたし、この土木好きの天皇は今毛人の才を敬して「東の大居士《だいこじ》」というあだなでよんだほどであった。今毛人は東大寺の造営を四年がかりでやり、そのあと五十七歳で遣唐使に命ぜられたのである。かれは万里の波濤を越えるほどの体力はすでになく、しかしそれをことわるわけにもいかず、結局は節刀をもらいながら病いであるとして東シナ海を渡らなかったのだが、かれが宰領すべき遣唐使船は宝亀八年（七七七）、空海の四歳のときに讃岐屛風ヶ浦の沖を過ぎている。もっともこれらの船四隻は往路はぶじであったが、帰路暴風に遭い、四隻とも九州の周辺の離島に漂着した。遣唐使船に乗ることは危険も多いが、しかし華麗でもあった。要するに空海のうまれた環境は、唐へゆくという、普通ならばとほうもないことが、ごく現実的な風景として、耳目で見聞きできるような機会が多かった。空海はその夢想を育てるためには、とびきり上質の刺激に富んだ環境にうまれたということができる。

この当時、世界性をもつということは唐の学問を学ぶことであった。文明は唐にしかなかった。しかし学問が地方にまでひろまるような状況ではまったくなく、都だけは中国の文物を導入しているとはいえ、地方の民度は古墳時代とさほどのかわりはない。まして辺土の四国あたりでは農民の多くがまだ地面を掘って草ぶきの屋根をかぶせているだけの住居にすんでいるようなかっこうであり、そういう原始のにおいをのこす讃岐の一地方で一個の知識人が成立してゆくのは容易なことではなかった。しかし空海の場合は、稀有といってもいいが、その条件があった。

このあたりに、阿刀《あと》氏という家がある。

阿刀という族は中央にも官人を多く出していて、姓は空海の家の直より上の宿禰であったから、卑姓階級であるにしても庶民ではない。讃岐にもこの家があり、讃岐の阿刀氏も宿禰であった。阿刀氏は物持ではなかったようだが、空海の家の佐伯氏とはほぼ釣りあいがとれるために、婚姻関係がかさなっていた。阿刀家の屋敷跡については、伝承がない。あれほど空海伝説の豊富な讃岐にこの阿刀家の屋敷跡の伝承がないというのはふしぎなほどである。あるいは阿刀家が学問の家系であったために、このあたりきっての長者である佐伯氏がこの家を家ぐるみひきとり、墾田などを持たせ、屋敷なども佐伯氏の第館の一廓にあったのかもしれない。佐伯氏の富強がなお衰えきっていない一面は、どうやら私寺まで持っていたような形跡があるし、私寺をもつほどならば、文庫をもち、儒学の家を、家長の師として尊崇しつつも文庫の管理をまかせ、その家計を佐伯家が見るということは不自然ではない。

阿刀家との重縁がいかに濃厚かといえば、空海の母阿古屋《あこや》が阿刀家の出である上に、空海の父の田公《たぎみ》の実弟の大足《おおたり》が阿刀家を継いでおり、大足の妻が、空海の母の妹であるということでもわかる。あるいは阿刀家は讃岐では何代もつづいた家ではなく、奈良あたりから学問の師として、佐伯氏が、さほど遠くない過去にまねいた家なのかもしれない。

空海にとっては叔父にあたる阿刀大足が、空海の幼少のときからの学問の師匠であった。学問の師といってもかたちだけで、幼時の空海を実際に教えたわけではなく、多くは大足の実兄――空海の父――が教えたであろう。なぜならば阿刀大足は地方的な学者ではなく、都での官務もあり、やがては桓武帝の皇子の伊予親王の侍講になり、禄は二千石、官は朝散大夫になる人物なのである。そういう人物が、空海の育った草ぶかい環境から出ているというのは、空海

の成立のためには奇跡の条件といっていい。空海は後年、その著『文鏡秘府論』で、

貧道、幼ニシテ、表舅《をぢ》ニ就イテ頗《すこぶ》ル藻麗ヲ学ブ

文章と詩を習った、と書いている。その文章のとおり、かれは十五歳で上京したときに大足の屋敷に住み、大足から三ヵ年学問をまなび、大学に入った。くりかえしいうが、親王の侍講が叔父であるという幸運は、この時代の田舎出の少年がざらに恵まれるそれではない。讃岐佐伯氏が一人の空海を成立せしめるために、宗家と称せられる佐伯今毛人をもふくめ、意外なほど堅牢な基礎工事が底に横たえられていることにおどろかざるをえない。空海を考えるとき、むしろふしぎの思いさえこれはする。

二

空海の日々は、なお少年であることがつづいている。

かれがその少年期をふりかえるとき、その青年期の作品から推して、屛風ヶ浦から吹きあげてくる海風と、海浜の館《やかた》の片すみに老いて陽にきらきらと映える樟《くすのき》の葉のざわめきが、一枚の絵のように象徴していたにちがいない。

かれの少年期は幸福でありすぎるようであり、むろん幸福すぎることはすこしもわるくはない。「父母、偏《ひとへ》ニ悲《いつくし》ミ、字《あざな》シテ、貴物《たふともの》ト号ス」と、かれの晩年の談話をもとにして編んだらしい『御遺告《ごゆいごう》』にある。

「私は両親から貴物といわれていたよ」

と門人たちに洩らしたらしいかれの談話の感触には、近世人のような含羞などはなく、手斧《ちょうな》で打った柱を見るような、古代末期にうまれたひとのおおらかな神経を感ずる。「貴物」という語感には、神秘的なきらめきがふくまれていなければならない。『御遺告』にあるように、天竺の賢者が胎内に入ってうまれたといったふうの仏教的な神秘想像もまじっていたかもしれないが、しかしながら人間の児が異様な利発さをもつという場合、古代から中世にかけてのひとびとはそこに神に近いものを感じた。とくにこの国にあってはその習慣が信仰にちかく、あるいは秀才信仰とでも名づくべき伝統があった。余談ながら空海よりあとのひととして出てくる菅原道真にもそういうふんいきがあり、道真をとりまく信仰的気分がそのまま延長し、さらに他の外因でそれが飛躍し、ついには死後、道真は神にまでなった。空海のばあいは、どうみても道真よりその面が巨大である。空海の父母や、縁類、近郷のひとびとが、この少年をみてつねづね異常さを感じ、やがては神にちかいなにごとかを想像するにいたるのはごく自然なことであり、たふとものののひびきにはその感情や評価が大部分を占めるであろう。この両親が感じたかれに対する感情が、やがては日本全体にひろがり、ついには後世にまでそれがつらぬかれるにいたる。奇妙というほかない。

さて、以下は、空海の学歴についてである。

この時代に、地方に国学という教育機関があり、中央に大学があったということは、平安末期以後の歴史感覚からすれば夢のようである。入学のためには受験勉強の必要があり、そのうえ国学・大学ともに、そこを卒業すれば官吏として多少とも栄達する可能性が用意されているというのも、明治以後のそういう風景にやや通じている。

国学は国々にあった。

教授は国博士《くにはかせ》とよばれた。一人いる。

国学は、国府のなかにおかれている。讃岐国《さぬきのくに》では、

「聖堂」

と、俗によばれていた。のちにその制度や施設がほろんでからも、聖堂は地名として残った。江戸期の湯島の聖堂のような大規模なものではないにしても唐風に孔子を祀る廟があり、廟のそばに講義場や寄宿舎があった。学生《がくしょう》の定員は国々でちがうが、讃岐のばあいの定員は三十人であった。従って学校の施設も大きくはない。そこで国博士がおしえる。国博士の身分はひくく、その家計はまずしい。官吏としての格は国庁につとめている最下級の役人（史生）と同格であり、もし学生のなかに打算家がいたとしたら、学問を社会的価値に換算してむなしく感じたであろう。大宝令《たいほうりょう》（七〇一年に制定）でほぼかたちを作ったこの唐風に擬した新国家は、学制も唐風をまねた。国学などもそのときに設けられたが、国家ぜんたいが草深い状態であるのにそれほどの学者が田舎にふんだんにいるはずがなく、結局は国博士が容易にみつからぬためにこの国学の制度はすぐ、そして当然なことのようにして衰弱するのである。

しかし空海が六つのころである宝亀十年（七七九）に、中央政府は国学の復興をはかりつつあった。空海が入学したころは、多少この施設に活《かっ》の入った時期であった。

私はその国府の地へ行ってみた。空海の実家の館あとである善通寺を基点にすると、そこか

ら東北にむかい二十キロほどはなれたところにある。途中、道はひろやかな田園のなかをとおり、やがて国府あとにちかづくと、丘陵が多くなる。

いまは府中町とよばれている。この地域の東方の丘陵群は赤松の林が多く、ときにひきこまれそうになるほどの深い池がある。その丘と池を地相にもつ一角に、国府の瓦を焼いた窯のあとが農家のもみほし庭のはしに遺っていることはすでにのべた。登窯を知らぬこの当時としては精いっぱいの工業施設かもしれないが、痛ましいほどに原始的でもある。

「この穴窯は、ずっと前は、もっとありましたそうだすな」

と、その庭さきにいた若いお嫁さんが、言い伝えを教えてくれた。このあたりのひくい崖っぷちに穴がいくつも遺っていたのが、いまではこのひとつだけになっているという。穴窯の能率のわるさは、わるさの感じそのものが古代的である。山肌を掘りぬいてあるために窯の中に地下水がたえず浸潤し、火が十分に熾《おこ》らず、つねに火力がひくい。十日間前後、昼夜わかたずに薪をほうりこみつづけ、火の燃えあがりを懸命に保ちぬいたあげくにやっと瓦ができあがるというぐあいで、この穴窯ひとつをみても瓦というものが空海の当時いかに貴重で、いかにきらびやかな文明そのものを感じさせるものであったかがわかる。郡司である空海の生家でさえ瓦は用いられていなかったであろう。

瓦で屋根をふかれているのは、多少の数の寺と、国府の庁舎だけなのである。この当時、国府へゆき、庁舎の甍《いらか》の波だつ風景を見るということは、仮りそめながらも田舎に根づこうとしている唐文明を見ることでもあった。

国府あとは、小さな盆地のなかにある。

「讃岐国庁地碑」

という碑のみが立ち、いまは一望ことごとく田畑になっている。

空海のころは、国府は四方八丁という土居にかこまれたなかにあり、ちいさな規模ながらも都城のまねごとのような形態はとっていた。土居は土を掻きあげただけのものだが、それでも、唐の県城などに見る城壁を模したものとおもえばよい。土居の南辺《なんぺん》に門がある。その門を入ると南北に道路がとおっており、その奥のほうに国庁がある。国庁は四方二丁の敷地をもち、建物が四つ五つならんでいる。大帳所、朝集所、政所、税所などである。

聖堂というのは、この国府の一角にある。その聖堂でまなぶ学生のことを、

「国学生《こくがくしょう》」

といった。国学生は、空海がそうであるように資格は郡司の子弟でなければならなかった。この点でも、貴族主義の色彩の濃い唐制が導入されていることがわかる。ただ定員にゆとりのある場合にかぎって庶民の子弟も入学できるが、数はわずかであった。国学が地方官吏の養成所である以上、空海はここで学ばねばならない。空海自身の自伝的文章ではこの時期について

は沈黙しているが、かれは当然ここで学んだであろう。
しかし学んだとすれば、かれはすぐ退学したことになる。国学はふつう十三歳から入って修業期限は九ヵ年であった。ところが空海の場合、かれが都にのぼって大学に入るべく受験勉強をはじめたのは十五歳なのである。この時間関係から仮定がゆるされるとすれば、空海の父兄は空海をして二ヵ年で国学を退学させ、中央の大学を志向せしめたことになる。

このあたりをみても、少年の日の空海のまわりの者が、かれを保護し撫育することが、ひいいなを羽《は》ぐくむようにしていかに手厚かったかがわかる。なぜならば郡司程度の家のせがれが都の大学に入るというのはありふれたことではなかったのである。国学は国府の下役人を養成することを目的とし、それなりに完成教育で、中央の大学への階梯ではなかった。もっとも国学の完全修了生でとくにすぐれた者については式部省の一定の試験をうければ中央の大学へすすむ道もひらかれているが、その例がすくなく、しかも空海は国学の完全修了生ではないのである。

中央の大学というのは中央貴族の子弟のためのものであり、その機能と目的はあくまでも中央の高等官養成所であった。空海の家はいうまでもなく中央貴族ではなかった。本来なら国学で教養を全うすべきであった。

「この児をしてぜひ中央の高官たらしめねば」

というねがいが、すでに二、三の中央の官僚を出した経験をもつ讃岐佐伯の一族としては、氏族こぞってのねがいでもあったのであろう。

中央の大学へむかうための身分的資格は、五位以上の者の子弟でなければならない。もっとも特例がある。六位から八位までのさほどでもない身分の子弟でもとくに志願すれば受験を許される。しかし空海の場合は志願というより、すでに中央にあって伊予親王の侍講をつとめている叔父の阿刀大足《あとのおおたり》が従五位であるため、あるいはその係累ということで大足が運動してとくにゆるされたのかもしれない。いずれにしても受験資格を得るだけで父親がこの児のために一苦労せねばならないという身分上の負目《おいめ》をもっていた。以上のような仔細《しさい》をくどくここに述べたのは、都へのぼってゆくこの少年には、のち歴史に巨大なものを展開するこの種の人物にありがちな年少時の苦艱《くかん》というものがまったくなく、要するに「偏ニ悲ミ、字シテ、貴物ト号ス」といった波瀾のない生いたちであったことを知りたかったからである。もっとも波瀾はないとはいえ、讃岐あたりの佐伯氏程度の土豪で郡司をつとめるという中途はんぱな階級ならばむしろ他の階級などにすくない身分上昇の熱気というものがあり、一族のそういう熱気に追いあげられるという緊張感が、少年のころの空海には濃厚にあったにちがいない。空海はこの中間階級出身者にふさわしい山っ気と覇気を生涯持続した。

十五歳の空海は、讃岐のくにを出てゆく。

そしてこれ以後、定住のかたちとしてはかれはついにその故郷に帰ることがなかったのである。

讃岐から中央への旅は、海をへだてているだけに困難であった。官船にでも便乗しなければ、商業の発達していないこの時代にあってはうまい旅行法がすくなかった。官船はふつう難波《なにわ》ノ津から出てくる。瀬戸内海の浦々に立ちよって国々の国庁への連絡者なり連絡便なりをおろしてゆく。あるいは逆に国々が中央へ貢物を送る船もそれぞれの国から出てゆく。それらの所要日数は、讃岐のばあい中央まで海上十二日というふうになっていた。船は波を怖れ、おだやかな追風をよろこび、ほんのわずかな機会をとらえてはツト海上へ出、沿岸をつたいつつゆき、もし機会をえなければ帆をおろし最寄《もより》の津に何日もひそむ。空海はそのようにして都にのぼった。ついでながら、空海はのち、かれの作の『三教指帰《さんごうしいき》』にもあるがごとく大学を中途でしりぞき、乞食僧《こつじきそう》の境涯に落ちるのだが、そのときも四国へ渡る。しかしそのころはすでに父の庇護がないために官船に便乗することはできなかったであろう。この後年の四国渡りのときは、かれはおそらく島々を縫って漕ぎまわる漁師《あま》の小舟にのせてもらい、乗りかえ乗り継ぎして海を渡ったにちがいないが、いずれにせよ、少年にして初めて都にのぼるときの空海は、地方土豪である父の田公《たぎみ》のせいいっぱいの心遣いのもとに旅をしたはずである。

十五歳の空海が畿内の地をふんだころは、当時「奈良」と通称されていた平城京はすでにさびれはじめていた。

かれが都にのぼったのは延暦七年（七八八）で、みかどは桓武である。桓武はエネルギーと発意にみちあふれた専制者で、おそらく意識的に日本ふうのみかどであるよりも中国的専制皇帝であろうとしたふしさえみられる。延暦四年の初冬、空海が十二歳のとき、桓武は河内交野《かたの》の台上で、中国皇帝の神聖習慣をまねて天壇を築き、中国皇帝がなすようにいけにえの犢《こうし》を屠《ほふ》り、中国皇帝がなすように天を祭った。桓武のまえにもあとにもこういう天皇はなく、元来、血や屍のけがれを極端に忌《い》む日本の神道もしくは歴世のみかどの宗教意識に対する桓武の挑戦であるかもしれなかった。滝川政次郎氏や林陸郎氏によれば、桓武は歴世の天皇の系譜から独立して、その父を高祖とする中国ふうの新王朝をつくるという意識があったのではないかとさえおもわれる。そのことは桓武の即位に由来する複雑な相続事情が背景になっているようであり、しかしそれは空海の風景から遠いためにここではふれない。

要するに空海の少年期の時代は、この独裁者がつくった。桓武は創意と行動力という点では多分に英雄的資質をもっているかもしれないが、反面子供っぽい性格をもち、子供が物事をやりちらすように諸事業をおこしたり、継続事業を断ち切ったり、皇太子を廃したり、なにやかやで、これがために官僚たちはふりまわされ、さらには世間が無用に混乱したりした。

桓武は、延暦三年、突如、奈良から山城国長岡への遷都を宣言するのである。新都といっても荒蕪《こうぶ》の丘陵地にすぎず、桓武はこの地をひらいて帝都たるべき新都市を建設せよ、と命じた。それだけでも暴挙にちかいのに、僅々十年にして建設途上の長岡京を廃し、再転してのちの京都である平安京の建設を命ずるのである。

都が山城国の長岡に遷るという話は、空海は郡司の家庭で育っただけに、その発令の年には聞いていたであろう。父や兄などが、

「なぜあの壮麗な奈良の都をお棄てになるのか」

と、いろいろ臆測するのを、空海は傍らできいていたにちがいない。桓武の行動は遷都や奥州への軍事行動をふくめ、つねに華麗で雄渾ではあったが、なぜそれをするかということを外側から臆測する場合理由がよくわからず、推測するのもむだであるようなことが多い。行動が大ぶりなわりには、他を納得させるだけの政治的理由が稀薄で、むしろ心因的事情で物事を発起することが多かった。長岡への遷都は、なにかこの日本ばなれした独裁者をいらだたせるものがあったからであろう。

「——佐伯の宿禰《すくね》どのが」

というわさばなしも空海はきいていたにちがいない。佐伯の宿禰とは、空海の家が勝手ながらも佐伯姓の宗家としている中央の佐伯氏のことで、このばあいは佐伯今毛人《さえきのいまえみし》を指す。今毛人というこのふしぎな名前にはせんさくの必要はない。この当時、精気のつよい動物の名前をつけて健康を期待する習慣があり、毛人というのは動物でないにせよ人類のなかでもっとも猛

勇とおもわれていた東国の野蛮人のことである。佐伯今毛人はその名前にあやかってか、長命であった。さらには名前にふさわしくなく婦人のように温雅で、たえまのない古代的政争の中に身を置きつつもかれ一個はその渦のなかにまきこまれず実務の中にのみ自分を置き、どの権勢家からもきらわれたことがなかった。実務といえば佐伯今毛人は律令時代を通じてあるいは空前絶後ともいうべき官僚実務の練達者であったであろう。とくに国営の建築事業の運営に長じ、そういう建築技術の面でもさることながら、現場でうごく数千の人数にほとんど苦情をいわせないという駕御《がぎょ》のうまさでも定評があった。このころ国営事業において人夫たちの怠業や集団反抗が頻発したが、現場の長官が今毛人である場合、人夫たちはかれの人柄に感じて多少の不平があってもあらわにそれを出さないというようなこともあったらしい。

佐伯今毛人は天平年間に大学を出たという老齢で、つかえたみかどは、聖武、孝謙、淳仁、称徳、光仁、桓武である。わかいころは近江の甲賀宮の造営にあたり、やがて東大寺造営に参加し、累進して造東大寺長官になり、ほとんど半生を大仏の造顕という鋳造事業と東大寺の伽《が》藍《らん》づくりという建築事業にささげ、五十代になってようやくその責任から解放された。朝廷ではかれの多年の労にむくいるために位階を上げたり、国司を兼任させたりした。六十歳近くになって遣唐大使を命ぜられたときばかりはよほどうんざりしたのであろう、病《やまい》と称し、さまざまの口実をつくってついに行かずにおわった。かれが六十四歳になったとき、朝廷がよほど奮発したのか、この能吏を従三位に昇らせて公卿の身分にしたということでも、かれの半世の功労がいかに大きかったかを測ることができる。というようなことはかれの門地からいえば例のすくないことであったが、あまりそれをよろこぶような人物ではなさそうであり、このころかれはしきりに退隠を口にしていた。

ところが桓武は、あわただしく長岡京の起工を命じたとき、当時皇后宮大夫という比較的閑職にあって老齢を憩わせていた佐伯今毛人をふたたび第一線にひきだし、造長岡京使を命ぜざるをえなかったのである。今毛人は憂鬱だったであろう。

――佐伯宿禰どのが、

「苦心なされているそうな」と、長岡京建設の話題にちなんでその名前がしばしば父兄の口から出るのを空海はきいていたであろう。

空海が畿内の地をふむ前に、長岡京の建設現場ではさまざまな事があった。諸国に伝えられたのはほとんどが凶事である。血も流れた。

造営長官で、藤原氏のなかでこの時期もっとも権勢のあった藤原種継《たねつぐ》が、工事現場で殺されたのである。延暦四年のことであり、背景に複雑な政争があった。このころまだ奈良にいた桓武がしきりに新都の造営をいそがせ、種継はこのため昼夜兼行の作業を各現場に強いていた。各現場で無数の篝火が焚かれ、山崎のあたり、林も水も毎夜火《ほ》あかりに映えていた。そういう九月二十三日の夜十時ごろ、種継はそれらの現場を巡視していて朝堂院の付近まできたとき、にわかに暗がりから飛んできた征矢《そや》に胸をつらぬかれ、絶命したのである。下手人はすぐあがった。大伴氏の一族で、継人《つぐと》という男だった。下手人はかつて種継の下僚をつとめて種継に私怨があり、その私怨を利用した勢力があったらしい。その勢力はいまとなればどうやら藤原一門の別な系統に属する者であろうという推測ができるが、この当時は継人の自白のほうが信じられた。その自白というのはなんと、暗殺を命じたのは大伴氏の長者大伴家持《うじのかみおおとものやかもち》であるという。

万葉集の編纂に参加したといわれるこの高名な歌人がそういうことを命じたかどうかはべつとして、当の家持はすでに死者であった。事件発生より二十数日前に病歿したが、桓武はこれを深く詮索することなく家持の罪であるとし、故人ながらその生前の位階を剝奪し、その所有地も没収した。桓武は桓武なりにこの事件を利用して、家持と親しかった皇太子早良《さわら》親王をもとらえ、長岡の乙訓寺《おとくにでら》に幽閉した。事は陰惨であった。

桓武にとって早良親王は子ではなく、弟である。かねて桓武はその実子である十二歳の安殿《あて》を皇太子にしたかった。皇太子の早良は無実を訴えつづけたが、結局は淡路へ流され、しかし抗《あらが》って食をとらず、飢えがつのったあげく、檻送の途中で死んだ。

この奇怪な事件で処刑された官人が数多くあるが、佐伯今毛人ばかりは、元来大伴氏と濃厚な血族関係にあるにもかかわらず、嫌疑はかからなかった。

しかし新都の造営は容易にすすまず、これに使役される百姓たちはくるしみ、空海が上京した延暦七年の詔《みことのり》のなかに、「宮室イマダ就《な》ラズ。興作稍多シ。徴発ノ苦、スコブル百姓ニアリ」というのが出ている。早良親王の死後、天皇家に凶異が多く、これらが親王の祟りであるとされ、ついにはすでに造営中に血でけがされた長岡京そのものが不吉なのではないかという声も出ていた。

空海は年少ながら、まわりが消息通だけにその種の官界のうわさ話もきいたであろう。いずれにせよ、そういう時期にかれは官吏の登竜門に入るべく畿内の地をふむのである。


まず、奈良に入った。

この都城や、それにつらなる諸大寺の豪壮華麗なたたずまいのなかにあって、かれはべつにそれに威圧されることはなかったにちがいない。この丸顔のやや小柄な少年は、終生の性格がそうであったように、ときには挑むように、ときにはふてぶてしく無視するように、そして外貌からみればなにやら毅然として都大路を歩いていたにちがいない。

叔父の阿刀大足が、佐伯院にも案内したであろう。佐伯院は五条六坊にあり、ついさきごろ出来たばかりの寺である。

「これは、佐伯の氏寺《うじでら》ですか」

と、空海が問うたとすれば、それはきわめて自然なことである。少年の空海にすれば、おのれの氏族である佐伯氏の氏寺が奈良にあるというのは田舎から出てきたばかりだけに頼もしさのかぎりであったにちがいない。

「まあ、そう考えてもかまわないかもしれない」

と阿刀大足はどっちつかずの返答をしたはずである。

これは佐伯今毛人が建てた氏寺で、空海の讃岐佐伯氏のそれではないのである。今毛人は、律令貴族とはいえない門流から出て従三位にまでのぼるという稀有の出頭《しゅっとう》をした。桓武のような仕事をすることの好きな人物としては今毛人のような有能な官僚を得るということは、ときに手をとって礼をいいたいほどにありがたかったであろう。桓武はかれを重用し、一時はいくつもの職を兼務させていた。それにともなう職封が大きく、晩年はなにもかもあわせれば千戸前後の収入があり、しかもかれは平素、僧に似たような姿をし、暮らしむきも質素だったためにずいぶんゆとりがあった。今毛人はそのゆとりのぶんのすべてといっていいほどのものを佐伯院の建立《こんりゅう》のためにそそいだ。兄の真守《まもり》も官界にあった。真守もこの氏寺の建立のためにその財を割いた。

このため、佐伯院は、貴族でない氏族の氏寺としては大きなものができた。現今《こんにち》では佐伯院はすでにないが、大安寺のそばにあったというその遺構のあらましはのこされた古文書によって十分知ることができる。

今毛人はその氏族を大切にし、その氏族のために霑《うるお》そうという点でずいぶん厚かったといわれているから、讃岐佐伯氏の出である阿刀大足にも、

「佐伯院をばわが氏寺ぞと思い給え」

とぐらいは言ったに相違なく、げんに空海は後年、奈良に来るときにはどうやら佐伯院を宿所にしていたらしいにおいがある。この初めての奈良入りのとき、大足は空海をともなって境内に入ったであろう。あるいは住僧に案内されて、五間《ごけん》、檜皮《ひはだ》ぶきの金堂へのぼり、住僧の好意でわざわざ開扉してもらったかもしれない。正面には高さ八尺の金銅の薬師如来が立っている。その脇士《わきじ》として日光・月光菩薩がおなじく灯明のあかりをうけて金色にかがやいており、ほかに栴檀《せんだん》の材でつくられた十一面観音がまつられている。空海はわが氏《うじ》の仏とおもい、そう思えばこそ、感動して拝礼したにちがいない。

奈良ではどれほどすごしたであろう。おそらく早々に発ち、山城の長岡へむかったはずである。なぜならば奈良はすでに都でなく、正規の都は造営中の長岡京ということになっていて、政府の要人の多くは居住にはまだ不便ながらその新京のほうに移っていたにちがいなく、桓武の第三皇子の侍講である叔父の阿刀大足の居宅もそこにあった。しかし大学など不急の施設はまだ長岡にはなく、奈良の旧施設が依然としてつかわれていたのではないか。

もっとも空海にとって、さしあたって大学のある奈良は必要がない。かれはひとまず長岡へゆき、阿刀大足の居宅に寄寓して、大学に入れるだけの学力を蓄えなければならなかった。大足は、

「明経科《みようきようか》がいいだろう」

と、この甥のためにそう決めていた。大学は、正しくいえば大学寮である。科（道《どう》）がいくつかある。明経、文章《もんじょう》、明法《みょうほう》、算《さん》などで、算とは天文暦数をまなぶ。明法は後世でいう法科を想像すればややちかく、律令国家のしくみを律令の面から学ぶ。文章《もんじょう》は文字どおり詩文を学ぶ。ただし歴史（紀伝）もこの科にふくまれる。文章科（道）は後世でいう文科であろう。

大足がすすめた明経科は行政科といっていい。大学寮が高等官養成所という性格をもっているために医学における内科と同様、これが基幹学科ということになっていた。阿刀大足がこれを空海にすすめたのは実父佐伯田公の意思でもあったに相違なく、かれらこの少年の保護者は空海をして佐伯今毛人のような吏僚として栄達せしめることを期待したのがこの一事でもわかる。この明経科でまなぶべき内容は、経書《けい》である。まず周易、そして尚書、さらに周礼、儀礼、礼記、毛詩、春秋左氏伝それに孝経と論語である。本文と注釈をまなぶ。注釈は勝手な注釈はゆるされず、この当時の創造的衝動をもつ学生たちを暗澹とさせたことは教科書がきまっていることであった。たとえば周易については鄭玄・王弼の注をまなぶ。尚書・孝経は孔安国と鄭玄であり、周礼・儀礼・礼記・毛詩は鄭玄の注である。春秋左氏伝は服虔と杜預のそれであり、論語は鄭玄と何晏である。

その注を研究するのではなく、諳誦する。注を一字一句まちがいなく諳誦した者のみが式部省の高等官試験に合格するのである。官吏の思想統一の一方法かともおもわれるが、ついでながらこの方式はこの制度の卸し元である中国でもとられた。中国において隋唐から清末にいたるながい歴史時間の中で文化が大停滞するのはあるいはこういうことも一因にかぞえられるかもしれない。

ただ唐のある時期から、この官製の注釈の絶対墨守主義というおよそ非創造的な制度の息苦しさからのがれるため、学生たちは明経や明法科を敬遠し、元来、補助的な学科だった文章（紀伝）に人気が集中した。唐では大学は「太学」という。太学において詩文がさかんになり、多くの秀才官僚がここから輩出し、ひいては唐の文学の隆盛をもたらしたが、日本においてもよく似た事情がおこり、空海のこの時期よりすこしあとになって文章科の隆盛期がやってくる。が、空海のこの時期は、まだこの気分はない。

「明経道にすすめ」

と叔父がいったとおりに空海はすなおにこの道《コース》にすすむのだが、結局は、この創造力にあふれた少年は、ぼう大なもろもろの注疏《ちゅうそ》の諳誦をしていっさい創意がゆるされないという知的煉獄にあえぎ、沙上で渇えた者が水を求めに奔るようにしてそこから脱出するにいたる。この知的創造性を抑圧された煉獄のはてにきらびやかな代償としてあたえられるものが栄達であったが、しかしながらいったんこれを契機に疑問をいだけば、いったいそういう栄達が人間にとって何であるかという、渇者のみがもつ思考の次元にゆかざるをえない。しかも大学明経科において百万語の注を諳誦したところで、そこで説かれているものは極言すれば具体的な儀礼をふくめた処世の作法というものでしかなく、人間とはなにかという課題にはいっさい答えていないのである。経学は儒学の基幹ではあったが、ひとたびそれに疑問をもち、そこから跳ねあがって宇宙の課題のほうへ心をうばわれた場合、空海が青年期において書いた最初の著書である『聾瞽指帰《ろうごしいき》』および『三教指帰《さんごうしいき》』にしつこくそのことに触れているように、儒学や儒者の世界が古ぼけた人形の列をみるように色あせてみえ、それを学ぶことによって支配者の下僚として世間を支配する方法は習得できるにしても、人間と宇宙を成り立たしめている真実や真理などはすこしも語られていないように思えてしまうのである。

この稿にあっては、それを遠慮しつつもしばしば架空の上にきわどく仮定を載せるようにして空海に近づこうとしている。空海が、もしかれの時代以後に隆盛になる文章科に入っていたとすればどうなのであろう。明経科にいるよりも詩文を作り歴史を論ずるということははるかにかれの創造力を充足させることになるはずであり、その充足がやがて自足になって、あるいはかれの仏教的世界への転身の契機を弱いものにしてしまったかもしれない。空海は記憶力と論理の能力にめぐまれていただけでなく、稀有の文才にめぐまれていた。『三教指帰』が戯曲的構成で書かれた日本最初の思想小説であるともいえることからみればその文学的想像力はゆたかすぎるほどであり、こういう青年がその才能の出所《でどころ》を閉塞させて明経科で牢獄のような学習生活をおくっていたことをおもうと、陰惨な風景でさえある。かれがもし文章科にいて詩文を作っていれば、その溢出しようとする表現欲はどの程度かはなぐさめられ、あるいは中途退学をせずにいつのまにか卒業して官僚になってしまっている自分を発見したかもしれない。

――しかし出家遁世の志というのはもっと基底にある、本然のものではないか。

という疑問もここで考えられるかもしれないが、空海ののちの出家、およびかれがなしとげた真言密教の確立というのは、平安王朝の中期以後にほとんど流行のような現象としてあらわれるところの、一陣の無常の風に見舞われてにわかに世をはかなみ、頭を剃り、人間であることをやめ、山林に隠れてひたすら来世を冀《こいねが》うというふうの厭世的出家ではまるでなかったということであった。空海における真言密教の中には型どおりの仏教的厭世観は淡水の塩気ほどもない。それが無いという機微のなかにこそ釈迦がはじめた仏教の伝統と異ったものがあるとみるべきであろう。むしろ人間がなまのままで、というよりなまであればこそ、たとえば性欲をもったままで、というより性欲があればこそ即身で成仏でき、しかも成仏したまま浮世で暮らすことができるというあたらしい体系なのである。これのみでそう考えるわけでもないが、空海は気質的な厭世家ではなかった。その証拠はいくつもあり、すくなくとものちに空海が大学をすてて無名の私度僧《しどそう》になったというのは厭世が契機ではない。むしろ空海は厭世家をばかにしたであろう。

人間が巨大な才能を蔵してまだそのことに気づかずにいる場合、そしてその環境が極端にその才能を閉塞させているときに、ほとんどその意志とは別個といっていいほどの唐突な衝動でもって奇矯な行動をとるか、思わざる世界へ行ってしまうかするという例は、過去の天才の歴史のなかで無数にある。空海がたとえ巨大であっても、その年少のときは誰でもそうであるように、ごく単純な環境しかあたえられていない。空海の年少のころは修学生であった。そして大学は明経をえらんだ。

この環境の単純さから考えて、退学というかれの環境離脱の行動を、ことさらに卑小なたとえで考えてみることもできる。かれは要するに哲学をえらんだのであろうということである。大学寮には音韻という外国語学科まで付属していたが、哲学科はなかった。哲学的欲求のつよい人間のためには仏教というものが他にあり、そこへゆかざるをえなかった。その仏教をえらぶについては情念的懊悩などかれの場合はいっさいなかった。深刻な知的煩悶のみがあり、わざわざ演劇的構成でもって『三教指帰』を書くことによって、かれが大学で学ばされている儒教と道教と仏教の三者の優劣を比較し、結論として仏教のほうが他の二者よりはるかにすぐれているということをひき出すのである。ひき出しただけではなく、それへ転身してしまう。かれが仏道に入ったのはいわば学科の転科にすぎず、中世の爛熟期に日本にあらわれてくるひ弱な厭世的情念などはこの精気のあふれた男にはなかった。

さきにわずかに触れたことをくりかえすようだが、ごく気楽に考えるとして、かれが文章科をえらんでいれば、あるいは空海は歴史上に存在しなかったかもしれないであろう。のちに長安の文壇でもてはやされるだけの詩才をもったかれは、その詩才を充足し、やがてはうだつのあがらぬ非門閥の官吏になっていたかもしれない。空海がうまれたときより四十年ばかり前に死んだ山上憶良はおそらく大学寮でまなんだはずの律令官人であった。それだけに生涯栄達とはほど遠く、ときに鬱屈して、世間《よのなか》を憂《う》しとやさしと思へども飛び立ちかねつ鳥にしあらねば、と詠み、その晩年七十を越えてやっと従五位下《じゆごいのげ》になり、さらには死ぬときに絶叫のような声をあげ、をのこやもむなしかるべきよろづよに語りつぐべき名は立てずして、とその生涯を悔いるような歌を遺したが、空海もまたときに詩文に自足しつつも、ぜんたいとしてはこの憶良に似かようような生涯を送ったかもしれない。

この章では、少年の空海が、奈良を出て長岡へゆくことになっている。

山城国長岡への行旅は、一日である。道はすでに古京になった平城京の南北につらぬく道を北へたどればそのまま山城への古街道になる。

平城京を出てすぐ佐紀《さき》の村に入らねばならない。狭木《さき》、狭城《さき》などという字をあて、村の東側に、ひろやかに空の碧さを映した池があり、池の面《も》が絶えずさざなみ立っているほどに大きい。

「狭城の池よ」

と、阿刀大足は指をあげて教えたであろう。この時期から六十数年前、まだ平城京があざやかな青丹の色でかがやいていたころ、聖武天皇がこの池畔に百官をあつめ、曲水の宴を催した。平城京がこのたび廃都になるうえは、いまやそれらも故地旧蹟の世界に入ることになるであろうか。故地旧蹟といえばこの平城北郊の道を北に離《さか》りつつゆくとあちこちの森や丘や池畔に、かつての帝王の内裏だったかとおもわれる建物の丹塗りが木間隠れにみえ、あるいは勅願を蒙ったらしい寺々が翠巒のなかにうずくまっている。それらが、丘や林のたたずまいを風景として秩序づけ、さらにはふりかえれば平城京の古寂びた土居によく映えて、文明というものがこうもかがやかしいものであるかということを血の泡だつ思いでこの少年はおもったであろう。

「大唐の長安の都なども、かくもあるのでありましょうか」

と、空海が牛の背の上で叔父にきいたとすれば、さもあるべきことである。叔父は答えようにも遣唐使の使節団にえらばれたことがなく、長安をその目でみたことがなかった。しかしかれの友人の官人や学者のうちで幾人かは長安を知っており、それらからきいたところでは奈良などと比べものにならぬ規模であり、市中の雑鬧《ざっとう》にいたっては日本人の想像を絶するという。大足は士君子である以上、平素温雅であることを心掛けている男だが、この甥に対するときだけは、一種のしかかるような熱っぽさがあり、師匠であるという以上に、自分が見果てることができなかった夢をこの甥に託しようとしているかのようであった。大足は長安のたたずまいを途次、あくことなく物語った。

佐紀をすぎ、歌姫にいたれば、平城京を去ってからはじめての登り坂である。登りつつ、

「ここは手向《たむけ》である」

と、阿刀大足がいったにちがいないのは、この当時の旅の習慣として、坂の上で牛から降り、峠《たむけ》の神にたむけをしなければならないのである。この峠は歌姫越とよばれ、登りつめる手前に森があり、神さびた磐根《いわね》が鎮まっている。浄められた森の木の根を踏んで空海たちはそこに入り、この森に鎮まるものへ行旅のぶじを祈って幣《ぬさ》をささげた。

「この道が舗装されてな」

と、私がこの森をたずねたとき、歌姫の村の農婦がいった。

「そのために森が明るうなってな、以前は暗うてな、暗うなかったら、ええことあらィん、神さんもな、居辛うてな」

そこを、すぎると、道は、竹、松、ときには楢や楊梅《やまもも》などもまじる雑木の林のなかを通ってゆく。やがてながい山路がすぎると、突如平地がひらける。そこはもう、山城の国である。木津川の野がひろびろとした田園をつくりあげ、大和にくらべて丘はややいかめしく、わずかな距離の差ながらも別国にきた思いがある。空海もそうおもったであろう。

道が木津川に沿うところ、松林のそばに土器を焼く煙が、風に散ってはまた騰《あが》っている。山城の土師《はじ》氏の村であった。かれらは農もし、土も焼く。泥をひねっただけで焼くこの素焼のうつわはスエというあたらしい焼物の渡来ですたれつつあったが、しかし祭具や庶人の雑器を焼く

ことで余喘《よぜん》をたもっているのであろう。土師氏は土俗の精霊をあくまでも信ずるという頑質な保守思想の集団としても知られていた。空海はこの村なかの小径を通った。

「わが家はめでたく」

と、叔父はいった。一族に死者が出ていないというのである。土師の村は死を穢《けがれ》として忌《い》むことがはなはだしく、通行の者といえども死者のけがれを持った者を入れないという。

「私は儒者だからそういうことを信じない」

阿刀大足は、猜疑ぶかそうにこの一行を見送っている丈のひくい村びとたちを、やや嘲るようにして、高声でいった。

長岡京は、元来は竹木草田におおわれた山城乙訓《おとくに》の地をひらいてつくられた。

その地勢というのは、かならずしも見る者の心を広闊にはしない。西のほうから丹波高原の山波が東へ東へとおしよせてその勢いがにわかに弱まるあたりが、のちの世でいう天王山のあたりである。その山波のふもとにひろがる野は、東が芦荻がしげって湿っている。その西のわずかに高燥の地を相して新京が区劃された。新京の東方に桂川が南流しているために、興隆期にあるこの帝国の新都としては、旧都の平城京よりもはるかに狭隘の感がある。唯一といっていい取柄は水運に利があるということであった。この長岡の南の山崎のあたりで三つの川（桂川・木津川・宇治川）がそれぞれ流れを競いつつ合流している大きな瀬があり、舟をうかべれ

ばそのまま難波ノ津へ入り、海にうかぶことができる。難波ノ津を外港にもつというのは平城京にない条件であり、

「朕、水陸の便を以て、都を此の邑に遷《うつ》す」

という詔を桓武が出した気勢《きおい》というのは、わずかにこの魅力を強調したものに相違ない。一点を強調しなければならないということは、他の多くの弱点を、それを知りつつも隠蔽せざるをえないということでもあるか、とおもわれる。


しかしながら空海が歩いてみたこの新都の実景は、建ちかけの殿舎のそばにまだあらあらしく赤土が露出し、たいていの殿舎の屋根はまだ瓦が葺《ふ》かれるまでにいたっておらず、さらには西の方の山中に瓦を焼く煙が幾筋も立ちのぼっているものの、この新都の建物のすべてを装うだけの生産能力はなさそうであった。その証拠に、あちこちの路傍に、むかしの難波宮や平城京あたりから剝いできたらしい古瓦などが積まれていて、しかも瓦だけでなく、そういう類いの、つまりどこかから解体して運んできたらしい古材までが積まれていて、雨露にさらされている。物を運ぶ牛車が、間断なく通っていた。その轍《わだち》が、みぞのようにえぐられている。

「あのかなたを見よ、あれが、朝堂院である」

と、阿刀大足は遠く北のほうに、そこだけは甍《いらか》を装って殿舎をつらねている一角を指したはずである。この朝堂院は宮中に儀式があるとき、百官が正装し、森のごとく列立するのである。

大足にすればやがてはその百官の一人になり、運と才があれば帯刀の身分になるかもしれないこの甥のはげみのためにその官僚の殿堂の所在を教えたのであろう。

空海がこの長岡に入った時は都の建設がはじまってすでに四年経っているのである。しかし、東市や西市はまだひらかれておらず、庶民が聚《あつ》まってきてにぎにぎしく都市生活をはじめるまでにはいたっていない。桓武はいらだつようにして建設を督促していた。その勅命によって建設関係者以外に、平城京で執務を必要としない部署の吏僚たちがなるべく新都に移り、旧都の機能を逐次うつすべく取り運んでいた。阿刀大足もかれが侍講をつとめる伊予親王とともに、この新都に移らざるをえなかったのは、そういう事情による。

空海は長岡での生活に入った。阿刀大足について論語、孝経および史伝などの儒書ならびに詩文を学び、三年の歳月をすごした。かれの後年の教養にとってこの期間は小さくない意味をもっていたであろう。「筆ヲ下セバ文ヲ成ス」(『続日本後紀』)といわれた空海の青年期の教養と文章力の基礎はほぼこの受験準備中につくられたとみてよく、そのことはかれの精励によるものとはいえ、たかが大学の科試の準備という初等課程の修学のために阿刀大足のような碩学からほとんど付ききりの陶冶をうけたということは異常なほどの幸運である。空海の才華はひらくべくしてひらいたというより、それに豊饒な土をあたえたのはこの期間の叔父であったにちがいなく、とくに空海がその生涯において阿刀氏以外に一人の師に入念に就いたということがなさそうなことを思えば、そういう感がふかい。

空海自身も、この叔父についてはよほど想いを深くしていたらしく、その『三教指帰』においても、とくに叔父に就いて学んでいる、この時期の自分の姿を、

「伏膺鑽仰《ふくようさんがう》ス」

としているのは、かならずしもかれの時期に流行した四六駢儷体《しろくべんれいたい》ふうの美辞のつもりではなく、自分の初期の形成を明示するとともに、叔父への謝恩のおもいをこめたものにちがいない。むしろかれの場合、大学入学後のほうが、その遺文に関するかぎり、印象として稀薄なようにおもわれる。

「二九（十八歳）ニシテ槐市《くわいし》ニ遊聴ス」

と、空海は書く。槐市などきざなことばづかいにみえるが六朝《りくちよう》ふうの、この時代共通の修辞癖として見すごさねばならない。大学のことである。かれが大学明経の科試に及第したのは延暦十年のことであり、これ以後、天子の学生である身分を得た。

大学にあっては教授は、博士とよばれる。明経科では岡田牛養《おかだのうしかい》という人物が博士で、この当時、単に岡田博士《おかだのはかせ》と通称されたほどに著名の学者であったらしく、かれはこの前年に大学頭《だいがくのかみ》をも兼ねている。空海にとってきわめて偶然なことにこの博士は讃岐の人であった。生地は讃

岐国寒川郡岡田村で、現今では岡田という地名はない。しかし推測するに高松市の東方の志度《しど》町の一部になるようである。岡田牛養という明経家がどういう人物であったか、世が遠すぎてほとんどわからない。ただ歴史に片鱗のみを遺しているのはささいなことによる。かれはどういう理由か、自分の固有の姓を替えたいとおもい、どうか生地の岡田村をとって、岡田という姓にしていただきとうございますという請願を朝廷に出してそれが許可されたというごく単純な記事（『続日本紀』）によって、その名前がいわば偶然のようにしてわれわれの時代までのこっている。その偶然はともかく、この時代の讃岐といったふうな田舎から、阿刀大足にせよ岡田牛養にせよ、中央の学界に大きな存在を送り出しているのはどういうことなのであろう。これも偶然なのかどうか。たとえ偶然であるにせよ、それが一つの郷土的気分になって、空海のような少年もごく当然のようにして中央に出てくる気流のようなものがあったのかもしれない。

「おまえも、讃岐か」

と、岡田博士は、ひときわ親しみをもって空海を見たにちがいない。空海は他の学生とともにこの岡田博士から春秋左氏伝をまなぶのである。明経には博士は一人であった。助教二人、直講二人がいた。この時期の直講が、まだ少壮の学者だった味酒浄成《うまさけのきよなり》であった。空海は浄成から五経をまなんだ。

この時期の大学が学生に要求している教課内容はよほど厳重で、むしろ苛烈なほどだったようである。しかし空海にとってはさほどの苦痛でなかったのか余裕があったらしくみえる。なぜならかれはこの正規課程のほかに、彼の地のなまの音をまなぶべく自分の意志で大学の音博士《おんはかせ》に就き、それにも身を入れたような形跡がある。もしそうでなければ、かれが後年、遣唐使船に乗り、その船が漂流して唐の僻陬《へきすう》の海岸に着いたとき、ただちに流暢な現代音で土地の者と通話したという事柄が理解できない。この通話のことは当時のひとびとからまるで奇跡のような印象をもって見られたようであり、それまで無名だった空海がにわかに注目をうける一因にもなったらしい。

さらには、書のことである。かれはのち入唐《にっとう》したとき、書をもって長安の人士をおどろかした。挿話がある。これは多分に伝説臭があるが、唐の皇帝が空海をまねき、宮殿の壁に揮毫させ、しかもその出来映えを感賞して五筆和尚という号をあたえたというのである。伝説であるにせよ、この後年の風景も、かれが大学寮にいた当時、大学の書博士のもとに出入りしてそれを学んだかもしれないと考えれば、理解がとおるのである。

ついでながら唐の皇帝から五筆和尚の号をもらったというのは、あながち伝説ではないかもしれないことにふれておく。そのことは空海の在世期よりあとの話である。その時期に唐に渡った円珍が、むこうの僧から五筆和尚は健在であるかと問われたとき、それは空海であろうと確信した話が、『行歴抄』に出ている。円珍がそのとき、

「その人はすでに世を去った」

と答えると、ああとその僧（恵灌という）は声をあげ、胸をはげしく槌《たた》いて悲泣し、

——異芸、イマダカツテ倫《たぐひ》アラズ。

と叫んだというのである。異芸の異とは天才的なという意味もふくまれているが、ここではむしろ風変りなという意味も濃く含まれている。空海は皇帝から揮毫を命ぜられたとき、まず口に筆をふくんだ。ついで両手にも持ち、さらに両足にもはさんで、壁にむかって五本の筆をほとんど同時につかって書いた。それで五筆和尚と賜号されたというのである（つまりは篆隷楷行草の五体の書をよくしたという意味だともいわれる）。この話がたとえ伝説であるにせよ、いかにも空海の人を食った性格と、つねに才華が溢出して顕示の場を求めてやまないといったようなその才質がよくあらわれている。そのことはさておいても、要するに空海は大学にあっては書博士のもとにも出入りした。風景としてそれを見ることはゆるされる。

明経のほかに、規定外のことながら音と書を学んだであろうということは、明経の習学に没頭しつつも、閉塞された才質のうずきをそのことで癒やすためであったに相違なく、ひるがえっていえばそれほどにこの人物は篤実な官僚学の諸課程をおさめるためには不幸なほどに多量の芸術的才能をもち、しかも持つのみでそれを十分に充たすだけの場がその青春の条件や環境

にはなかったことを、われわれは見てやらねばならない。
ついでながら——あるいは繰りかえしになるが——空海が大学寮にまなんだこの時期には、その大学寮が新都にすでに移転していたとは思えず、おそらくなお奈良の平城京にあったというほうが当時を見るうえで実景に近いかとおもえる。

かれのこの当時の名前は「真魚《まいお》」といったらしい。その根拠は、わずかながらある。佐伯真魚である。

この時代ともなれば、藤原氏などの一族に清成、種継、仲成といったようなあたらしい感覚の命名の型が出現してきているが、しかし地方の土豪の出身者などのあいだでは、なお古代的な動物名称を名にする習慣がつづいていたのである。この当時の語感でいえば、魚《な》というのは下等の魚をさし、魚《いお》とは上等の魚をさしたという推量がどうやらゆるされそうであり、それをもっていえば真魚とは、あるいは鯛のことだろうか。いまの感覚でいえば、多少ユーモラスでもある。

「真魚よ、努めよ、努めれば五位の身分にも昇れる。あるいはきみの氏族の長者のように三位という公卿の身分にのぼることも不可能ではない」

と、岡田博士などは同郷のよしみで空海をそうはげましたにちがいない。

三

空海は、大学の学生《がくしょう》であることを捨てる。

退学して山林に姿をくらます前後のこの若者に出遭いたいものだとおもうが、かすかに想像するに、丸顔で中肉、肩の肉が厚く、重心がさがっているために両あしががに股で、清らかな貴公子という印象からおよそ遠く、それどころか全体に脂っ気がねばっこく、異常な精気を感じさせる若者ではなかったかとおもわれる。

性欲は普遍的に存在している。空海にもある。というよりは、若者のころのこの人物は人一倍それが強かったにちがいなく、その衝動に堪えかねて喘《あえ》ぐような日もあったと考えてやらねばならない。

ついでながら当時の社会は、はるか後世の江戸期の武家社会のような禁欲的気分はなかった。社会にまだ享楽を肯定する思想が成立していなかったにせよ、非夫婦間の性の営みでもなお自然の状態におかれていることが多かった。とくに農村においては古代的な大らかさがつづいており、わずかに旧王都である奈良に、性を倫理的に拘束しようという文明意識が芽ばえている。大学はなお奈良にあった。空海はその都市にいて、しかも大学という、異性との接触の機会を多く得ることができない環境にいた。

もっとも学生のなかでも奈良に居住している貴族や官人の子弟は、屋敷うちに多くの婢女をかかえているために、異性との接触は旺盛だったにちがいない。

「子を生ませた」

という話題もごく日常的に話されていたに相違なく、空海の性知識はそれらから話をきくだけで十分豊富になったはずである。

空海のような地方豪族の子弟の場合は、色を鬻《ひさ》ぐ家の軒をくぐらざるをえないが、宇宙の神秘や人間の生理と精神と生命の不可知なものについてずぬけて好奇心の旺盛な空海が、そういう家に行って性の秘密を知ろうとする自分の衝動にどのようにして堪えたであろう。あるいは堪えなかったかもしれない。堪えよという拘束の稀薄な社会である以上、自分の中の倫理的悲鳴を聴くわずらわしさなしにそういう家へゆき、自分の皮膚をもって異性の粘膜に接したときに閃々として光彩のかがやく生命の時間を知ったにちがいない。その時間が去ったときに不意に暗転し、底のない井戸に墜落してゆくような暗黒の感覚も、この若者は知ったはずであるかと思われる。のちの空海の思想にあってはその暗黒を他の仏徒のように儚《はかな》さとも虚《むな》しさともうけとらず、のちの空海が尊重した『理趣経』における愛適(性交)もまた真理であり、同時に、愛適の時間の駈け過ぎたあとの虚脱もまた真理であり、さらには愛適が虚脱に裏打ちされているからこそ宇宙的真実たり得、逆もそうであり、かつまたその絶対的矛盾世界の合一のなかにこそ宇宙の秘密の呼吸があると見たことは、あるいは空海の体験がたねになっているかのようでもある。

空海がその最初の著作として十八歳のとき『三教指帰《さんごうしいき》』を書いたということはすでに触れたが、そのなかに色情にちなむ叙述が多い。

楚の襄王の家老の登徒子《とうとし》という人物は醜女を妻とした。かれはそのみにくい妻に五人の子を生ませた。そのことでよほど好色な男だと世人にいわれたという奇妙な故事を空海はことさらにふまえ、この戯曲形式の思想論の登場人物のひとりがその登徒子以上に好色であるとのべ、

「頭髪がよもぎのようにみだれてきたならしい女を見てさえ、それに対して欲情をおこすというほどに好色な男である」

と設定している。

空海はこの登場人物に「蛭牙公子《しつがこうし》」というおどけた名前をあたえているが、公子というだけにいい家庭の若者である。モデルはある。筆者の空海自身それは自分の甥であると書いている。この場合の甥はいいとこという意味であるかもしれない。そのモデルもどうやら学校に通っているが、ただ狩りやばくちや酒色にふけっているやくざな若者で、学業をおろそかにしている。

学校へゆくと、あくびばかりしてちょうど悪がしこいウサギが物蔭で居眠りのみしているようなありさまだ、と空海は書く。空海自身の文章では、

「学堂に臨んで欠伸《けんしん》すること、還《かへ》つて毚兎《ざんと》の蔭に睡れるが若《ごと》し」

ということになる。それがいかに女好きであるかということを、醜女でも美女でも見境いがないほどだという表現で紹介する。遊女も買う、というから奈良には当然のことながら娼家があったにちがいない。

この戯曲では、儒学を代表する人物として、「亀毛先生《きもう》」という変な名前の学者が出てくる。空海はこの戯曲を退学前後に書いた。空海の退学をもっともつよく押しとどめたのは学生であるかれの保護者の叔父阿刀大足《あとのおおたり》だが、亀毛先生のモデルは阿刀大足らしい。

「亀毛先生は容貌がいかつく、姿が堂々としている。うまれつき雄弁で、儒学の経《けい》典に精通している」

と、この戯曲ではいう。

その亀毛先生がこの蛭牙公子を儒教の立場から説諭するのだが、その説諭のなかにも異性の問題が出ている。『孔子家語』に展季という女嫌いの男が出てくるが戯曲はその故事をふまえ、

「人は展季に非ず。誰か伉儷莫《かうれいな》からん。……何ぞ隻枕《せきちん》すべき」

男というものは女を恋わざるをえないものである、かりそめにも男は独り寝できるものではない、という意味のことを空海は亀毛先生にいわせている。

さらに虚亡《きょぶ》隠士という道教を代表する人物もこの戯曲に出てくる。このすかたんという名前の隠士は道教のすぐれた点を説くことによって蛭牙公子を諭《さと》す役割を演ずるのだが、この隠士のせりふのなかに、蟬鬢蛾眉《せんびんがび》の美女は命を伐《き》る斧であり、精液というものは漏らしてはいけない、というのがある。空海はこの戯曲のなかで結局は亀毛先生や虚亡隠士をからかい、否定し去るのだが、人間の生死において真理とはなにかを戯曲の舞台で考えるうえで空海のこの舞台上に去来する照明は、美しくもまがまがしくもある性欲の光芒である。十八歳という肉体のなまぐさい年齢の空海にとってこの課題が小さかったはずはない。

話が先へ走るようだが、三十二歳、大唐の長安で『理趣経』を得たとき、この年齢のころ、空海はすでに性欲はいやしむべきものであるという地上の泥をはなれてはるかに飛翔してしまっている。それどころか性欲そのものもまたきらきらと光耀を放つほとけであるという、釈迦がきけば驚倒したかもしれない次元にまで転ずるにいたるのである。

筆者は空海がなぜ大学をとびだしたかについてのなにごとかを知ろうとつとめている。かれの青春における変転を知るために、かりに、つまりは作業用の仮説として、かれにおける性の課題を考えようとしている。ひるがえって考えれば、人間における性の課題をかれほどに壮麗雄大な形而上的世界として構成し、かつそれだけでなくそれを思想の体系から造形芸術としてふたたび地上におろし、しかもこんにちなおひとびとに戦慄的陶酔をあたえつづけている人物が他にいたであろうか。

理趣経（般若波羅蜜多理趣品）というのはのちの空海の体系における根本経典ともいうべきものであった。他の経典に多い詩的扮飾などはなく、その冒頭のくだりにおいていきなりあれもないほどの率直さで本質をえぐり出している。

妙適清浄の句、是《これ》菩薩の位《くらゐ》なり
欲箭《よくせん》清浄の句、是菩薩の位なり
触《しよく》清浄の句、是菩薩の位なり
愛縛清浄の句、是菩薩の位なり

妙適とは唐語においては男女が交媾して恍惚の境に入ることを言う。インド原文ではsurataという性交の一境地をあらわす語の訳語であるということは、高野山大学内密教研究所から発行された栂尾祥雲博士の大著『理趣経の研究』以来、定説化された。筆者もそれにしたがう。インド人は古代から現代にいたるまで物事の現実の夾雑性をきらい、現実から純粋観念を抽出するというほとんど本能的な志向をもっているが、しかしこの語は性交の経典である『愛経《カーマ・スートラ》』においても媾合としてつかわれているというから卑語、隠語ではなくごく通常の用語として使われていたのであろう。これが長安に入って唐語に訳されたときに、妙適という文字があてられた。妙適は長安の口語ではあるまい。あるいは訳者がとりいそぎこういう造語をつくったのかもしれない。なぜなら性交の各段階に関する分類や言葉はインドにおいてこそそれが明晰で、ほとんどいちいち成分を抽出して結晶化してみせるほどに厳密であったが、インドにくらべて言語における明晰性のとぼしい中国にあっては造語をするしか仕方がなかったかともおもわれる。

妙適清浄の句という句とは、文章の句のことではなく、ごく軽く事というほどの意味であろう。

「男女交媾の恍惚の境地は本質として清浄であり、とりもなおさずそのまま菩薩の位である」

という意味である。

以下、しつこく、似たような文章がならんでゆく。インド的執拗さと厳密さというものであろう。以下の各句は、性交の各段階をいちいち克明に「その段階もまた菩薩の位である」と言いかさねてゆくのである。

第二句の、

「欲箭」

とは、男女が会い、たがいに相手を欲し、欲するのあまり本能にむかって箭《や》の飛ぶように気ぜわしく妙適の世界に入ろうとあがくことをさす。この欲箭たるや宇宙の原理の一表現である以上、その生理的衝動のなかに宇宙が動き、宇宙がうごく以上清浄でないはずがなく、そして清浄と観じた以上は菩薩の位である……。

ついでながらこの経典における性的運動を説く順序が逆になっている。「欲箭」の前段階が、「触」である。

「触」

とは、男女が肉体を触れあうこと。それもまた菩薩の位である。

次いで、「愛縛」の行為がある。仏教経典における愛という語はキリスト教におけるそれではなく、性愛をさす。愛縛とは形而上的ななにかを指すのではなく、形而下的姿態をさす。インドのブンデルカンドの曠野にある廃都カジュラホの、そこに遺っているおびただしい数の愛の石造彫刻こそ愛縛という字義のすさまじさを物語るであろう。理趣経はいう。男女がたがいに四肢をもって離れがたく縛りあっていることも清浄であり、菩薩の位であると断ずるのである。この経の華麗さはどうであろう。

さらに理趣経は「一切自在主清浄の句、是菩薩の位なり」という。その一切自在の「自在」とは後世の禅家がしきりに説く自在ではなく、生理に根ざした生理的愉悦の境を言うのであろう。男女が相擁しているときは人事のわずらわしさも心にかかることもなにごともなく、いわば一個の人事的真空状態が生じ、あるいは宇宙のぬしもしくは宇宙そのものであるといった気分が生じ、要するに一切自在の気分が漂渺《ひょうびょう》として生ずる。それも、菩薩の位である、というのである。

筆者は、奈良の東大寺に電話をかけてみた。東大寺は空海以前の成立で、仏教における華厳《けごん》の体系を宗義とする寺である。しかし空海が後年、真言密教の始祖でありながらこの大寺《おおでら》の別当として一時在山したため華厳のほかに真言密教の教義が入っているといわれる。「東大寺でもっとも多くよんでおられるお経は何ですか」ときくと、意外にも空海が自分の思想の核心においたこの理趣経であった。その後、高野山にのぼった。朝六時からの勤行《ごんぎょう》に出ると、そこでよまれていたお経も、理趣経であった。理趣経に性愛のなまなましい姿態的説明が書かれ、それがとりもなおさず菩薩であるということは、経典が唐音で音読されているためにわれわれはその極彩色的情景を想い描くことなしに済んでいる。日本の中世にあってこの理趣経の字句的解釈を知った僧によって、この字句解釈のみをとりだして性交こそ即身成仏にいたる行《ぎょう》であるとした一流義ができた。たとえば南北朝争乱期の後醍醐天皇がその熱狂的な信者になったりしたことがあるが、むろんそれは空海の本意ではない。空海は万有に一点のむだというものがなくそこに存在するものは清浄――形而上へ高めること――としてみればすべて真理としていきいきと息づき、厳然として菩薩であると観じたのみである（ただしついでながらこれは釈迦の思想ではない。釈迦の教団は、僧の住む場所に女の絵をかかげることすら禁じたほどの禁欲の教団であった）。さらについでながら、理趣経の文章が律動的な性的情景を表現しているということは、空海以後、それが漢語であるがためにあまり的確には知られることがすくなくて過ぎてきたが、大正期あたりから梵語学者の手でそれが次第にあきらかにされはじめた。ただ空海は長安においてインド僧から梵語を学んだためにそのいちいちの語彙《ごい》のもつ生命的情景も実感もわかりすぎるほどにわかっていたはずである。

さて十八歳のころの空海である。空海は自分が生物であることに、後世のわれわれが信じがたいほどの大きさで衝撃をうけたのであろう。たとえば海潮のように自分の肉体に満ちてくる性欲に驚き、それを認めざるをえなかったであろう。のちの思想家としての空海の際限のひろさと論理構造の柔軟さからみてこの時期のかれが卑小な道学的禁欲者であったとはおもえない。かれは婦人との交渉を試みたか——試みたとおもいたい——、それとも試みる以上に妙適・愛縛というものの感覚と情景を想像で知っていたにちがいない。空海は信じがたいほどに強烈な想像力をもっていたうえに、その想像力を詩文に写すことができた。さらにはその想像を象《かたち》にするという信じがたいほどに豊かな造形の才能をもあわせ持っていたことをおもうと、かれの十八歳のころの想像世界は余人が窺《うかが》えば目もくらむほどのものであったかとおもえる。

十八歳のころの空海は、一見余人とほとんどかわりのない若者であったにちがいない。空海がきわだった秀才であることは叔父の阿刀大足もみとめ、大学の教官である岡田博士《おかだのはかせ》も味酒《うまさけの》浄成《きよなり》もみとめていたにちがいない。しかし空海のなかにひそんでいる才能の尋常でなさには気づいていなかったであろう。かれら学匠たちがたかが十八歳の若者の中に後年の空海を発見したということがあればそれはうそにちがいない。若者は一般にあくまでも若者であるにすぎず、それがやがて人になり、ついには尋常と異る人間になるというのは、つまり現実《なま》の若者においてそれを予知することはほとんど不可能といっていい。

「よき官吏になれ」

と、阿刀大足はあくまでも空海を尋常の秀才としてそう勧め、そのように期待したにちがいない。阿刀大足がモデルである「亀毛先生」は、大官になれば、欲しさえすれば美女をめとることができる、儒学における神聖的存在である舜でさえ、堯《ぎよう》の二人の娘をめとったではないか、といっており、この世でそうありたいと欲する世俗的欲望はほぼかなえられるのである、と説いているのである。

さらには空海は、後年のかれをみても、人間の世の中において他人との調和の保てない奇矯な性格のもちぬしではなく、むしろ人の心をよく読み、人が何を欲しているかを表情でさとり、世の中はこういうものだというわけ知りなところもあり、その点からいっても官吏としてせめて佐伯今毛人《さえきのいまえみし》ほどの官位にのぼることは期待できそうな若者であった。そういう印象からいえば空海はごくあたりまえの若者であり、すくなくとも世俗のわくからころがり落ちそうな性格のきわどさはなく、天才的人物といわれている者に常識としてありがちとされる狂気の相貌や行為は一見みられなかった。空海自身もこの習学時代の自分のことを、よく勉強した、とただそれだけ言っているのみなのである。

ただ空海における尋常でなさということが外貌ではわからなかったにせよ、その精神の深奥において奇妙なものが動いているということを、阿刀大足は気づかなかった。儒者はその学問の性質からいってこれに気づくだけの感覚を普通もっておらず、それがために大足はあわれにも「亀毛先生」として空海にからかわれることになるのである。

というのは、空海は自分の体の中に満ちてきた性欲というこの厄介で甘美で、しかも結局は生命そのものである自然力を、自己と同一化して懊悩したり陶酔したりすることなく、

「これは何だろう」

と、自分以外の他者として観察するという奇妙な精神構造をもっていた。この一事で空海は他の若者とまったくちがう何者かとして奈良の大学に存在した。元来、性欲とはおのれに密着したものであり、ときにおのれそのものであり、性欲にもまたおのれの固有名詞が冠せられ、あたりまえのことながらおのれの戸籍に属し、その性欲の動くところ、ときに人を傷つけることがあればおのれの所業として指弾され、ときにそれによって姦し、殺せばおのれが刑殺される。である以上、性欲はあくまでも特定のその個人に属し、その個人そのものでありながら、

しかし性欲は普遍そのもので何人《なんぴと》の性欲も性欲であることにおいては姿もにおいも味も成分も寸分かわりがない。それは万人に共通している。普遍的である以上なぜ性欲という客観物として、それを一箇の物体として万人が観察する場にほうり出せないのであろうか。

空海の関心と懊悩はそれであったにちがいない。

蛭牙公子は、色情の徒である。かれは空海の戯曲においては娼家にゆけば猿のごとく騒ぎ、美醜の見さかいもなく異性とみればそれを追い、それがために伯父の「兎角公《とかくこう》」からもてあまされ、兎角公がこの甥のことを思いわずらったあげく、儒者の亀毛先生に説諭方を頼み入るところから戯曲の幕があがるのである。性欲は元来普遍的なものであるにかかわらず、しかもそれが単に蛭牙公子にも宿っているというにすぎないのに、蛭牙公子の全人格がその性欲によって悪へ分類され、蛭牙公子の冠をかぶり、蛭牙公子の衣服をまとい、蛭牙公子の名を冠して歩き、その名のもとに蓬頭の醜女を抱き、美女のあとを追っかけ、娼家で猿叫をあげるのである。そしてその普遍的な性欲の発現がことごとく蛭牙公子の責任として帰趨してくるというのはどういうことなのであろう。

空海は、人間とはなにかということを考えこんだとき、たとえばそのこともおもったに相違なく、さらには蛭牙公子を儒学的にいえば狂わせているこの性欲を、空海自身も内蔵していることに驚歎の思いをもったにちがいない。これはどういうことかという設問については、主として世の取りきめのみを説く儒教——つまりは空海が大学で学んでいるところのもの——にはまったく回答は用意されていないのである。

空海は性欲を、たとえばオブジェとして目の前の机の上にどかりと置くという異様な態度でもってしさいに検討しようと志したとき、当然ながら性欲と隣接する食欲のこともあわせて考えたであろう。この当時の大学には特殊コースとして医科も併設されているが、しかし他のコースの学生も儒学に付属する教養として医書も読む。その医書は厳格な解剖学に立脚しておらず、多分に哲学的なものであり、また対症療法的なものであったにせよ、五臓六腑という解剖論はあり、胃ノ腑の機能も所在も教えている。胃ノ腑が食物を欲するが、しかし胃ノ腑の形態も機能も人によって異るということがなく、胃ノ腑もまた普遍的存在であり、たとえばここに道教の最高神のようなものがあらわれて空海の胃ノ腑と他の学生のそれとを瞬間にしてすりかえても空海もその学生も気がつかず、相対して談笑をつづけているに相違ない。胃のほかの五腑もおなじであり、五臓もそうであり、たれのそれらもおなじである以上、いちいちそれらに特定の人間の固有名詞が冠せられて自分の五臓六腑とおもいこんでいるのがいかにもふしぎであり、ふしぎというよりも所詮はそれは単に浮世の取りきめにすぎず、宇宙の真実からみればじつに浅薄なまやかしにすぎず、そのまやかしの上に世間学である儒学が成立しているのではないかと空海はおもうのである。

亀毛先生が、

「天姿辯捷《べんせふ》にして面容魁悟《くわいご》たり。九経三史心蔵に括嚢《くわつなう》し、三墳八索意府に諳憶せり」

という鬱然たる儒学の大家であったとしても、この問いには一言半句も答えることができないのである。

人間の内臓、筋肉、骨格、皮膚はことごとく万人共通し、その成分もことごとく同じである以上、自他の区別というのはどこでつくのであろう。どれほど小さな一点においても区別がつくはずがなく、人間の生理的内容も、性欲をもふくめた人間の活動もことごとくおなじものであり、差異はなく、差異があると信じているのは人間のもつ最大の錯覚にすぎず、その最大の錯覚の上に世の中が成立しており、孔子が「いまだ生を知らず、いはんや死をや」といって弟子の質問を避けたようにその錯覚をはれものにおびえるようにして触れることなしに成立しているのが儒学ではないか、と空海はおもった。あるいはおもったであろう。

筆者は二十代のある夏、京都の東山七条にある智積院《ちしゃく》で空海の『三教指帰』を、べつに読むというほどの執着もなく拾い読みしてしまうという淡い機会をもった。そのとき奇妙におもったのは、なぜ三教なのかということであった。空海の当時、儒教も仏教も日本に入っていた。しかし道教は入っていたかといえばむろん、その時に組織的に入っていたわけではなく、また後世においても入っていない（断片的には妙見信仰といったふうなものや呪術的天文学や陰陽道といったものは入っていた。が、中国的道士も存在せず、道教の寺である観というようなものも日本についぞ存在したことがない）。にもかかわらず空海が儒教、道教、仏教の三教をならべてその優劣を論じたのは当時の日本の現実からみてややそらぞらしく、儒教と仏教とくらべるだけでいいのではないかと筆者はおもったりした。空海は儒学という官吏学の大学の学生であり、そこを退学するにあたって『三教指帰』を書き、仏教がすぐれているという結論にみちびいてそれをたたきつけることによって儒教と絶縁し、大学をとびだした。それならば儒仏だけを論ずればよく、道教はなんの関係もない。

「お大師さんにはそういうところがあるなあ」

と、智積院の僧は、私の質問に対し、そういう漠然とした感想を答えにした。道教を入れて「三教」としたのは空海がその美意識において均衡と装飾をよろこぶ本能のようなものがすでにここにもあらわれている証拠のようにおもえる。さらには空海における論理的なくせとしてつねに濃厚にあらわれる完全主義が、かれに「道教」を参加させたのかもしれない。

いずれにせよ空海は中国における三教の盛衰の累積を踏まえたうえでこの戯曲を発想したにちがいないが、それにしても思想の優劣論を戯曲のかたちで書いた例は中国にもないはずであり、むろん日本におけるリーディング・ドラマの最初のものであることもたしかである。

このドラマにおいて、亀毛先生、次いで虚亡隠士が出たあとに、仏教を代表する者として若い乞食僧があらわれる。空海自身がモデルである。舞台の上での名は仮名乞児《かめいこつじ》という。乞児とは食を乞うて身を養いつつ法を得ようとする者をいう。児というからには小僧という語感であろう。

それが舞台に登場してくる様というのは本ものの乞食もあざわらうほどで、どうやら大学をやめて山林をうろつきまわっている空海自身に仮託している。紙子《かみこ》を着、茅《かや》で編んだござをかかえ、背中には椅子を背負い、足にはわら草履をはいている。食を乞うための木の鉢を左のひじに懸け、馬の尻管《しりくだ》のような数珠を右の手に懸け、頭といえば銅の盆のようであり、顔は瓦製の鍋のように黒ずみ、栄養の摂取がゆきとどかぬために色つやがまるでない。

虚亡隠士はこの仮名乞児の登場を見ておどろき、

「あなたの頭を見るに、毛が一本もない」

と、声をあげる。虚亡隠士は仏僧という存在をはじめてここで見るという設定である。異境の人間かとおもい、

「あなたはどこの国のひとです。そしてたれの子で、たれの弟子でいらっしゃるのでしょう」

と、問うのである。


空海のこの戯曲は舞台や俳優を必要とせず、それなりに小宇宙を形成して黙読されることを目的としている。それだけに文章の美をつくし、装飾性が高い。それにしても才華をつくし、文体を凝りに凝ってやや浮薄にさえ印象されるのは、六朝以後、空海の当時でもなお唐で流行していた四六駢儷体《しろくべんれいたい》を用いているせいであるにせよ、空海の性格の奇妙な明るさに根づいてい

ることはまちがいない。空海の美的感覚は冷えた寒色や救いのない暗い沈潜を好まず、朱や紫《し》金《きん》や金銀でいろどられた世界を好んだ。この奇妙さは日本の中世のなかごろから末期にあらわれる諦観の美やわび・さびといった日本的美意識とはまるで他人といったような世界であり、しかもこの戯曲はかれ自身が俗世での栄達の道をみずから蹴って出家しようといういわば落魄を宣言する文章でもあるのに、はかなさをなげく詠歎もなく、なげく自分に陶酔するその後の日本の定型的な湿気などもまったくなく、逆に足を踏みならして踏歌《とうか》をうたうように昂揚する自分を華美に装飾し、その絢爛たるかがやきを亀毛先生や虚亡隠士に見せつけようとしている。

——お前さんはどなただ。

と問われた空海の回答は、空海の精神に深沈たる憂鬱の表情を期待しようとする者にとっては底ぬけに快活である。この快活さは、あるいは空海の個性というだけでなく、余人はともかく、空海が感じていた仏教というものは、ひどくあかるいものであった。

仮名乞児としての空海は、

「私がたれの子であるかということに、なんの意味があるだろう」

と、昂然というのである。

空海——仮名乞児——はここで人間存在についての仏教の一般的解釈をいうのである。人間というものはもともと三界に家がないものだ、あると思っているのは錯覚である、人間の住む六趣《ろくしゅ》の世界をご存じであるか、地獄、餓鬼、畜生、修羅、人間、そして天上の六つの世界のことだが、人間はこの世界をくるくると輪廻《りんね》して定まるところがない、それゆえ私はときに天堂（天国）を国とし、あるときは地獄を家とする。

「ほほう」

と、亀毛先生も虚亡隠士もぼう然としてこの乞食姿の若者を見つめたであろう。

――誰だ。

という質問に対してカラカラという笑い声とともに空海は「あるときはあなたの妻になる、あるときはあなたの父、あるいは母になる」とおどすのである。

亀毛先生は「あなたは私の妻か」とおびえつつ虚亡隠士と身を寄せあい、若者の唇から出てくる思想的世界のあまりにも不可思議な光景に戦慄しながら、その思想は何です、師匠は誰です、と問いかさねると、

「あるときは魔王を師匠とし、あるときは鼻もちならぬ異端の修行者を友とする。鳥もまた私の父であり、獣もまた私の妻であり、このことはあなたがたにとっても変らない。儒者よ、あなたは私より年長であり、年長であるからといって長幼の序をやかましく言い、その躾を核にして浅薄な思想を作りあげているが、それは錯覚である。長幼の序などというそんなばかなものは実際には存在しないのだ。時間には始めというものがなく、あなたも私も無始のときから生れかわり、死にかわり、常無く転変してきたものである。人はむろんのこと、時間も万有も円のごときもので六道を轟々と音をたててめぐりめぐっている。であるがゆえに、さればおわ

かりであろう、私が何国のどこの生れで親がたれであるかということは決まっているわけではないということを。――」

と、空海はいった。かれはここにおいて仏教というよりインド思想の基本的万有観をのべたわけであり、さらには曼陀羅《まんだら》（宇宙の本質の姿を立体もしくは平面であらわしたもの）の思想がまだ組織的に入っていないにかかわらず、若い空海はその絶えまなく動いている本質的世界を言語によってあらわしてみせたといってもいいであろう。ついでながらこのインドの万有観を信じきってしまえば普通にいう歴史的時間というものは無意味になり、たれがどこで何をしたかという歴史的事実も虚仮なものになる。帝王もまた格別に尊貴なものではなくなり、まして帝王の手足である官僚が、官僚としていかに高位にのぼろうともまったく意味をうしない、一方、乞食も魚も虫も水蒸気も樹木も鉱物も、帝王や大官とともに轟々と六道を輪廻するだけの存在となり、この世のすべての価値的風景が消えてしまうのである。

が、空海は、亀毛先生の儒教的現実主義に調子をあわせてやるがため、このとき、わずかにかれの生地を明らかにし、問題にもならぬ現実ながらもそれを洩らしてやった。讃岐《さぬき》国である。讃岐国の枕詞は「玉藻《たまも》帰る」であるが、空海のあでやかさは漢文においてもその枕詞をつかい、

「玉藻帰る所の島、櫲樟《よしやう》（くすのき）日を蔽《かく》すの浦に住せり」

と、自分の生地を装飾するのである。このあたりの文章がいかにも朗々としていることをみ

ても、空海はその故郷を愛していたのであろう。さらに空海は自分の年齢もいった。

「三八の春秋を経たり」

三八とは二十四歳である。空海は十八歳のときにこの戯曲を書き、二十四歳のとき原稿に修正をくわえたのだが、初稿にはむろんこの一句はなかったであろう。

仮名乞児は、この舞台上でるるとしてインドの思想がいかにすぐれているかを説きつづけた。インド人は物事を抽象化して考えることに長じ、極端にいえば現実よりも形而上的世界にのみ現実を見出すといえるほどにふしぎな思想風土をもっているが、しかしそれを説明する場合に論理以外にきらびやかな詩的表現をつかう。

この仮名乞児もそうである。

仮名乞児は小脇にござをかかえ、背に椅子を背負い、鉢をぶらさげ、数珠をかけているというなんともいえぬいでたちだが、虚亡隠士はその様子をつくづく不審におもい、

「なぜあなたはそんなに数多くの道具をもっていらっしゃるのです」

ときくと、乞児は、

「私は皇帝の勅命によっていそぎの旅をしている。これは旅姿だ」

と、いった。皇帝とは地上の皇帝ではなく、かの慈悲そのものの仏陀のことである。仏陀は入滅された。仏陀がまさに入滅されんとするとき、自分の後継者は弥勒《みろく》菩薩であると宣言され、これに正統の相続者であるという印璽《いんじ》をあたえられた、と乞児はいった。

仏陀とは釈迦という実在の人物だが、弥勒菩薩は空想もしくは思想上の存在で、空海のいうことは現実的次元からは妄誕《もうたん》のごとくである。しかし空海が現実以外をみとめない儒教的次元からすでに飛翔してインド的多次元の世界に入っている以上、妄誕でないどころか、かれにすればこれほどの真実はない。

釈迦はその死にのぞみ、自分は未来においてふたたびあらわれ出るといったという説が『中阿含経』にあるが、それはべつとして釈迦没後、インドに大乗仏教思想が出現したとき、『弥勒上生経』ができ、弥勒菩薩が釈迦にかわって衆生を救うという思想世界が完成した。釈迦という皇帝の皇太子が弥勒菩薩であるという仮名乞児の表現はいかにも戯曲的で芸術的造形性がいきいきしている。

さらに仮名乞児のせりふがつづくのだが、この若い空海のこのときの想像世界に触れてやらねば、この戯曲を視覚として見ることができないであろう。弥勒は釈迦に代るべきほとけなのである。

弥勒は釈迦没後五十六億七千万年経ってからこの地上に生れ出てくる仏で、そのときにこの弥勒が救う人類は第一回に九十六億人、第二回に九十四億人、そして第三回に九十二億人であるとされる。

しかしながら五十六億七千万年という気の遠くなるほどの将来まで待たねばならない人類の

ためにインド人の想像力は強いばねのように勢いよく働き、弥勒が地上におりてくるのを待つよりもむしろ弥勒が常住そこにいて説法をしつづけているという兜率天《とそってん》にこちらから出かけて救われようという機能性をつくりあげた。そういう思案が成立してしまった以上、人がそう思い立てばいますぐにでも出かけて行って兜率天へたどりつき、弥勒の説法に浴するということができるのである。具体的にいえば現世においてはかなわぬながら未来——死後——兜率天にうまれようということである。

天はいくつもある。

兜率天は欲界に属する六つの天のうちの一つで、地理的にいえば夜摩天の上のほうにあり、夜摩天から十六由旬《ゆじゅん》（一由旬は四十里とも三十里ともいう。一里は六丁というふうになっている）はなれ、これを地上の海抜でもって計算すると三十二万由旬という上空にあり、そのひろさは八万平方由旬である。

この仏国土にはたえず紫金摩尼の光明がきらきらと旋回し、その光明がきらめくたびに四十九重微妙の宝宮があらわれ、国土の中心に善法堂があってそこに弥勒菩薩が住み、日夜ひとびとのために説法している。気候は寒も暑もなく、住むひとびとはみな智慧威徳をそなえ、みどり児でさえ人間の八歳程度とおなじほどに溌剌としており、みな肢体がうつくしい。出生すればすぐ衣服も天からあたえられ、寿命といえば八万四千年である。紫金摩尼の光明につつまれて男女がそぞろに歩き、そこには愛もあり、愛の行為もあり、淫事は下界とは異り、握手によって為される。

空海は、兜率天にあこがれている。

「熟《つらつら》尋ねみれば」

と、この戯曲に言う。

「地球などはいつまであるかわからない。ヒマラヤ山はなるほど天漢《あまのがわ》にとどくほどに高いがしかしそれも地球の最後の日には火にやかれて灰になってしまうのである。大洋はなるほどひろいが、水が涸《か》れて消え、かぎりなくひろがっていると思われているこの大地もどろどろになって消えてしまうのである。天にあこがれる以外に生きる方法はない」

天にあこがれるとは形而上的真実世界に同一化するということであろう。

仮名乞児がいうのに、

「この旅装というのはその兜率天へゆくためだ」

と、足ごしらえを踏みしめるのである。仮名乞児の表現では皇帝である釈迦が弥勒菩薩に継承のしるしである印璽をあたえたあと、大臣である文殊菩薩や迦葉《かしよう》尊者たちをまねきよせ、

――わが意のあるところを世界の諸地方につたえよ。そして弥勒こそ仏陀の後継者であり、それが即位するということをひとびとに報らせよ。

といったという。

「私も、その報らせを受けた」

と、仮名乞児がいう。

「だからいそぎ身支度をととのえて出発した。馬にまぐさをあたえ、車にあぶらをさし、昼夜の別なく兜率天へむかっているところだ。ところが途中の道はけわしく、ときに数筋にもわかれて道標がなく、しかも人里離れて道をきこうにも教えてくれる者がなく、車も馬もうしない、やむなく寝具や食器などこまごましたものをこのようにして背負ったり、身にくくりつけたりしている。道にも迷った。食糧にも難渋している。そのため恥しくはあるがこのようにして人の家の門に立って行路の資《たすけ》を乞うているわけである」

「そういう旅をつづけておられるのか」

亀毛先生も虚亡隠士も、姿勢を卑《ひく》くし、このふしぎな若者をあおぐようにしていった。

「そうだ」

仮名乞児が胸をそらしていったように、空海がかれ自身規定したその生涯は旅であったらしい。空海が十八、もしくは二十四歳のときにこう宣言したように、のち高野山で六十二歳で入《にゅう》定《じょう》するとき、自分は兜率天の弥勒菩薩のそばに侍《じ》するためにゆくのだ、といった。看病《みと》っている弟子たちに自分の入滅の日時を告げ、悲泣するな、自分はお前たち一切衆生を兜率天より見守っている、さらには「悲歎するなかれ、五十六億七千万年ののちに弥勒菩薩がこの地上に下《げ》生《しょう》するときともにくだってくる」といっている。空海はぼう大な事業を地上にのこしたという点でその生涯ほど複雑なものはなかったが、同時にかれほど単純明快な生涯を送った者もないであろう。なぜならば戯曲の上で仮名乞児が、「自分は報らせをきいていそぎの旅にのぼっている」といったとおりのことをいってかれは死ぬのである。

繰りかえすようだが、空海は延暦十年（七九一）、十八歳で大学に入り、その年か、もしくはその翌年に退学してしまっている。

あるいはしばらく退学の手続きはせず、出奔というかたちをとったのかもしれない。ともかくも大学に籍を置きつつ仏道のほうに大傾斜した。

「儒学儒学といっても、上古の俗教ではないか」

恒《つね》に思へらく、我が習ふ所の上古の俗教は眼前都《す》べて利弼《りひつ》なし、と。宇宙と生命の真実を明らかにして生きていることの秘密を知るについては儒学は無力である。インド人は宇宙の運動相のみを考え、シナ人はそのことにはほとんど無関心で、ひたすらに浮世の事実のみを重んじ、処世の工夫のみをしている、と空海はみた。空海は唐の学問をまなぶについてはきわだった理解力と記憶力を示して阿刀大足や岡田博士などをおどろかせたが、しかしかれはその世界に安住するにはあまりにも自己の生命そのものについての関心が強烈すぎた。死ぬということはどういうことであろうと思い、死ねば浮世の大官といえども無力ではないか、と居たたまれぬほどの焦燥をおぼえた。空海が大学に入る前年に、歴代の帝にその才を愛され、苦役されつづけた佐伯今毛人が、かたちばかりは栄爵につつまれて死ぬのである。今毛人の晩年はほとんど僧のような暮らしであり、私寺の佐伯院をたてたりして自分の生命の未来のみを欣求《ごんぐ》していた。

「官吏になってもつまらぬ」

ということを、あるいは囁くようにして空海に洩らしたのかもしれない。今毛人は、漢籍をおさめ官吏になり骨が撓《たわ》むほどに働いてきたが、一面にたえずおもってきたのは自分の生命とはなにかということであった。人は生命をもつという点で虫や魚とすこしも異らず、たとえ日本国の参議という大官になったところで生命が他の人間や生物と別種のものになるということはありえず、ありえぬということを知ったときはすでに人生が暮れはじめていた、というのが今毛人の実情であったであろう。かれはいそぎこの生命をたれに託すべきかと狼狽し、迷ったあげく、これを仏《ぶつ》に託すべしとは思った。しかし仏道については何の知るところもなく、ただ他人《ひと》よりも多く持ちえた銭でもって仏寺と仏像を購《あがな》ったが、購っただけでこの生命の未来がやすらかに決定《けつじょう》したわけではなく、この不安に身をこがされる思いで堪えている……といったふうのことは、今毛人の経歴、教養、晩年の行状そして性格を考えるとき、空海に洩らさなかったとはいえない。しかしながら、

「であるがために、お前は僧になれ」

とは、佐伯今毛人は断じていわなかったであろう。僧になることは父母や一族を落胆させるということで孝という儒学的倫理の第一義に反する。佐伯今毛人は儒学の徒であるだけにその

ことを浮世の絶対価値においていたし、さらには空海の叔父の阿刀大足や、空海の父の佐伯直《あたえ》田公《たぎみ》を知っている以上、軽々にはいえなかったにちがいない。

さらにいえば、奈良朝以来、庶民にして耕作からのがれるべく勝手に頭を剃って山林に遊行《ゆぎよう》し、私度僧《しどそう》になって里人に食を乞うという安易な暮らしをする者が多く、歴朝は官僧以外には認めずとして庶民の私度を禁ずるのに躍起になってきた。佐伯今毛人も政府役人であった以上、この流行をもって律令《りつりよう》体制を蝕《むしば》むものとして禁じつづけてきたはずであった。私《わたくし》に得度《とくど》することは国家への犯罪行為であり、それについては国家は私度僧たちを乞食として庶民に卑しめさせる方針をとってきた。仮名乞児は、私度僧である。ただし右の戯曲にもこの時代の私度僧の身分の凶々《まがまが》しいほどの賤しさについてはさすがに空海も恥じたか触れておらず、むしろ乞児に対して傲然と、

「私は仏陀の勅命を奉じて兜率天への旅にのぼっている者だ」

と名乗らせているのは、わかわかしくもあり、ある意味からは痛々しくもある。

叔父の阿刀大足は保護意欲がゆたかでいかにも心の優しい人物であったが、空海が大官への道をすてて私度僧になると言いだしたとき、顔色を変えて反対したにちがいない。その反対がよほど激しく、かつまた大足の学才を傾けてのものであったにちがいないことは、空海がわざわざそれについての長大な戯曲を書かざるをえなかったということでもわかる。叔父が亀毛先生として登場する。おそらく空海は叔父にこの原稿をみせ、叔父の言った戒諭や議論を亀毛先

生のせりふとし、それをいちいち自分が駁論し、あげくのはては自分の発念《ほつねん》が正しいということをたかだかとかかげてみせた。叔父の大足もこれをみて、あるいはそれ以上議論の刃《やいば》をふりあげる気根を消《う》せさせたかもしれない。ただ、

「不忠ではないか」

と、大足がいったらしいことは、『三教指帰』の序に出ている。官吏たるべき大学に入ったことは国恩であり、それを捨てることは国恩にそむく。さらには私度僧になって社会の体制の外によろめき出てしまえば、社会に対する義務である儒教の仁義礼智信にもとることになるではないか、ともいった。空海はそれに対して理屈をのべているが、このあたりは文章の意気はやや騰《あが》らない。やがて後年の空海がひどく国家を気にかけ、鎮護国家をとなえたり、あるいはしきりに社会事業をおこして社会に酬いようとするにいたるのは、鎮護国家的要素がすでに唐に入った密教の一要素になっていたとはいえ、高等官僚の候補生であったことの気勢《きおい》とそれをみずから蹴ったことについての負《お》い目のような意識が、多少なかったともいえない。

ともあれ、仮名乞児は「旅」にのぼるのである。

四

空海は、十九歳になる。妙な青年だったにちがいない。

頭髪はよもぎのようで、乞食のなりをしている。ござをかかえ、背中に椅子を背負っているのは、

「兜率天《とそつてん》へゆく旅姿だ」

と、みずからその戯曲の中で説明しているように、尋常の目からみればばかばかしいほどに気《き》勢《お》った乞食だったであろう。

晩年の空海は、自分の一代の事柄については、この時代の人としては多弁であった。さらにはかれの時代の日本人はわりあい記録好きであったように思える。たとえば『続日本後紀』に空海の事歴が出てくるのである。また孔子の弟子が師の言行を『論語』でまとめたように、空海にはその直弟子がまとめた『御遺告《ごゆいごう》』がある。これらによって空海の一代がほぼわかり、後世からみて、かれは謎の怪人物といったふうな印象からまぬがれている。他の例でいえば役《えんの》

小角《おづぬ》のように伝説の霧のむこうで影絵のごとく跳梁する人物ではない。

それほど空海についてのほぼ同時代的な事歴記録が多弁であるわりには、かれが大学をとびだし『三教指帰《さんごうしいき》』を著してから入唐《にっとう》までの七年間ほどが空白にちかい。七年間とは、仮名乞児《かめいこつじ》のころである。

「わが仮名乞児よ。——」

と、空海自身、可愛さのあまりそう叫んでいるかのような、かれ自身あれほど愛《いとお》しんでいる自分の青春のころのことである。この時期については晩年の空海はほとんど沈黙している。いったいこの七年間、かれは何をしていたのであろう。

かれの戯曲『三教指帰』は自伝的要素がつよい。在学中に、一沙門に出会ったという。

「爰《ここ》ニ一沙門アリ」

と戯曲でいうその沙門は、戯曲の中では無名だが空海の生涯のわかれみちに立ち、背につよい陽をうけて長い影を曳くにいたる人物である。

佐伯氏空海は、大学に入ったときから奈良の佐伯院を自分の氏寺《うじでら》のようにして親しんでいたであろう。私寺である佐伯院のとなりが、官寺である大安寺である。大安寺には長安に留学した僧や、その弟子たちといった、海外で生活したひとびとが多く住んでいる。また鑑真《がんじん》のような唐僧や菩提仙那《ぼだいせんな》のようなインド僧も住んだことがあり、あたかも長安もしくはインドの縮景であるかのような観を呈していた。さらに飛躍するが大安寺というのは、その境内の景色が兜率天の宮殿の縮景であるという論理も当時にあった。大安寺は東西両塔があり、金堂、講堂、食堂、経蔵、鐘楼など、それらの設計といい、それらの配置といい、唐の長安にある西明寺とそっくりであった。その西明寺は兜率天のイメージを造形化したものなのである。大安寺の縁起には、

「インドの祇園精舎は兜率天宮をもって規模としている。大唐西明寺はその祇園精舎を規模としている。本朝の大安寺はその西明寺をもって規模としている」

従って大安寺は、弥勒菩薩が日夜説法しているという兜率天宮の写しである。このことは、インド的思考法に魅かれている空海にとって、大安寺の境内に足を踏み入れることじたいが、きらびやかな象徴に満ちたインド的世界に入りこむことであったにちがいない。

「儒教は世俗の作法にすぎない」

と、国費で儒学をまなぶ空海は考えている。中国文明は宇宙の真実や生命の深秘についてはまるで痴呆であり、無関心であった。たとえば中国文明の重要な部分をなすものが史伝であるとすれば、史伝はあくまでも事実を尊ぶ。誰が、いつ、どこで、何を、したか。そのような事実群の累積がいかに綿密でぼう大であろうとも、もともと人生における事実など水面にうかぶ泡《あわ》よりもはかなく無意味であると観じきってしまった立場からすれば、ばかばかしくてやる気

がしない。

インド人は、それとは別の極にいる。

この亜大陸に成立した文明は奇妙なものであった。この亜大陸には、史伝とか史伝的思考とかいった時間がないのである。生命とは何かということを普遍性の上に立ってのみ考えるがために、誰という固有名詞の歴史もない。いつという歴史時間もなかった。すべて轟々として旋回する抽象的思考のみであり、その抽象的思考によってのみ宇宙をとらえ、その原理をひきだし、生命をその原理の回転のなかで考える。自分がいま生きているということを考える場合、自分という戸籍名も外《はず》し、人種の呼称も外し、社会的存在としての所属性も外し、さらには自分が自分であることも外し、外しに外して、ついに自分をもって一個の普遍的生命という抽象的一点に化せしめてからはじめて物事を考えはじめるのである。従って、歴史や社会的思想などという、漢民族が大切にするすべてはインド人の思考法のなかにかけらほども入って来ることがない。空海は大学の学生としては中国文明のなかに身を置き、私的関心としては大安寺に出入りしてインド文明にひきよせられている。この両極端の文明を往来して空海が身を引き裂かれなかったとすればむしろそのほうがふしぎであろう。げんにかれはひきさかれるような変異——あとで述べるが——を土佐の室戸岬で経験するのである。

爰《ここ》ニ一沙門アリ、という沙門とはどうせ大安寺に縁のある僧にちがいない。その僧とは、山野をあるきまわっている乞食のような私度僧《しどそう》であったであろう。そうではなく堂々たる官僧であるともいう。しかもそれが三論宗の学匠（勤操《ごんぞう》）だったといわれるが、この場合どちらでもよく、ただ私度僧のほうがこの時期の空海の風景にはよく適《あ》う。

「学生《がくしよう》よ。お前がそこまで仏法のことに熱心ならいい工夫を教えてやろう」

と、一沙門は、この儒生に万巻の経典をたちまち暗誦できるという秘術を教えたのである。秘術はインド伝来のものだが、釈迦の仏教ではなく、インドにおいて仏教とは別の精神風土から発生した密教に由来し、その密教は長安に伝わって、そのあと、日本にいくつかの砕片のようなかたちで伝わっていた。のち空海によって体系として大完成する密教はその時期以後を純密と言い、それ以前の没体系的な、かけらのかたちでつたわってきていた密教を雑密《ぞうみつ》として区別した。ついでながら雑密はその後もこの国の山河に根づき、大和の大峰や出羽の羽黒山などの山林で土俗と習合しつつ歩き巫女《みこ》、外法《げほう》の徒、あるいは山伏といったふうなかたちとして生きつづけた。

「それはこういうものだ」

と、一沙門が空海に伝授してくれたのは、あるいはこの当時とすればきらびやかな科学としてであったにちがいない。つまり、ある真言《しんごん》を、ある場所へゆき、そこで一定の時間内に百万べんとなえるというものである。この苦行を反覆するうちに人間の意識下にねむっているどの層かが急に光芒を放ちはじめ、その光芒に照らし出せば八万四千といわれる経文を意のままに暗誦できるようになるというものであった。要するに、インドに伝わる記憶術であった。

「虚空蔵求聞持法《こくうぞうぐもんじほう》」

という秘法がそれである。記憶力をつけるために虚空蔵菩薩という密教仏にすがり、その菩薩の真言を一定の方法でとなえる。ついでながら、真言とはやはり言語の一種であるにはちがいない。しかし、人間の言語でなく、原理化された存在（法身如来《ほっしんにょらい》）たちがしゃべる言語である。虚空蔵菩薩というのは天地いっさいの現象の表象であり、人がその現象の玄妙さに驚歎を感じたとき、たれの前にでもこの菩薩は姿をあらわすであろう。インド人はそう考える。たとえば慈雨をふらして草木をそだてるといった自然のよき機能はすなわち菩薩でなければならず、それを讃仰する意識が生じたときたちまち虚空蔵菩薩は天地にみちみちるのである。

自然の本質は清浄であり、破壊《はえ》すべからざるものであろう。さらには人間に利益《りやく》をあたえる立場からみれば、幸福の源泉であることにまちがいなく、また智慧の源泉であることにたれも異存あるまい。

「それが、アーカーシャガルバー（虚空蔵菩薩）だ」

と、インドにおこった密教グループは考えた。かれらは釈迦の仏教とはちがい、ともすれば精神が死にむかって衰弱しがちな解脱《げだつ》の道をえらばなかった。釈迦とは逆の道をえらんだ。現世を肯定した。解脱解脱といっても人間も虫も草も、生命があるかぎり生きざるをえないではないか、というひらき直った所から出発した。かれらは自然の福徳に驚歎讃仰する立場をとり、自然に対して驚歎讃仰する以上、自然の一部である人間の生命に対してもそれを驚歎讃仰した。生命を大肯定する以上、人間は自然から福徳や智慧という利益をうけねばならない。虚空蔵菩薩という自然の本質は、それへ修法者が参入してゆきたいとこいねがい、かつ参入する方法を行《ぎょう》ずるとき、その修法者に惜しみなく利益をあたえてくれるというのである。

空海は、その方法を伝授された。

たとえば虚空蔵菩薩の真言を教わったとき、

「これが、自然の本質がおのれの本質を物語るときの言語か」

と、その意味不明の言語をうそぶきつつ、体のふるえるようなよろこびを感じたであろう。真言は、同時に咒《しゅ》としての力をもつ。修法者の修法さえ通ずれば宇宙をうごかすことも可能であるという意味において真言は咒であり、神変の働きをもつ。空海は絶対無二の科学をそこに感じたにちがいない。

空海は大安寺の経蔵において仏教を知ったであろう。このことは法科学的思考世界をよろこばないこの哲学的体質の若者をよろこばせた。空海は具体的世界にかかずらわる中国的教養をよろこばず、具体性をいっさい止揚して天地のすべてを法則化して考えるインド的知性をよろこぶという、これは生れつきとしか言いようのない性向をもっていた。しかしながらいかに哲学好きのかれも、認識だけにとどまりがちなこの時代の仏教に物足りなさも感じていた。そこへ「虚空蔵求聞持法」という、インドから長安をへてはるばると日本へもたらされた密教的断片に接するにおよんで、人間の功利性に応《こた》えるところの自然科学を知ったのである。自然の理法を知り、それを動かす方法さえ会得すれば智慧の源泉である自然からかぎりなく利益をうけることができるのである。

空海とは別な方法で科学を知ってしまった後世が、この空海をあざけることは容易であろう。しかし密教の断片において科学の機能を感じた空海のそれと、後世が知ったつもりでいる科学との、はたしてどちらがほんものなのか。つまり自然の本質そのものである虚空蔵菩薩に真贋《しんがん》の判定をさせるとすればどちらがその判定に堪えうるかということになると、人間のたれもが(つまりは所詮《しょせん》自然の一部であるにすぎない人間としては)、回答を出す資格を持たされていない。

「一定の場所へゆけ」

と、伝授した一沙門はそう教えたはずである。求聞持法《ぐもんじほう》を行《ぎょう》ずるには場所をえらばねばならない。当然、宇宙の意志が降《くだ》りやすい自然の一空間であらねばならず、たとえばそれが山岳であるとすればどういう山岳がよいかという示唆はあたえたにちがいない。

「では大和の葛城山《かずらきさん》など、いかがでありましょう」

と、空海は、やや賢《さかし》らに訊《き》いたであろう。葛城山は空海よりもずっと以前にこの国に出現した土俗的山林修行者がひらいた山で、神霊を感じやすい山であることが常識になっていた。しかしながらこの沙門は行《ぎょう》においてしたたかな達人であったに相違なく、

「それは、君自身がみつけることだ」

と言ったかと思われる。

「つまり、神になりうる」

と、空海はひそかに思い、激烈な昂奮をおぼえた。かれの青春のなかでの七年間というのは、この昂奮の持続時間であったにちがいない。

空海は近畿で当時の行者たちが霊《く》しき山であると評価している山々にはひとわたりのぼったようでもある。「虚空蔵求聞持法」を身につけ、真言を百万べん唱えることを中心とする困難な苦行をあちこちの山々でやってみた。しかしいっこうに自然の本質がかれに対して電撃的な感応をあたえるというふうにはゆかなかった。

そういう試みのあとで、

「やはり四国に渡ろう」

と意を決した。

阿《あ》国《こく》大滝嶽《おほたきだけ》に躋《のぼ》り攀《よ》ぢ
土州室戸崎《むろとのさき》に勤念《ごんねん》す

と、『三教指帰』に空海自身がわざわざ地名をあげて書いている。あるいは空海事歴の直接的な資料といぅにひとしい『御遺告』でも地名としてあげているのはこの二ヵ所だけであることをおもうと、十九歳の空海が四国に渡ってこの二ヵ所で修法をしたのはたしかであろう。ところでかれはこの二ヵ所しか行かなかったのか。そのことに多少の滑稽感も湧く。

この間《かん》の消息に、空海の育ちのよさや性格などもよく出ているように思える。出家をするということの常識的な定型は、世をはかなむという厭世的衝動によるものであろうが、空海にそのひえびえとした匂いがまったくないということはすでに述べた。かれにとっての出家は大学における学科を転じたというふうのいわば知的関心の課題内のことであり、この点でかれの精神はあかるく暖色にいろどられているように思える。さらにはかれが解脱を目的とする仏教をえらばず、肉体と生命を肯定する密教に直進したことも、かれの出家の風景を気味わるいほどの陽気さでいろどっている。

「いずれか、山林をもとめよ」

という一沙門の教示にしたがって奈良の大学を出てゆくとき、性格によっては北方の艱難な自然をもとめるであろう。たとえば越《こし》の立山《たてやま》は神霊のやどる山としてすでに知られた名山であったし、また出羽の羽黒山にあっては巌峭《がんしよう》に怪奇の霧が湧いているということも奈良あたりですでに知られていた。しかし空海はゆかなかった。かれがおそらく北方の寒色にとざされた世界に孤影を沈めてゆくというぐあいの、物悲しさをともなった詩的趣味はもたなかったというのは、空海を知るうえで存外大事なことかもしれない。

結局はうまれ故郷の四国へゆく。山の名になじみがあるだけでなく、自分の精神の体温に適《あ》っているかのようでもあった。阿波と土佐の海には黒潮が流れていて冬もあたたかく、さらには空海の好きな樟《くすのき》の葉の照り映えるあかるい土地でもある。空海というこの天才の生涯から考えてもかれは決して北海の氷山に立つ人ではなくあくまでも暖流に似つかわしい人であった。この十九歳のとき、生涯の大事を断ずるにあたって、その苦行の地を温暖の四国にもとめたというあたりにえもいえぬ愛嬌がただよっている。一沙門もあとできいて、

「あいつ、四国へ行ったか」

と、おそらく愛情をこめた高笑いをあげたかとおもわれる。

空海はまず淡路島にわたらねばならない。福良《ふくら》湊《みなと》には蜑《あま》とよばれる東アジア特有の水上生活者の舟がおびただしくもやっている。そのうちの一艘に乗り、潮のはやい海上四里を突っ切って阿波の撫養《むや》湊に逃げこむのである。

「奇《く》しき山はないか」

と、空海は土地の者に、土霊の棲《す》みついている山をあちこち聞きまわったにちがいない。

「奇しきは大滝嶽こそ」

と、教えてくれた者があったのであろう。

大滝嶽というのは、空海の当時も人里からあまり離れていない。いまの行政区画でいえば徳島市域の南方で、阿南市域の西方にあたる。標高わずか六百二メートルという拍子ぬけするほどに低い山である。低くはあっても山中に入れば崖もあり洞窟もあり、人間が踏みあるくにはよほど困難であった。もっともこの当時山野に数多く居た山岳修験《しゆげん》者など山歩きに熟した者たちからみれば大した山ではなかったにちがいない。とはいえ、空海が晩年になってもなお、

「自分は阿波の大滝嶽で修行した」

と、わざわざこの低い山の名を宝石のように大切にしていたことからみれば、かれはここで「虚空蔵求聞持法」の困難な修法のいっさいを完全にやってのけたに相違なく、密教行者として最初に踏みだした記念すべき行場であったかとおもわれる。

ただし空海の青春において記念的だったという意味では、土佐の室戸岬のほうがはるかに大きかったであろう。空海が室戸岬へゆくにおよんで、はじめてかれの精神が地上を離れて自然界へ跳躍してしまったかの印象がある。

「室戸岬へゆきたいが」

と、阿波でおよその道をきいたときは、聞いただけで顔を青ざめさせた者もいたに相違ない。

たれもが制止したはずである。室戸の山々は人の踏み入るべきところにあらず、棲むは鬼ばかりなるべし、などとこの若者の身を危ぶんでしつこくさとした者もいたかと思われる。

四国の地勢は、四国山脈をもって東西の背骨としている。南は翼をひろげたように太平洋を抱きこみ、その東の一翼が室戸である。室戸は無数の山嶺が巻貝の殻の起伏のように息せき切ってかさなり、しかも全体が巨大な三角の錐状《すいじょう》をなし、その三方が急傾斜をなして海へ落ちこんでゆくさまはおそろしいばかりであり、とても人の棲むところともおもえない。しかも、阿波と土佐とは隣国でありながら阿波から入る直ぐな道はなかった。

「浜づたいで行くわけには参らないか」

と、空海は土地の者にきいたにちがいない。土地の者はあきれて、

「鳥ならでは、とても」

と、答えたであろう。海岸はほとんどが断崖か岩礁でたえず激浪がとどろき、とても人の通過をゆるさない。結局は山路になるが、谷のほとんどが東西に走っているために谷伝いもできず、尾根をえらんでゆくにも密林でおおわれているためにいちいち斧をふるって葛《かずら》を断ち、鎌をもって枝を払いつつゆかねばならず、一丁をゆくにも一日以上もかかる日があるかもしれない。

「土佐は鬼国《きこく》に候」

といわれたのは空海よりもあとのことだが、おそらく阿波人が、自分の国の南に横たわるという室戸のおそろしさを想像していったことなのだろう。

「その尖端は、どうなっている」

と、空海は阿波人にきいたにちがいない。

「最《ほつ》御《み》埼《さき》と申します」

物知りが、そう答えたであろう。ほつみさきなどとは、普通名詞のようでもある。この時代、木の梢のことを末枝《ほつえ》といったようだから、ほつとは尖端のことであろうか。

室戸の三角錐がしだいに狭くなってその尖端のほつともなればもはや地骨が風浪にさらされて断崖になりはるかに海中に突き出ている。大地はそこで終り、あとは水と天空があるのみである、と阿波人がいった。

「地の涯《はて》か」

空海がもとめていたのはそこであったようにおもえる。

（そのほつこそ、天に通ずるところではないか）

と、詩的情感がつねに形而上的世界へ舞いあがるこの若者は、確信をもってそう想像したにちがいない。そのほつにおいて虚空蔵の真言を唱え、「虚空蔵求聞持法」を修すればあるいは天へ通いうるのではないかとおもえる。

空海は、いまの徳島市域あたりから南下したように思われる。いまの阿南市までの道はたいらかで労がすくない。

阿南市は、多くの島嶼と鋏の両刃が突き出たような複雑な岬を海上に持っている。その鋏の両刃のあいだに椿泊《つばきどまり》という古い湊があり、「錨《いかり》抓《か》きはなはだよし」といわれて空海のころから漁《いさり》をする者がここを舟溜りにしていたにちがいない。陸路も、この岬の根を通過する。根のあたりは椿村という。阿波の国中をくだってこの椿まで来れば冬でもにわかに気温が暖くなる。

「奇態《けったい》な所だすやろ」

と、筆者を乗せてくれた老運転手がこの椿村を通過しつついった。徳島市内でひろった個人タクシーで、昭和九年からタクシーを走らせていて六十歳をこえたがずっと無事故であるという。四国八十八ヵ所は何度となくまわり、いまでも月に何度か遍路をする人を乗せるために、うしろのトランクに鈴とわらじが入れてある。老運転手は、この椿村をすぎたとき、毛糸のセーターをぬいだ。椿村から海を離れて山中に入り、星越《ほしごえ》という峠を上下するのだが、気温は厳密にはこの峠で境になっているらしく、峠をこえると季節はまだ冬ながらのぼせるほど温くなった。黒潮がこのあたりまで来ているせいであり、暖流というものがこれほど陸地の気温に影響するものかと驚歎させられた。空海の生涯を思い、ふとこの人ほど暖流に適《あ》ったひとはいないのではないかと思ったのは、この星越峠をこえるときである。星越峠のあたりは椿や樟の葉が陽にきらめき、いかにも照葉樹林といった感じである。

このあとの経路は、ひどく山中に入りこんで山霧に巻かれたかと思えばふたたび入江をみつけて磯へ突進し、また断崖から逃げるようにして山中へ入るという繰りかえしを何度かつづける。空海の行旅もそうであったであろう。椿村からかぞえて最初の磯は、由岐《ゆき》の浦であった。そういう運動のくりかえしのあと、由岐の浦につづいて入江に出るのは日和佐の浦である。

日和佐の浦は山と断崖にかこまれて、わずかに砂洲がひろがっている。そのきわどい平地に、潮風にさらされた低い屋根の人家が密集し、目分量でざっと千戸ばかりあるかとおもわれた。十九歳の空海のころにも何戸か蜑の苫屋《とまや》があったに相違なく、浜では塩を焼くけむりが立っていたであろう。浜に出ると、湾が小島を一つ抱いている。黄土色の磯に枝の吹きちぎれた黒松がよく似合っていた。潮騒こそあらあらしかったが、磯にも島にも岩鼻にも人間が古くから住みこなしてきた馴れがあり、空海は山中からこの浦におりてきたとき、全身の毛穴が一時にひろがるような、安堵する思いをしたにちがいない。


「お大師さんのころ、人里はこの日和佐まででしたやろか」

と、運転手の宮本富太郎老が潮風の中でいった。このさき室戸までわずかに牟岐《むぎ》の浦と、それに宍喰《ししくい》・甲浦《かんのうら》という入江があり、そこにわずかずつ集落があるにせよ、人の暮らしの温もりのある里といえばこの日和佐の浦までだったかもしれない。

日和佐の浦をかこむ急峻の山肌に吊りあげられるようにしてたかだかと石段がかかっている。上に山門があり、医王山薬王寺、とある。四国八十八ヵ所のうちの二十三番の札所《ふだしよ》だという。このさき室戸までは札所がなく、宮本老の想像はそれがたねになっている。札所がすでにここで絶えている。そのことは空海が人里で疲れを癒やした最後は日和佐の浜だったのではないか、ということであり、四十年ちかく遍路の道を走りつづけてきた人の想像はかならずしも無視できない。

日和佐に入ると、医王山薬王寺はちょうど縁日であった。石段を厄年の男女が織るように上下しており、登る者は一段のぼるごとに一枚ずつ一円アルミ硬貨をおとしてゆく。齢の数だけおとすのだというが、異様な光景であった。なかには壮漢が小さな老女をかるがると背負い、どちらも石のように無表情な顔でのぼってゆく。背中にとまっている老女が、一枚ずつ軽い硬貨をこぼしていた。空海という、日本史上もっとも形而上的な思考を持ち、それを一分《いちぶ》のくるいもなく論理化する構成力に長《た》けた観念主義者が、そのどういう部分でこのようなひとびとの俗願とむすびついているのであろう。しかも空海歿後千二百年を経てなおこれらの人の群を石段の上へひきあげつづけているのは空海の何がそうさせるのかということになれば、どうにも筆者が感じている空海像がこの浦の黄土色の砂の上から舞いあがり、乱気流のかなたで激しく変形してゆくような恐れをおさえきれない。

その謎は、この稿が終ってもあるいは解けないかもしれない。解く自信の有無はかたわらに置いたまま、いまは十九歳の空海のあとをたどってゆくことにする。

行旅の道すじは、日和佐からふたたび山中へ入ってしまう。

地図で測ると、日和佐から室戸の最御埼まで六十キロとすこしにすぎないが、空海のころは二十日以上はかかったのではないかとおもえる。

この若者は鎌と斧をたえず使って道をひらいて行ったであろう。食糧は干魚などを背負えるだけ背負って蹌踉《そうろう》と歩いていたのではあるまいか。海辺には食糧が多く、山中にあってはわずかに木の実を採ったり草を摘んだりする以外に飢をしのぐことができない。ときに山頂から地勢を案じ、入江がありそうだと見れば何日もかかって海岸へ出たのではないかと思える。

牟岐からむこうで、頻繁に小入江が連続している。海浜の崖や山をよじ登っては、小さな入江にすべり落ちてゆく。坂の名と浜の名とを挙げると、大坂を降りると内妻《うちつま》の浜である。松坂を降りれば古江の浜であり、歯朶《しだ》坂の急峻をおりれば丸島の浜である。福良坂をおりれば福良浜があり、萩坂をおりればしろぼの浜になる。鍛冶屋坂につづくのが苧綱《おつな》浜であり、楠坂のつぎが桶島浜、借戸坂のつぎが三浦浜である。この連鎖してゆく小さな入江ごとに何人かの人間が住んでいたかもしれないが、しかしこんにちでも浜におりるとなお無人にちかい。この入江群の沖はすでに外洋であり、その風濤のたけだけしさが、人の住まうことを拒絶しているのであろう。空海はときに無人の浜に出て海藻や貝をひろったにちがいない。

その入江群の背後の山中に、鯖瀬という村がある。潮のおそろしさを避けて漁夫が山中で暮らしていた。

「鯖瀬ではひどい目に会った」

と、空海が晩年、ひとに語ったらしいことが伝説になった。山中をさまよっていた空海が、鯖を馬の背に積んで山道をやってくる漁夫に出遭った。空海は空腹のあまりかどうかその鯖を恵んでくれないかと頼んだところ断わられてしまったらしい。伝説ではこのため漁夫の馬がどうこうなってしまうということになっているが、いずれにせよ、空海が山中からこの小さな入江群をめざして食を獲りにきたらしいという想像は可能である。

宍喰・野根からむこうは、いまでこそ海岸を道路が通っているが、当然ながら空海のころは道路がなく、二十五キロにわたる海岸は断崖の連続であり、激浪が黒い地の骨を洗ってとどろきつづけていた。また海岸道路をすすんでさえ、前方に折りかさなる断崖群が靉気《あいき》のなかに濃淡をかさねつつ、このさきはすでに地の涯であろうというそらおそろしさを感じさせる。この地形のなかで、しかも海岸でなく山中をさまよっていたはずのこの若者の形相《ぎょうそう》というものはどうだったであろう。それを思うと、ふとそのころの空海がいまなお山中を歩きまわっているのではないかという妄念が湧いた。

弟子が編んだ『御遺告』によると、

「土佐《とさ》ノ室生門崎《むろふとざき》ニ寂留ス。心ニ観ズルニ、明星口ニ入リ、虚空蔵光明照《てら》シ来ツテ、菩薩ノ威ヲ顕《あらは》ス」

と、かれは奇怪な体験を語っている。室戸岬で明星が口の中にとびこんできたというのである。

「むかし、こういう変なことがあったよ」

といったふうの冗談半分の言い方ではなく、その自作『三教指帰』においても、「明星来影ス」と宣言をするような強さで書いているところをみても、この体験はかれにとって大まじめであった。この章のはじめでふれた「ひきさかれるような変異」というのはこの事実であり、この超事実が、この若者をしてのちの空海たらしめるところの重大な出発点になった。

明星の一件はしばらくおく。

かれが室戸の尖端にせまり、ついに最御埼の岩盤に立ったときは、もはや天空にいる思いがしたであろう。この海底から隆起している鉄さび色の大岩盤は風にさらされてまろやかな背をもち、わずかに矮小な樹木のむれが岩を装飾しているにしてもそれらは逆毛立つように地を這っているにすぎず、まわりは天と水であり、それに配するに地の骨といったふうに、天地の三要素が純粋に露呈している抽象的世界のようでもある。かれの思念から夾雑物をはらって宇宙の法則性のみをとりだそうとする作業にはこのほつの場所ほど格好なところはないであろう。

この巌頭に立てば風は岩肌をえぐるようにして吹き、それからのがれるためには後方の亜熱帯性の樹林の中に入りこみ、樹々にすがり、岩蔭に身をかくさねばならない。やがて空海は風雨から身をまもるための洞窟を発見するにいたった。洞窟は断崖に左右二つうがたれており、奥は深い。むかって左は洞の天井から地下水の滲み出ることがややしげく、むかって右は洞内が乾いている。空海がこの洞窟をみつけたとき、

「何者かが、自分を手厚くもてなしている」

という実感があったのではないか。

そういう実感へ到達するまでのあいだ、かれの心身を無数の異変が襲いつづけていた。かれが最《ほっ》という地の涯をもとめて室戸の山塊のなかを彷徨しているとき、とくにそうであったかもしれない。ごく通常のこととして宇宙に無数の悪霊がただよっている。岩にも泉にも草木にも霊が棲むということをかれは知っているし、かれの時代の常識でもある。この常識に対して果敢なほどに冷淡であったのは鬼神を語らないという儒教だけであった。

空海は儒教を学んだとはいえ、かれは書物を通してそれを知ったのみであり、中国社会の人ではなかった。中国の地理的文明意識からいえばあくまでも蕃国の人である。孔子のむかしにおいてすでに中国的合理主義が成熟していたとおもわれる社会に空海は生れず、無数の土俗霊が棲んでいる蕃国にうまれた。十九歳の空海は、諸霊に憑《つ》かれやすい古代的精神体質をもって

いたであろう。そのことはかれの書籍的な儒学教養とほとんどかかわりはない。

さらに露骨にいえば十九歳の空海は、文明の成熟の遅れた風土に存在しがちな巫人能力（超自然的な力に感応しやすい能力）をもっていたかと思われる。言葉をかえていえばその感応しやすい体質でもって天地を考えたあげく、それに応えようとしない儒教的な平明さという世界が食い足りなくなったともいえるであろう。おなじことを別の面からいえばかれに儒教的教養があったればこそただの土俗的巫人にならず、ぼう大な漢字量のかなたにある仏教に直進したといえるかもしれない。

いずれにせよ、空海のこの日常において、夜陰、岩の霊がにわかにそそり立ってかれをおどしたりすることがしばしばであった。またふりむけばそこにある樹木の霊が急に炬《ひ》のような目をひらいてかれに迫ろうとしたり、目の前の闇に沈んでいる峰そのものが黒いつばさをひろげて虚空に舞い立つというようなこともあったであろう。谷がたえず咽喉をひらいて声を発した。あるいは地から湧きあがってきた死者の霊がかれのえりをつかんでひきよせようとしたこともあったにちがいなく、それらの妖異はことごとく虚ではなく、空海にとって日本の社会に同居する者たちであった。

それら諸霊をしずめる方法として、当時の日本には古俗的な鎮魂の作法があったが、しかしどうにも効き目がうすく、そういう神道にかわるべきあらたな効能として仏教が国家的規模でうけ容れられた。日本における仏教の受け入れ態度はあくまでも効能主義であった。たとえば医薬のように効能として仏教がうけ容れられるということは、この思想をつくりあげたインド文明の正統な思想家たちにとって意外とすべきものであったにちがいない。仏教の祖である釈迦はこの点ではとくに厳格で、弟子たちが庶人に乞われて呪術をほどこしたりすることをかたく禁じた。釈迦はあくまでも理性を信じ、理性をもって自己を宇宙に化せしめようとする思想の作業によって解脱の宗教をひらいた。

仏教が日本に入って二百年になる。

最初のころこそ、壮麗な伽藍と芸術的な礼拝様式、そして金色のかがやきをもつ異国の神々に対して日本人たちは効能主義であったが、しかしやがて冷静になった。正統の仏教が組織に入ってくるに従って仏教が即効的な利益をもたらすものでなく、そのぼう大な言語量の思想体系に身を浸すこと以外に解脱の道はないということを知るようになった。日本人の知性が、知識層においてわずかに成熟した。仏教における六つの思想部門が、奈良に設けられた。華厳、法相、三論、倶舎、成実、律である。しかしながらそれらは多分にインド的思考法を身につけるための学問であり、「だからどうなのか」という、即答を期待する問いにはすこしもこたえられない。

そういう日本的環境のなかで、空海は雑密《ぞうみつ》というものをはじめて知る。
雑密は純密のかけらでしかないにせよ、南都の六宗などとはちがい、効能という点ではおどろくべき即効性をもっていた。論理家である空海が、それとは一見矛盾する体質――強烈な呪術者的体質――をもっていたことが、この即効性をはげしく好んだことでもわかるであろう。

「密《みつ》は仏教なのだろうか」

という疑問が、インドから遠く離れた島嶼にうまれた空海にあったかどうか。しかし密教は視覚的にもいわゆる仏教とくらべて異様なものであることは十九歳の空海にもわかっていたであろう。ふつうの仏教における仏像は苦行僧のように簡素な衣装しか身につけていないが、密教仏はインドにおけるもっとも裕福な階級の服装を写し、目もまばゆいほどに華麗な俗装をしている。宝冠、首飾り、腕輪、足輪で身をかざっているだけでなく、形像の多くは肉色である。空海が最初に知った密教仏が虚空蔵菩薩であったとすれば、比較的装飾性のうすいこの菩薩でさえその形像はかならず白肉色でなければならないとされ、頭に宝冠をいただき、世俗的福徳を表徴するために右手に宝珠をそっと持っていたであろう。人間の幸福は欲望からの解脱にあるとした釈迦の仏教に対し、見様によっては痛烈に対立する世界であろう。密教はその密教仏においてみるかぎり、人間の富貴への願望を丸呑みにするようにして大肯定するところに立っている。しかも、虚空蔵菩薩における「求聞持法」のようにこの菩薩に接近しうる方法さえ行《ぎょう》ずればこの菩薩のもつ一効能である現世の福徳も享受することができるのである。この宗教思想は、インドの先住民である被征服階級から興り、主として商人たちに支持され、やがて仏教にも影響をあたえるにいたった。ただし、インドの現地においてさえまだ密教は空海の時代にはわかわかしい教義であった。そのことはたとえば七世紀において長安からインドへ経典収集の大旅行をした玄奘三蔵《げんじょうさんぞう》が、さほど密教的現象を目撃していなかったようにみえることも、証拠のひとつである。

密教が勃興してまだ歴史があたらしいということは、日本から遠景としてそれをみれば、それ以前の仏教よりもさらに発展した形態であるという印象になるであろう。のちに空海の競争者の立場におかれる最澄ですら、自分が持ちかえった天台宗の体系に自信をもちつつも、しかしその体系に密教が入っていないことを悩み、一方空海のほうは、

「密教こそ仏教の完成したかたちである」

として最澄の体系に対抗し、しかもその自信は終生ゆるがなかった。

ただし、阿波や土佐の室戸の山河を歩きまわっているこの時期の空海はのちのかれとはちがい、密教についての知的作業はまだおこなっていない。固有の土俗的巫人性を多量にひきずりつつ、ただひたすらに「求聞持法」に説かれている肉体と精神の所作によって山河の諸霊とたたかっていた。

空海はその生来の巫人的体質によって諸霊の存在を積極的に肯定していた。ただかれが、のちにインドにも中国にも見られないほどに論理的完成度の高い密教をつくりあげるころには、そういう卑小の諸霊たちはすべて形而上的になり、ほとんど記号化され、ついにはその体系のなかに消えこんでしまっただけのことである。しかし若年のころの空海はとうていそこまでゆかず、自分の奉ずる虚空蔵菩薩をもって宇宙における最高級の神格であると信ずることによってのみ、鄙《ひな》びた諸霊に対し威をもってそれを卑しめることができた。さらにそれらの怪異が身に迫るごとにそれをもって恫喝し、畏怖せしめることができた。毒竜を封じこめたという、仏教よりもむしろ中国の道教における道士の法術談をきくような伝説がのこっているのはこの時期のことである。この伝説はすでに空海の存世中にできていたようであり、空海自身がそれをひろめたわけではないにせよ、ひろがってゆくことを黙認するような気分が、後年の空海の中にあったかのようにも思える。

以上のような経緯をたどると、そのあげくのはてに空海が室戸の最御埼において風雨をしのぐことができる洞窟を発見したときのよろこびの大きさが想像できるであろう。

「自分は宇宙の意思によって格別に手厚くもてなされているのではないか」

と思ったであろうかれの心事も、ごく自然であるようにおもえる。

さらにかれに異変があったのは、明星のことである。かれが雨露をしのぐべく入りこんでいたと思われる洞窟は、いまも存在している。そのなかに入って洞口をみると、あたかも窓のようであり、窓いっぱいにうつっている外景といえば水平線に劃された天と水しかない。宇宙はこの、潮が岩をうがってつくった窓によってすべての夾雑するものをすて、ただ空と海とだけの単一な構造になってしまっている。洞窟の奥にひそみ、この単純な外景の構造を日夜凝視すれば精神がどのようになってゆくか、それについてのへんぺんとした心理学的想像はここでは触れずにおく。

ただ空海をその後の空海たらしめるために重大であるのは、明星であった。天にあって明星がたしかに動いた。みるみる洞窟に近づき、洞内にとびこみ、やがてすさまじい衝撃とともに空海の口中に入ってしまった。この一大衝撃とともに空海の儒教的事実主義はこなごなにくだかれ、その肉体を地上に残したまま、その精神は抽象的世界に棲《す》むようになるのである。

「兜率天から自分に対して勅命がくだった」

と、戯曲の中で、空海がモデルである仮名乞児が、亀毛先生や虚亡隠士に対し、胸をそらしてそのように言う情景も、鮮血があふれ出たようになまなましいこの衝撃が、かれを昂然とさせていたのであろう。

五

この章を書くほんの三時間ばかり前、私は大阪の肥後橋の食堂で、野菜をすりつぶしてカツレツ風に揚げたというあまり見なれない食べものを皿にのせ、すこしずつ切っては食っていたのだが、それとは何の脈絡もなく、不意に孔雀を見たいとおもい、立ってしまった。

とくにインド孔雀をである。

孔雀さえ見れば、インドの何事かがわかるかもしれないという気がして、そう思いたつと気が逸《はや》ってきて、注文したコーヒーが待ちきれなくなった。

「きょうは何曜日ですか」

と、コーヒーを運んできた給仕人にきいてみた。月曜日だという。月曜日というと、動物園は休みでしょうか、ときくと、

「動物園でございますか」

若い給仕人は当惑げであった。私のほうも、レストランで動物園の休日をきいても仕方がないとおもいなおし、カウンターまで行って電話をかけてみた。電話口に出た動物園の係員は、

動物園というのは年中無休です、ただし入園は午後四時半までです、と答えてくれた。

四時半までには、すこし間があった。

私は動物園の、それもインド孔雀のいる檻をめざし、車の群れで混雑している街の中を行きつつ、意識だけを切りとって、古代インドの密林の中で漂蕩している自分に変えねばならない。私は、長い柄のある大きな捕鳥網をかついでいるであろう、孔雀捕りの男であらねばならなかった。すねが細いせいか腰をかがめなければ歩けない。私は、古代インドに侵入して高度な形而上的思考法をもたらしたアーリア人種ではなく、孔雀捕りである以上は、種姓《カースト》の劣った先住民であらねばならない。ひからびて矮小な肉体をもつドラビダ族か、扁平な鼻をもつネグリートに属する人種か、いずれにしても仏教のように普遍性という、一大飛翔力をもった宗教のひらき手であるアーリア族には属しておらず、土俗の谷間にちぢこまっている下層民であらねばならない。

なるほど、孔雀はいた。最初の小さな檻には、真《ま》孔雀が一羽だけいた。遊動するブランコのような止まり木にとまって、体を前後にゆさぶっている。ぼってりとした肉質の大きな体からくびが伸びているが、それを鶴のくびほどに長く伸ばしたかとおもうと、くねくねとS字運動をくりかえし、やがて急にちぢめるといったふうの小さな運動をくりかえしている。むかいあっていると、鳥類でも哺乳類でもない、分類の困難ないきものをみるように気味わるかった。話によると、アーリア系統のインド人は孔雀に不吉を感じたり、たぶん悪魔の使いだろうという印象をもったりしているらしい。私も似たような感じをもった。

インド孔雀のいるほうの檻は、ひどく大きい。他の多くの種類の鳥たちと雑居していて、檻のなかに大きく青空がとりこまれ、むらがって飛び交えるだけの空間があたえられていた。ここにいるインド孔雀も、高い止まり木にとまっていた。孔雀は陽の高いうちはその頑丈な脚で地上を歩き、餌をさがしたりするが、陽が傾くと地上を怖れ、木の上に舞いあがって動かなくなる。私がこの檻に着いたときは閉園前で、そのあたりにはもう来園者の人影がなかった。この暗い神秘性を感じさせるいきものはもう眠っているらしかった。

私は鳥の背後から見る場所にいた。このため、インド孔雀特有のあの毒々しい青色に光る頸のあたりが見えず、呪術師が化粧《けわい》たがるようなあの凶々《まがまが》しいばかりに彩りの濃い毛状の尾が、不必要な重量感をもって垂れさがっていた。

孔雀はいやな声で啼くようである。

その声が密林にひびくとき、孔雀に馴れた孔雀捕りでさえ、顔色が変るのではないかと思われる。

「ねお。――」

と、高く啼く。声が拗《す》ねていて鼻にかかり、しかも密林の枝と枝のあいだを駈けぬけて遠くにひそむ人間をおびやかすほどの声量をもっている。

インドにおいて高度の文明を形成したアーリア人はあるいはこの鳥に対して不吉を感じたかもしれないが、ドラビダ族のような非アーリア人の一種族は、この鳥にいっそ媚び、この鳥の魔力を借りるためにあがめようとした。密教は、そういうあたりに発生する。

孔雀は、悪食《あくじき》である。

体が大きく、そのため多量の蛋白質をとる。毒蛇、毒蜘蛛なども容赦なく食ってしまうことに、ドラビダ人たちは仰天し、超能力をもった存在として偉大さを感じた。そこに、「咒《しゅ》」が発生した。咒は古代インドの土俗生活にとって生命を維持するために欠かせぬものであり、たとえば歯が痛むときにはそれを癒す咒があり、敵を退散せしめるときにもそのための咒がある。この亜大陸には瘴癘の地が多く、その自然は人間の生存に対して苛烈だが、人間はその自然と通話をし、それをなだめるために咒をつくった。つくったのではなく、咒もまた自然の一部であると信じられていた。咒は、言語である。しかし人語ではない。自然界が内蔵している言語であり、密語の一種であり、人間がその密語をしゃべるとき、自然界の意思がひびきに応ずるがごとくうごく。もっとも咒が息づいていたころのインド土俗にあっては自然と人間は対立するものでなかった。人間の五体そのものがすでに小宇宙であるとし、従って、小宇宙である人間が大宇宙にひたひたと化してゆくことも可能であり、その化する場合の媒体として咒がある。

人間は毒にあたれば死ぬ。しかしながら孔雀は悪食しても死なず、解毒し、咀嚼する。古代インドの一部の種族の思想にあっては、孔雀の解毒能力をうらやむよりも、毒にあたった人間がいっそ孔雀になってしまえばいいと考えた。毒にあたればすぐさま孔雀の咒を用い、自分の内臓を孔雀の内臓に変じさせてしまうのである。このため孔雀の咒ができ、ひろがった。

どうやら孔雀のあの啼き声が、咒のなかに仕込まれているようである。術者は孔雀のごとく啼くのであろう。むろん咒が密語である以上、孔雀よりも孔雀の声であり、人間がこの密語を発すれば孔雀に化しうるのである。

この孔雀の咒は、他の多くの咒にくらべて験《げん》のあるものだったらしく、インドに古くからひろまり、チベットへゆき、中国へゆき、日本にもつたわった。この咒が、のちの高度の密教そのものではないにせよ、その原始形態であり、その原始形態にさほど遠くない多くの咒が、空海が大学をやめたころの日本にはすでに多く輸入されて山林のなかで行《ぎょう》じられていた。空海があこがれたのが、一面では仏教の理論的世界であり、一面では孔雀咒のようなものであったことは、風景としておかしみがある。

インドにおける咒は、アーリア人の聖職階級であるバラモンたちも大量に持っていたことを思うと、インドの自然の中で暮すには咒がなによりも必要だったにちがいない。ただ、釈迦だけが咒をきらった。釈迦と咒についてはすでに触れた。その弟子たちの中にかつてはバラモン僧だった者もおり、それらが民衆から需められるままに咒をやっていたというのが実情だったらしい。釈迦はその教義上咒をきらったのか、それとも僧が咒で衣食することをきらったのか、よくわからない。咒には善咒と悪咒がある。善咒はひとの病気をなおしたりする修行者の護身のための咒で、悪咒は他人をのろい殺したりするほうの咒だが、釈迦が禁じたのはこの悪咒で、善咒のほうは時と場合によってはやってもかまわないという黙認のかたちだったともいう。

釈迦の仏教は、インドにおいてはながくつづかなかった。釈迦教に従ったところで、人間が肉体をもつことによる苦しみから解脱するというきわめて高級な境地が得られるのみで、しかも解脱に成功する者の数はすくなく、あるいは天才の道であるかもしれなかった。平凡な生活者たちは現世の肯定をのぞんだ。そういう気分が咒を核とする雑密《ぞうみつ》を生み、仏教の衰弱とともにそれらが活発になり、さらにはそれら雑密が仏教的空観によって止揚され、統一され、ついに純粋密教を生むにいたる。さて、そういう過程において、孔雀についての思想も変化してゆくのである。

白皙、長身、長髪のアーリア人種が、インドに侵入して先住民を征服したのは紀元前一六〇

○年ごろである。かれらは軍馬による軍事的特徴によって先住民たちに勝ち、インドにおける選民的種姓を構成したが、さらに文明のインド的特質をもつくりあげた。かれらの思考法はあらゆる現象を偏執的なまでに抽象化してしまわねば我慢できないというところに特徴があった。たとえば、

「孔雀は平気で毒虫を食う」

という言語表現は、インド・アーリア人の言語であるサンスクリットにはないらしい。かれらは「孔雀は解毒性によって毒虫を食う」と表現したといわれる。

抽象化は現象を普遍的世界へもちあげてゆく作業だが、アーリア人にはこの作業癖《へき》があるために、土俗の「孔雀咒」をとりあげる場合、孔雀からまず解毒性を抽出する。さらには毒とは何ぞやということを考えたかと思われる。毒は抽象化された場合、コブラの毒であろうと毒蜘蛛の毒であろうと毒であることにかわりはないはずであり、さらに発展して、人間の解脱をさまたげる精神の毒も、毒であることには変りがない。精神の毒には三種あるとされた。貪《むさぼ》ること、瞋《いか》ること、癡《おろか》しいことがそれだが、その毒も毒である以上、抽象化された鳥である孔雀の抽象化された解毒機能に掛ければすぐさま消滅させられてしまうはずであった。となれば、孔雀は単なる鳥ではなくなり、その解毒の機能のみが、すでに仏性という形而上的世界に昇華させられたからには、諸仏諸菩薩の仲間にまで高められてしまうのである。このあたりが、インド・アーリア人の思考の玄妙不思議なところであろう。要するにこのような思考の作業がおこ

なわれたあげく、

「孔雀明王」

が成立するのである。あるいは仏母大孔雀明王とよばれたり、孔雀王母とよばれたりした。

たとえばこういうこともある。バラモンの行者たちが孔雀のようなかっこうをすることを、孔雀坐ともよんだ。よほど訓練をしなければそういう姿態をとることはできないが、まず両肘の上部を臍《へそ》の両側に触れさせつつ、両掌をべたりと地面につける。くびはまっすぐに突き立てる。そのつぎの動作は困難だが、地面につけている両掌に力を入れ、尻を浮かせるのである。それだけでなく両脚を杖のごとく空中につきたてる。いかにもかっこうが孔雀である。行者がこの姿態をとればすなわち「一切の罪障を滅す」と、シュリー・ジャーバーラ・ダッルシャナ・ウパニシャッド三の十二にある。念を入れるまでもないがこれはバラモン教の行者のものであり、釈迦の仏教とは関係はない。しかしこの思想はやがて密教へ合流してゆく。

密林の中の鳥であるにすぎない孔雀は、右のようにしてすでに雑密の世界に入ってゆき、その孔雀の思想は次第に純化してゆく。この孔雀がさらに飛躍し抽象化し、純密の精密な体系のなかに入るには、インドにおいてもながい歳月を必要としたであろう。千年か、二千年か、それとも三千年もかかったかもしれない。

上代のインドは、ひとびとのすべてが首を垂れて冥想にふけっていたわけではなさそうである。

かれらは商業にも従事していた。とくに紀元一世紀ごろから六、七世紀ごろまでのこの亜大陸のアラビア海に面する西南海岸では、地中海とのあいだの貿易がさかえて多くの港市が発展し、後世のインド人からは想像しがたいほどに精力的な商人が活躍していた。輸出品目の第一等は奴隷であったであろう。次いでダイヤモンドであったにちがいない。さらには、黄金、アンチモニー、大理石、綿織物、香料、樹脂、インド藍《あい》、象牙などであった。

釈迦は商利の追求を貪りとして人間の三毒のひとつとしたが、現世の栄耀を否定するかれの宗教がかれの死後二百年で力をうしない、とくにこの西南海岸の諸港市において変質もしくは他のもの――密教――に変らざるをえなかったのは当然であったかもしれない。

「われわれは釈迦では救われない。それどころか、釈迦はわれわれを萎縮させるのみだ」

と、公言するダイヤモンド商人もいたであろう。

この商業的世界に当然ながら無数の土俗的雑密が流入していた。そして商人たちに福徳をあたえていた。雑密を好むくせに、一面では宇宙的構想を好むインド人たちは、たとえば星屑のように未組織のままに、カケラとして存在している雑密の非思想的な状態に耐えられなくなったらしい。これらカケラのむれを、哲学的磁気で吸いあつめ、壮大な宇宙観のもとに体系づけようとした。その天才的作業をやった哲人がたれとたれであったかは、わからない。

その作業のためには、たとえばキリスト教が神という唯一絶対の虚構を中心に据えてその体系に真実をあたえたように、インド的思考法もまた絶対的な虚構を設定せざるをえなかった。絶対的虚構のみがそれに吸いよせられるすべての思惟の産物に真実をあたえることを、インド人ははじめて知るのである。このため、生きた人間として歴史的に存在した釈迦をも否定し、あるいは超越せざるをえなかった。

「この大いなる体系を、大日如来が密語（宇宙語）をもって人間に説法した」

とされるこの大日如来が虚構であり、この一大虚構がアラビア海の海風の吹く地帯ではじめて現出するのである。それが六世紀ごろであったらしく、八世紀末の日本において青年期をむかえた空海とさほど大きな時間のへだたりはない。

雑密のむれのなかにひき据えられた大日如来は、密教的宇宙における最高の理念であるとされる。釈迦のような自然人ではない。法身《ほっしん》であった。法身のくせに自然人であるかのように人に対して説教をもし、宗教的救済力をももっている。

おそらく人類がもった虚構のなかで、大日如来ほど思想的に完璧なものは他にないであろう。大日如来は無限なる宇宙のすべてであるとともに、宇宙に存在するすべてのものに内在していると説かれるのである。太陽にも内在し、昆虫にも内在し、舞いあがる塵のひとつひとつにも内在し、あらゆるものに内在しつつ、しかも同時に宇宙にあまねくみちみちている超越者であるとされる。

大日如来は智慧と慈悲という二大要素でできあがっている。宇宙の原理を苛酷な悪魔的なものとしてとらえず、絶対の智慧と絶対の慈悲でとらえたところに、純粋密教を成立せしめた思索者の思想的性格の温みがわかるであろう。宇宙は人間や万物に、釈迦が感じたような飢餓や老病苦死のみをあたえるのではなく、むしろかぎりなく聡明でかぎりなくいたわりぶかいものであると、この思想の創始者たちは考えた。宇宙——大日如来——は、たえまなく万物を育成し、万物の上にその無限にひろい慈悲心を光被してやまないというのだが、この点についてのみ釈迦の思想と対比すれば、釈迦はあるいは敗北を感じていいかもしれない。さらにいえばやがてはこの思想に遭遇するにいたる空海は、釈迦と大日如来の二つの存在にはじめは戸惑ったにちがいない。しかしながらやがては、

「純粋密教は釈迦教の一大発展形態ではないか」

と、楽天的にそう考えるようになった。

釈迦は自然のもつ酷烈さを感ずるところからその解脱教を出発させただけに、その気分にはそれにふさわしい北方の冷気がある。空海の知性はそういう釈迦の北方的気分を好みつつも、その体温はべつな世界をあこがれていた。空海は釈迦の思想的風土よりもむしろこのアラビア海にのぞむ富者たちの体温に適《あ》っていたかもしれない。

孔雀明王も、大日如来の化身として昇華することによって、純粋密教に参加した。幾種類かのその画像もつくられ、『孔雀明王経』などもでき、かつこの尊《そん》を奉じて修する修法も成立した。そのころには孔雀はすでに純粋に思想化し、かつて密林で孔雀に接してその神秘性にあやかろうとしていた時代とはおよそちがい、純粋密教における四箇大法の一つにまでこの鳥は栄達した。

「この仏母大孔雀明王を纔《わづか》に憶念すれば、能く、恐怖、怨敵、一切の厄難を除く。何に況んや具足して読誦し受持せんをや。必ず安楽を獲ん」

とまでの効験《こうげん》を発揮するにいたるのである。一個のたかが孔雀を、ここまで形而上化して、ついには大日如来の化身にせしめることによって宇宙的原理に参加させるという古代的想像力には、身をちぢめて驚歎するほかない。しかも極東の小さな島国にあってこの想像力に参加しうる体質をもっていたのは、稀有なことだが、空海ただひとりであった。

余談のようなつもりで、孔雀についての密教的修法の情景をわずかに垣間見ておきたい。まず、孔雀明王の絵像をかかげる。孔雀明王のからだは白い肉色に塗られ、金色の孔雀に乗っている。準備として、必要な密具を置く。大壇上には羯磨杵《かつましょ》、それに孔雀の尾を入れた梵《ぼん》篋《きょう》、ならびに中瓶《ちゅうへい》には三五茎の孔雀尾を挿し入れる。別に護摩壇、聖天壇、十二天壇を構えなければならない。護摩は一日に三座おこなう。べつに聖天壇にあっては後夜と日中にそれぞれ一座ずつおこない、十二天壇においては初座に一座おこなう。術者は、孔雀明王と合一しなければならないために、手をもって孔雀明王の印《いん》を結ぶ。さらに孔雀明王の真言をとなえる。密教はこの孔雀明王の修法においてもうかがえるように、諸仏を讃仰するだけにとどまるものでなく、術者が肉体をしだいに形而上化してゆくことによって諸仏の機能のなかに身をせり入れ、ついにはその機能をひきだし、それによって現世の利益《りやく》をうるというところではじめて宗教的に完結する。

「空海は単に、魔術者か、呪術者《シャーマン》ではないか」

という見方が、在来ある。そうでもなさそうだということを考えてみるために、孔雀明王の修法のことを考えてみた。

ひとつにはこの修法のこのおそるべき気分に、空海はよほど適う精神的体質をもっていたということは言えるであろう。さらにこの修法を行ずることによって知的には宇宙の構造とうごきを知ることができるという満足もあり、次いで知的満足を得るだけでなく、その宇宙を人間の利益のために人間がうごかしうるという、おもしろくもおそろしくもあるこの戦慄的な作業を、どちらかといえば陽気に、それもばかばかしいほどの陽気さで気に入っていたかと思われる。懐疑家や臆病者ではとうてい近づきにくい気分である。

「孔雀明王の修法は、どうもこわくて」

と、かつて、京の智積院の僧が洩らしていたのをきいたことがある。終夜、護摩壇を前にして修法を行じていると、暗い虚空にかみそりの刃のようにするどい裂け目が無数に生じ、ともすればそこへ身がのめって行って、あやうく切り裂かれそうになる恐怖が幾度もおこるという。そういう恐怖を感ずるまでに没入できる性格というのが、いわば陽気ということだろうか。その意味で、空海の底の抜けたような陽気さを筆者は想像している。

繰りかえしていうようだが、空海の青春における七年間は、謎というほかない。

六

山林を歩きまわっていたのだろうか。

空海の山林好きは生得のものであった。かれはこの期間山野をあるきまわっては、日本にわずかに伝来している雑密《ぞうみつ》のカケラを採集していたのであろうか。あるいはひろった雑密のカケラをたねに陀羅尼《だらに》を唱えてみたり、聞きおぼえの真言を誦してみたりして、我流の修法を行じていたのだろうか。しかし陀羅尼のみを唱え歩いていたとすれば、かれはただの乞食行者とかわらないようでもあり、空海の実像とは程遠いような気もする。

この時代、そういう陀羅尼を口にくわえて歩いている遊行《ゆぎよう》者が多くなっていた。陀羅尼というのは古代インドの非仏教的行者がおこなっていた経文の記憶術である。というより経典を記憶するためのまじないといってよく、空海が最初に知った雑密のカケラである「虚空蔵求聞持《こくうぞうぐもんじ》法《ほう》」も、陀羅尼のひとつといえるかもしれない。いずれにせよ、記憶術のまじないが、転じて経典の神秘力をあらわす呪文のようにうけとられるようになり、奈良朝時代の日本ではすでにこのようなぐあいで陀羅尼が妙なほどに流行し、これだけを唱えて歩いている私度僧《しどそう》も多かった。

「法華経を講じてくれないか」

と、長者が、旅の乞食僧をひき入れてそう頼むと、乞食僧は、とても私にはそういう学問はありません、私はただ般若《はんにゃ》陀羅尼だけを誦してこのように乞食してまわっているのです、とことわる情景が『日本霊異記』に出てくる。

『日本霊異記』は空海とほぼ同時代に、大和薬師寺の僧景戒によって編集された。そこに登場するはなしは、奈良朝か、それ以前のものが多い。そこに私度僧がしばしば出てくる。私度僧は法律で禁ぜられ、官から忌みきらわれているはずであるのに、官僧である景戒は、私度僧もまた仏法の砕片を銜《くわ》える者として同情的――というより仏法は砕片でも験《げん》のあるもの――という立場から、これを憎からぬものとしている。

空海もしばしば通った奈良の北郊の佐紀の村に、犬養宿根真老《いぬかいのすくねまおゆ》という私度僧ぎらいの男が住んでいた。あるとき僧衣の乞食がきて、食を乞うた。真老はいきなり相手の袈裟をはぎとり、胸ぐらを締めあげて、

「汝は曷《なに》の僧ぞ」

と、どなった。乞食は苦しみにたえかねつつ、

「我は是れ、自度（私度）なり」

と、答えた。真老はこれを拍《う》ち、追っぱらった。その夕、真老は鯉の煮こごりを作り、翌朝八時に起きてこれを口に入れ、酒をとってまさに飲もうとしたとき、黒血を吐いて死んでしまった。編者の教訓にいう、「邪見は身を切る利剣であり、瞋《いかり》は禍をまねく邪鬼、物惜しみは餓鬼道におちるもとである。施しを乞う者が来ればこれにめぐむべきである」。

空海の若いころには山林にも都邑にも、こういうたぐいの陀羅尼信仰の乞食僧が多すぎるほど居たにちがいない。若い空海がそういう連中と無邪気に群れて、陀羅尼をとなえて歩いているようでは、後年の空海は成立しなかったにちがいなく、またこのいやみなほどに野心のみなぎった青年が、陀羅尼遊行の徒の気随気儘すぎる法楽——これこそ日本的仏教かもしれないが——の中に身を投じていたはずがなかった。

空海はそういう野心家でありつつも、意外なことにかれが正規の僧になっていたようでもなさそうであるというのは、どういうことであろう。『続日本後紀』によると、空海は三十一歳になってやっと正式に得度したらしいのである。その記事では「……法師（空海）者……年卅一、得度ス」とある。官修の史書である以上、この記事を疑う必要はないであろう。三十一歳といえばかれが志をたてて入唐《にっとう》するときである。入唐のためにあわただしく国家に登録された僧になるというのはいかにも異常である。しかしひるがえっていえば、そういう異常のなかに空海の七年間の青春があったのかもしれない。

もっとも——ここですこし足踏みをするようだが——空海のその晩すぎる得度についていくつかの異説がある。十九歳説、二十二歳説、あるいは二十五歳説などだが、たかが得度の年齢ぐらいで異説があるというのも、空海の人格の奇妙さと関係があるといえるかもしれない。かれは自分の青春のころのことをあいまいにしたかったのではないかと思われる。

若い空海は、奈良の大安寺に出入りしている。この寺の首座である勤操《ごんぞう》に魅かれていた。勤操のほうも、

「これほど聡明な若者がいるか」

と、驚歎する気持だったにちがいない。

『御遺告《ごゆいごう》』の編者は、

——朝暮懺悔、二十年ニ及ブ。

という表現で、空海が二十歳で得度したらしく書いている。『御遺告』のこのくだりはさらにつづく。空海は勤操につれられて和泉国の槇尾山寺へゆき、ここにおいて「髻髪ヲ剃除シ、沙弥十戒、七十威儀ヲ授ケラル」ということになる。沙弥十戒を授けられたから大師は二十歳で得度なされたのだ、ということになるのだが、しかし和泉国の槇尾山寺に行って髪をおろし

て沙弥戒などをさずけられたといっても、それは単に僧形《そうぎょう》になったということだけで、得度

ではあるまい。

「いいや、それは得度とみるべきやな。お大師さんはな、二十で得度された。和泉の槙尾寺で

な。そういうことです」

と、筆者はむかし京都の智積院でそのようにきいたが、かれが開いた宗旨では伝説として固

定しているのであろう。

この稿は、べつに説を為すがために書いているのではない。しかしかならずしも二十歳でな

くてもよいと思うのは、この『御遺告』の文章をみても、得度して官僧になったというふうに

は書かれていないからであり、いかに勤操が、贈僧正というゆゆしき官僧であろうとも、勤操

にょって髪を剃られたというだけでは得度にならず、なお私度の部類に入るともみられる。

当時の国家は、僧尼がふえることをよろこばない。国家は僧になる――得度――を国家免許

とし、しかもその考試を厳重にし、ごく少数の者しか及第させなかった。しかもコースごとに

毎年二人とか三人とかしか得度させていないのである。華厳《けごん》の業《コース》の者は二人、律《りつ》の業の者も二

人、法相《ほっそう》の業の者は三人といったぐあいで、ぜんぶで五コースしかないため、正規の得度とい

うものがいかにゆるされがたいものであったかがわかるであろう。もっとも補欠はあった。そ

れも死闕という。僧が死んで空席ができなければ補欠はゆるされなかった。それほどに官僧に

は、なりがたかった。あたかも官吏として登庸される機会を得ることがきわめて困難だったこととおなじといっていい。

その考試も、地方官に採用されるのとおなじほどにむずかしかった。試験は政府の担当官と僧綱所《そうごうしょ》の役人がうけもち、教義についての難問題を課しただけでなく、経典を諳誦させ、道心が堅固であるかどうかを調査し、しかも浄行を三年以上積んでいなければならないとした。

さらに空海のこの時期には、もう一課目、考試課目が追加されている。唐音の発音が正確かどうかということである。このテストのために、大学から試験官として音博士《おんはかせ》がやってきてそれを見ることになっていた。唐音の発音の正確、不正確など、道行《どうぎょう》となんの関係もないことなのだが、国家がやったいやがらせであった。庶民のなかでの利口な者の多くが、官僧になりたがった。官僧になれば十分に衣食を給せられるだけでなく国家の礼遇をうけ、さらには庶民から崇められるのである。いわばこの時代にあっては性欲以外のすべての願望がかなえられる境涯にありつけるわけであり、それに対して国家が「そのように結構な分際になるには、唐音の発音をちゃんと習得すべきである」という規制をとったのは結果としてはユーモラスであるにせよ、志願者が多すぎることによる悲鳴でもある。空海の青春の神経として、官僧という、どう弁解しようもない俗な世界へ自分がゆくことを望んだであろうか。

空海はすでに大学の学生《がくしょう》の資格を得ている。音韻科ではなかったにせよ、かれは口語唐音に通じ、明晰な発音ができるというふしぎな若者であった。かれにとって官僧としての得度の考試は困難なことではなかったはずだが、それを無視したところに空海の青春のおもしろさがあったとみるほうがいい。

勤操も、この若者にいきなり官僧の得度を勧めることをはばかったにちがいない。大学の学生というのは準官吏というべき身分で、国家から手当を給せられている。空海というこの若者が、国家からあたえられたその身分を自儘にすてたかたちで就学を怠っていることさえ官に憚《はばか》りあることであるのに、国家の重要な僧官である勤操が、この若者の非違に上乗《うわの》りするようなかたちでかれに得度を勧めるであろうか。勤操はおそらく、

「当分、私度のままでいなさい」

と、むしろそれをすすめたにちがいなく、そのほうが自然である。そういう措置についても、勤操はあとで官から横槍が出ないように、空海の縁者である官吏たちや、大学の博士たちに十分了解をとっていたにちがいない。空海の青春の一特徴は、そのあたりにもある。かれは境涯上苦節の人ではなく、まわりから必要以上なほどによく保護されていたのではないかと思える。大学を飛びだして乞食の境涯に入ったといっても、かれの保護者の立場にある叔父の阿刀大足《あとのおおたり》や、あるいは岡田博士たち、もしくは佐伯氏につながる官吏たちが、

「あの子はあのような境涯にいるが、なるべく目を放さぬようにしたい」

と、遠巻きのことながら、庇護していたかのようである。すでに触れてきたように、青春の

ころの空海は筋目のいい大人たちからよく庇護されていた。

得度のことはべつとして、かれが勤操というこの時期の有力な学僧から格別な庇護をうけたことは、かれにとって重大なことであった。勤操との関係におけるかれの資格は、近事《ごんじ》というものだったと思われる。近事とはこの当時の寺院の用語である。僧たる資格なくして師に仕え、師の指導によって仏事をおこなう者、というほどの意味で、男の場合を近事男《ごんじお》、女の場合を近《ごん》事女《じめ》といった。空海は、勤操の近事男になった。これによって勤操の身辺にいてその話をきくことができたし、また諸官寺が蔵している経典類も、勤操のつかいという資格において、出かけて行ってそれを閲覧することもできた。これは尋常ならざることであった。この当時、諸官寺の経蔵に入るなどはよほどの立場をもたなければ不可能であり、そのことをなしうるには、なまじい官僧になって僧綱《そうごう》のはしくれにつながるよりも、勤操の私的給仕人になり、かれの用事であるとして諸官寺の経蔵をひらいてもらうほうが、はるかに自由自在であったといえる。後年の空海の、ときに目をみはりたくなるほどのずるさが、このあたりにすでに出ている。かれが世間を御《ぎょ》するにおいて芸術的なばかりに妙を得ていたということは、勤操の近事になったことにおいて、すでにその萌芽が青々とのぞいているのである。

この七年間のあいだにかれは山林において修行しつつも、右のような世間的才覚による翼を借りつつ諸寺を歩き、その経蔵に籠り、文字どおり万巻の経典を読んだらしい。空海の入唐後の、ただならぬ自信はこの時期の充実感をよりどころにしている。

ところで、この当時、日本に存在していたのは、学解の仏教であった。

このころの仏教は、華厳、倶舎、成実、法相、三論、律という六部門にわかれ、付宗として唯識論、瑜伽論などもふくめられる。これらはすべて仏教的思考法を中心としたインド思想そのものの体系で、あくまでも思想であり、これをもって宗教という概念にはあてはめにくい。しかしながら空海がこれらのすべてを修めなければ、後年、かれが長安において、この唐都ですでにもたらされていた純粋密教というものを、接するやたちどころに了解したというふうな情景は成立しえなかった。

いまひとついえば、インド本土においても純粋密教の成立にいたるまでには、歴史的に右のような経過を経ているのである。

空海はこの七年間に、学解の宗教を独習した。一部門でも非常な難事とされるのに、かれは猛獣が鋭利な歯で骨を割りくだくようにしてすべてを修めるというなしがたいことをやったらしい。とくにかれは華厳経において、のちのかれの飛躍と完成を遂げるための重大な素地をつくった。

後年のかれは、

「過去のどの宗も真言密教にはるかに及ばない。ただ華厳経のみが、いま一歩のところで密教に近づいている」
という意味のことをいったり書いたりした。華厳学は東大寺がその部門のための単科大学としてたてられている。かれが華厳にうちこんだということは、若いころ日本国第一等の官寺である東大寺に自由に出入りしていたことを暗示している。気の弱い僧なら門前で尻ごみするほどのこの官寺に、かれはぬけぬけと出入りし、経蔵に入りこんだり、無資格ながら講筵《こうえん》に顔をのぞかせたりしていたことになる。

いずれにせよ、華厳をかれが知り、それに注目したということは、かれがいまだインドの純粋密教を知らずしてその成立の化学式を自得したようなものであり、この点において重大であったといっていい。

インドにおいて、純粋密教を成立せしめた理論家たちが、本来低次元の宗教現象という意味で箸にも棒にもかからなかった土くさい雑密のたぐいのものを、あたかも化学変化をさせたように他のもの（純粋密教）に飛躍させてしまったそのかぎというのは、多分にこの華厳経にあった。華厳経を強力な触媒に仕立てて添加することによって、在来の仏教とも土俗的な雑密ともちがった形而上的世界をつくりあげてしまったのである。

この作業に、インドの本土では何百年かかったであろう。釈迦以前のインド思想から釈迦以後をへて華厳経の成立（完成は四世紀ごろ）するまでの時間的距離を考えただけでも気の遠くなるほどの長い時間である。つづいてそれらを触媒にして純粋密教を生みだす期間だけでも百年以上はかかっているであろう。

無名の青年である空海が、インドからはるかに遠い島国において、縮図的ながらも偶然インドとおなじ過程をたどりつつ、わずか七年で純粋密教へ飛躍するその基礎をつくったということは、信じがたいほどのことだが、しかし事実である。


すこし、雑談風に華厳経についてのべる。

中国および日本の思想にこの経ほどつよい影響をあたえたものもないのではないかとおもえる。一個の塵に全宇宙が宿るというふしぎな世界把握はこの経からはじまったであろう。一はすなわち一切であり、一切はすなわち一である、ということも、西田幾多郎による絶対矛盾的自己同一ということの祖型であり、また禅がしきりにとなえて日本の武道に影響をあたえた静中動あり・動中静ありといったたぐいの思考法も、この経から出た。この経においては、万物は相互にその自己のなかに一切の他者を含み、摂《と》りつくし、相互に無限に関係しあい、円融無礙に旋回しあっていると説かれている。しかもこのように宇宙のすべての存在とそのうごきは毘盧遮那仏《びるしやなぶつ》の悟りの表現であり内容であるとしているもので、あと一歩すすめれば純粋密教における大日如来の存在とそれによる宇宙把握になる。さらにもう一歩すすめた場合、単に華厳的世界像を香り高い華のむれのようにうつくしいと讃仰するだけでなく、宇宙の密なる内面から方法さえ会得すれば無限の利益《りやく》をひきだすことが可能だという密教的実践へ転換させることができるのである。六世紀、七世紀のインドの理論家たちもそう思い、日本にあっては空海もそうおもった。空海はのちに真言密教を完成してから、顕教を批判したその著『十住心論』のなかで華厳をもっとも重くあつかい、顕教のなかでは第一等であるとしたが、このことはインドでの純密形成の経過を考えあわせると、奇《く》しいばかりに暗合している。若い空海が陀羅尼を銜えてほっつき歩いていたただの私度僧ではなかったということは、この論理の作業をしていたらしいということでわかる。

もっともその乞食をしてほっつき歩くという雑密の徒とその雑密の験にかれが魅せられていたからこそ、華厳経にいたってかれは重大な段階に入ったにちがいない。

「それを解決したお経を、私はたしか見たことがあるよ」

と、「学解」の大徳である大安寺の勤操が、この若者の様子をみていてふとつぶやいたのかもしれない。あるいは勤操以外の者が示唆したのかもしれず、この間の事情は冥々として、神秘的である。

勤操らしい人物が洩らしたことというのは、要するに『大日経』と、その所在についてである。すでにインドにあっては雑密世界を超越して『大日経』とあたらしい密教的世界把握が成立しているということを空海は知らなかった。しかもその経典は日本にきているという。空海のこの発見は、日本の思想史、もしくは東洋の思想史にとって、ふりかえっていえば驚天動地の事態であるといえるかもしれない。なぜならば純粋密教というのは、空海がそれを確立したもの以外にはその後ほどなくインドでも中国でも消え、チベットではすぐさま変質し、いまではどこにも遺っていないからである。空海の思想のみが遺った。

『大日経』七巻三十六章は、すでにインド僧の手で唐の長安にもたらされ、そこで漢訳されている。その漢訳が完成してわずか五年後の七三〇年に日本につたわっていることをおもうと、この当時の東アジアにおける交通の活発さに目をみはらざるをえない。何者がこの未見の経典をもたらし来ったかについてはいまとなればよくわからない。古来、インド僧がもたらしたという説がある。常識として、遣唐使節のたれかが目にとめてもち帰ったのであろうという想像のほうが、なだらかでいい。日本に招来されると、さっそく書写もされている。ところがそのまま、経蔵にあるぼう大な経巻のかげにうずもれてしまい、半世紀ほど経て空海がそれを見るまで、たれもこの経を解せず、ついには所在さえ知れなくなってしまっていた。

奈良朝末期平安朝初期にかけ、国をあげて諸経典に接触した。そういう時代でありながらこの大日経がわすれられていたというのは奇妙なほどだが、いわゆる奈良六宗が僧侶にとって必須の学であった以上、それ以外の異系列の経典などはたとえ関心をもっても得度試験に関係はなく、また学僧たちが天子の前で講筵をひらく場合も、そのような非正統の経典を講ずるわけにゆかず、要するに宗教的需要よりも社会的需要が、この経典については皆無だったのである。

自然、それがために忘れられたのではないか。という臆測だけでは、半世紀も無視されていた事情が十分に納得できないが、要するに異質の思想は異質の天才の出現を待つ以外になかったともいえるかもしれない。

『御遺告』によれば、空海は夢にこの経を感得したという。『御遺告』は空海の談話の集録だから、晩年の空海は弟子たちにそんなことをいっていたのだろうか。

「自分は三乗五乗十二部経を読んでも心神に疑いあってどうにも納得できなかった。このため仏前に誓願して、願わくはわれに第二の（決定的な）法門を示したまえ、と祈っていたところ、夢に人が立ち、告げていわく、ここに経あり、大毘盧遮那経《だいびるしやなきよう》（大日経）と名付く、これ汝がもとむるなり、と。そこで自分は随喜してくだんの経をさがしまわったところ、意外にも大和の国の高市郡の久米寺の東塔の下にあった」

と、神韻縹渺としている。

この時期の空海が、二十代のはじめなのか、その半ばごろなのか、よくわからない。この年齢において哲学的煩悶にとりつかれた場合のすさまじさというものは容易に想像できる。「三乗五乗十二部経をよんでも十分に納得できなかった」という時期の空海というのは、傍目からみても、ある日は風のように大安寺の境内を横切って行ったり、目がすわって食が摂れなくなったり、奈良あたりの路上で大学当時の旧知にひさしぶりに出遭っても相手の人体《にんてい》さえさだめられずそそくさと去るようなこともあったにちがいない。日中も意識が漂うようであり、深夜にわかに起立し、闇の中で炬《きょ》のような目をひらいてしまうということもあったはずで、そういう状態の継続のなかではたとえ人の声が耳に入って「大日経というものがあるそうだよ」といわれても、誰がいったのかわからず、あるいはその言葉が、夜陰、幻聴になって闇にひびきわたったりすることもありうるであろう。大日経の所在を教えたのは、存外勤操のような筋のとおった学僧ではなかったかもしれない。山野に起き伏ししている乞食僧のたれかが、

「そういう経があると聞いたがね」

と、いったかもしれない。

「久米寺の東塔の下だよ」

というふうに。空海は奈良の旧都から久米の里まで幽鬼のごとく走ったか。久米寺は久米の仙人がひらいたといわれる寺で、奈良の諸大寺にくらべるとさほどの格のある寺ではない。この東塔の下にある、というあたりがいかにも神秘的だが、実際には他の寺にもこの経典が蔵されていた。大和の西大寺、唐招提寺に、それぞれ写経生が写したものが蔵されていたはずであることは歴史的に分明だが、しかし伝来早々に写した経巻は諸寺のいわば秘宝ともいうべきものであるだけに、同時代にいる空海にはかえってわからず、たとえ所在がわかったところで容易に披見はゆるされなかったにちがいない。

要するに空海は、大和国高市郡久米寺の東塔下において大日経を発見したのである。

大和の久米村は、畝傍山のそばにある。

古事記にいう「久米の子ら」が住んでいた村とされ、筆者の少年のころはこのあたりの村や野のたたずまいはなお古代的気分のなかにあったが、その風景をいま一度見ようとすれば江戸期の名所図会でしのぶほかはない。久米村の久米寺のそばに芋洗《いもあらい》川という小川がながれている。その小川で小さな鮒がとれた。岸辺に小高い丘があって、里びとから芋洗芝とよばれていた。ここで里の娘が流れに白い脛《はぎ》をひたして芋をあらっていたところ、上空を飛翔していた久米の仙人がその脛をみて通力をうしない、落下してきたという。里の伝説では娘は芋を洗っていたということになっているが、『今昔物語』では衣《きぬ》を濯《すす》いでいたということになっている。

「今はむかし、いづれのときにや」

ではじまる今昔物語のこのくだりでは、むかしこの村のあたりに内裏《だいり》が造営されることになって、そのあたりの農民が労役に出ていた。人夫たちの中に、仲間から「仙人々々」とよばれている者がおり、監督の役人がふしぎにおもって人夫たちにきくと、「こいつは久米という者でございます。かつて吉野山にこもり法をおこなって仙になった者でございますが、あるときこの者が飛行中に」と、前述のような話をした。のちにこの仙人が発願して建てた寺が久米寺だというのだが、異説もある。異説はどうでもよい。要するに久米寺は官寺ではなく、私寺である。空海のころは寺ともよばれずに単に道場とよばれていたらしい形跡があるから、官寺に寄りつきにくい私度僧たちが、この久米寺ぐらいになら多数あつまっていたとも想像され、あるいは私度僧がわがもののように出入りしていた寺であったかもしれない。その程度の寺に東塔などという塔があったというのは分に過ぎた感じもするが、たれか、大官か長者が寄進したのであろうか。『和州久米寺流記』に、この塔は多宝大塔で高さ八丈である、とあるが『流記』そのものの内容には史的価値がとぼしい。

いずれにせよ、その東塔の下にねむっていた大日経にはじめて接した空海のよろこびは、想像を絶するものがあったにちがいない。

昼は塔内に籠って経を読み、夜は松林の中の僧房にでも泊めてもらったのであろうか。この時期、寺々は風来坊を泊めるのはともかく、食をあたえるほど豊かでなかったようであり、まして久米寺程度では空海のために食物まで用意できたかどうか。かれはときに村々を物乞いしてまわって食を得たかもしれない。

もっともそのあたりはすばしこい空海のことである。

「私は、勤操上人のお使をしている」

ということで、存外、大いばりで寺僧に斎《とき》を出させていた、と考えるほうがかれの情景としてふさわしいようではある。

空海はこの大日経を、漢文の部分はおそらくよほどすみやかに読めたのではないかと思える。なぜならば大日経にみられる複雑な論理は他の仏教経典にみられないものであるうえに、およそ種類を異にしていると思われるほどのものであるが、しかし華厳経のみは種類をおなじくしているからである。華厳経に熱中していた空海ならば大日経の論理の世界には大きな違和感をもたずに入りこめたにちがいない。さらにはもっとも重要なのは、華厳経に出現する毘盧遮那仏が、大日経にも拡大されて出てくることである。

毘盧遮那仏は釈迦のような歴史的存在ではなく、あくまでも法身《ほっしん》という、宇宙の真理といったぐあいの、思想上の存在である。毘盧遮那仏の別称はいろいろある。遍照《へんじょう》ともいう。光明遍照ともいう。浄満、あるいは厳浄などともいう。あたかも日光のごとく宇宙万物に対してあまねく照らす形而上的存在という意味であり、ごく簡単に宇宙の原理そのものといってもいい。この思想を、空海ははげしく好んでいただけでなく、さらに「それだからどうか」ということに懊悩していたはずであり、その空海の遣り場のなかった問いに対し、『華厳経』は答えなかったが、『大日経』はほぼ答え得てくれているのである。大日経にあっては毘盧遮那仏は華厳のそれと本質はおなじながらさらにより一層宇宙に遍在しきってゆく雄渾な機能として登場している。というだけでなく、人間に対し単に宇宙の塵であることから脱して法によって即身成仏する可能性もひらかれると説く。同時に、人間が大日如来の応身としての諸仏、諸菩薩と交感するとき、かれらのもつ力を借用しうるとまで力強く説いているのである。空海がもとめていたのは、とくにこの後者——即身成仏の可能性と、諸仏、諸菩薩と交感してそこから利益をひきだすという法——であった。

空海はどうみても天性そういう体質であるとしか思えない。

かれは奈良仏教にみられるような解脱だけをもって修行の目的とする教えはやりきれなかったにちがいない。解脱とは人間が本然としてあたえられている欲望を否定する。その欲望の束縛から脱して自主的自由を得るというのが、釈迦以来、仏教における最高目的になっている。しかし煩悩の束縛を脱するだけならば医学上の精神遅滞者はすでに脱しているではないか。あるいはそういう遅滞者には智慧がないために自主的自由における至福の境を味わうことができないという道理もありうるが、しかし遅滞者が主観的に自分の境地を不幸だとおもっているかどうかはわからない。その至高の自主的自由の境地を涅槃《ねはん》とよぶ。とくに生きながらの涅槃を有余涅槃とよぶが、生きながらに涅槃に入りうる人など稀有というべきで、多くは煩悩のもとである身体が離散したときに涅槃に入る。これを無余涅槃という。要するに死である。死はたれにでも来るものではないか。死をよろこぶ教えとはどういうものであろう。しかも、死がきたあとに成仏できるかといえば、奈良仏教においては「それはかならずしも保証できない」という立場をとっているのである。

「そういうばかなことがあるだろうか」

と、空海は不満だったにちがいない。空海は死よりも生を好む体質の男であった。かれの不満は、釈迦の肉声により近いといわれる諸経典に対するほとんど否定的なばかりのものであったにちがいない。

かれは釈迦の肉声からより遠い華厳経を見ることによってやや救われた。死のみが貴くはなく、生命もまた宇宙の実在である以上、正当に位置づけらるべきではないかと思うようになったはずである。生命が正当に位置づけられれば、生命の当然の属性である煩悩も宇宙の実在として、つまり宇宙にあまねく存在する毘盧遮那仏の一表現ではないか、とまで思いつめたであろう。この思いつめが、後年、「煩悩も菩薩の位であり、性欲も菩薩の位である」とする『理趣経』の理解によって完成するのだが、その理解の原形はすでにこの久米寺の時期前後にあったであろう。思想家は本来、天の一角からおもわざる思想を啓示されて誕生するのではなく、かれの思想を触発したものが何であれ、やがてかれが生むにいたるその思想は、かれのうまれながらのものの中に蔵されているとみたほうが自然でいい。空海は生命や煩悩をありのまま肯定したい体質の人間だったにちがいない。さらに小乗的な解脱を死と苦のにおいのする暗くさびしいものとして感じ、それを、たとえ潜在的にせよ、全霊をもって拒みつづけていたところがあったにちがいなく、もう一歩踏みこんでいうと、生命を暢気で明るいものとして感ずる性格だったかとおもわれる。さらに言いきってしまえば、かれはそれらの思想的色彩感覚のほかに「悟り」というものから現世的な福利をひきだして当然ではないかという、あくどいばかりの願望をもつ体質の人物だったかのようである。

ともあれ空海は、この漢訳をよむことによって大日経の理論は理解できた。ただし、空海にも解《げ》せない部分がある。大日経には、仏と交感してそこから利益《りやく》をひきだすという方法が書かれている。その部分は、秘密（宇宙の内面の呼吸のようなもの）であるがために、宇宙の言語である真言を必要とし、また交感のためには真言だけでなく印《いん》を結ぶなどの所作を必要とした。この部分は大日経においても文章的表現が困難であるだけでなく、多くは梵字《サンスクリット》で書かれている。やがてかれは唐へ入ってインド僧に梵字を学ぶが、しかしこの時期においても素養はすでにあったかのようである。とはいえ、この真言という秘密語までは解くことができず、いずれにせよ、密教は半ばは教理で構築されているが、他の半ばはぼう大な方法の集積であるためにこればかりは手をとって伝授されることが必要であった。

空海はこれがために入唐を決意した。大日経における不明の部分を解くためであった。空海の入唐目的ほど明快なものはない。かれは多くのひとびとのように栄達のために唐へゆこうとしたのでもなく、文明へのあこがれのために長安を見ようとしたのでもなかった。久米寺で見た大日経についての疑問点を明したいためというだけのものであり、遣隋・遣唐使の制度がはじまって以来、これほど鋭利で鮮明な目的をもって海を渡ろうとした人物はいない。

七

最澄は、若い空海について知るところがない。

顔も名も知らなかったにちがいない。最澄の前半生は幸運にめぐまれ、若くして国王の崇敬をうけた。かれは決して倨傲な人間ではなかったが、空海のような無名の若者を知らずとも、その立場は済んだ。いよいよ最澄が遣唐使船の船上にのぼるときも、ともに唐へゆくというこの若い同行者の存在にすこしの配慮も払わなかったし、顔を合わせることもなかった。おなじ船団とはいえ、乗るべき船がちがっていたのである。

最澄について、触れておかねばならない。

かれもまた山林の修行者であったという点で、空海とやや似ている。二十歳のときに平安京の東北にあたる無名の山へのぼり、ここにはじめて小さな寺をおこしたのがのちの比叡山延暦寺のおこりである。はじめは小さな草堂のようなものだったにちがいない。名は単に比叡山寺とした。この草堂まがいの寺をおこすにあたってかれはすでに新しい仏教の種子をここに播《ま》こ

うとしていたらしい。草を薙《な》ぎ、枝をはらい、

阿耨多羅三藐三菩提《あのくたらさんみやくさんぼだい》の仏たちわが立つ杣《そま》に冥加《めか》あらせ給へ

と、諸仏諸天諸菩薩によびかけたこの歌によっても、かれの鬱勃たる客気をうかがうことができる。かれはすでに僧侶たちが現世において官僚化しているのを見ている。僧侶たちがいたずらに文字の記憶量を誇るのみで、実際には国家の庇護のもとに無為徒食の徒になりはて、僧侶自身ですらこの仏教によって釈迦に近づくことができるものかどうかを疑わしく思っているということも最澄は知っていた。

「奈良仏教は論にすぎないのではないか」

それはインドの論理学や認識論といったものであり、宗教としての体系をもっていないのではないかという疑問を、最澄は十代で持ちはじめたように思える。

最澄は、釈迦の成道《じょうどう》に近づく方法がどこかにあるのではないかと思い、叡山にのぼったときはすでにその志の沸きたつ中にいた。

かれは温雅な外貌をそなえ、質実な人柄をもち、現世においてはきらびやかな栄誉につつまれ、はるかな後世にいたるまでその門流から多くの天才たちを輩出した。しかしながら彼一個の生涯となれば、どうであろう。とくにその後半生は苦渋にみち、空海の体系に圧迫され、空

海の機略に翻弄され、また奈良仏教の側の攻撃から自分の体系を防衛せねばならず、執拗に宗論をくりかえし、しかも自分の体系を自分一代で完成させることなく死んだ。その生涯は、見様によっては凄惨としかいいようがない。

最澄は、近江の人である。

空海はこの国の土着人の家系であったが、最澄の家系はみずから称しているように海のむこうから渡来してきた者の家系であった。

「応神天皇のころにきた」

と、その家伝および家伝を基礎にした伝承にはそうなっているが、応神天皇とはいつごろのひとなのか、こんにちともなれば茫漠としている。

応神天皇とは、実年代はどうやら四世紀後半から五世紀のはじめ、いまの近畿地方に栄えた政権の王であったらしい。その時代といえばなによりも前時代にくらべ鉄製の農機具や工具、武具が飛躍的に発達普及した時代であり、この閉ざされがちな孤島で鉄製器具がにわかに発達したことについては、常識として理由を外因に求めねばならない。外因とは大量に渡来者があったということであろう。最澄の家系の祖をなす者も、あるいはその波をなしてやってくるむれにまじっていたのかもしれない。

応神天皇というその名前で表徴されるこの時代は、多分に考古学的な時代である。伝説はある。伝説的気分の世界にことさらに浸っていえば、『日本書紀』によると、その時代に弓月君《ゆづきのきみ》という人物が百二十県の民をひきいて大挙渡来したという。この集団はのちに秦氏《はたうじ》の部族になる。秦氏という古代の渡来者の家系のおもしろさは、朝鮮半島の百済からやって来ながら、みずから秦の始皇帝の子孫であると称していることであった。阿知使主《あちのおみ》という人物もやって来た。『日本書紀』の中のこの人物も、応神天皇のときに十七県の党類をひきいて渡来したが、かれも朝鮮半島からやってきたにもかかわらず、その家系伝説としては後漢の霊帝の子孫であるということになっている。

ほぼ同時代に渡来したという最澄の先祖も、この点については沈黙していなかった。その家系伝説は後漢の孝献帝（献帝）の子孫である、という。

朝鮮半島から渡来しつつもかれが漢民族であると自称するのは、『新撰姓氏録《しんせんしょうじろく》』（最澄・空海の時代に、官修で編纂された諸氏の家系）でいう「諸蕃」のひとびとのいわば通癖のようなものであったといっていい。この伝承はおそらく日本に漢字、漢籍が輸入されてからできたものに相違ない。

「われわれの氏族の祖は、朝鮮半島の土着民ではない。漢民族である」

それだけ文明に濃厚な関係をもつ家だ、ということを誇らねばならぬ理由が当時の世間にあったのであろう。それにしても、皇帝の子孫だというのは、法螺が過ぎるかもしれない。

もっとも、皇帝の子孫というのはともかく、漢民族であるというのは、傍証的にいえばべつにおかしくもない。

漢の楽浪郡を考えればいいであろう。こんにちの朝鮮北部は漢帝国の植民地というよりも直轄領であった歴史的時間がながく、楽浪郡がここにおかれたのは、紀元前一〇八年である。三一三年にほろぶ。その間四百年、平壌を治府とするこの郡には中央から官吏が赴任し、多くの漢民族が住み、漢文化が栄えた。後漢が、最澄の先祖という孝献帝を最後の皇帝としてほろぶのは二二〇年であったが、その後も僻遠の楽浪郡だけは不安定ながらもつづき、やがて勢いを得た土着の高句麗族にほろぼされるにいたる。楽浪郡が滅亡するすこし前が、『日本書紀』が立てた年代でいう応神天皇のころにあたっている。楽浪郡にいた漢民族のなかで勢力ある者が船をうかべてはるかに倭人の住む地域に大挙亡命したといっても、当時東アジアにおこっていた力関係の混乱からみれば、つじつまのあわぬことではない。

要するに、最澄はそういう家系のうまれである。

……仍りて、滋賀（志賀）の地を賜はり、これより姓を改めて、三津首《みつのおびと》と賜ふ也

と、『叡岳要記』にある。ここにも「先祖は後漢孝献帝の苗裔」とあり、このことは『僧綱補任』にも、『元亨釈書』にもわざわざ書かれている。家系をやかましくいうのは、『新撰姓氏

録』が編纂されたことによる当時の流行現象のようなもので、真偽を詮索する必要もない。しかしながら最澄やその一族はそのことを事実としてかたく信じていたにちがいなく、そのことのほうが重要かもしれない。

最澄の家は、いまの地名でいえば叡山の滋賀県側の坂本のあたりにあった。

「三津首」

という三津は、坂本のゆるやかな傾斜をくだって琵琶湖の浜辺に出たあたりをいう。首《おびと》とはもともと小地域に勢力をもつ首長をさすが、最澄のころには単に地方におけるささやかな家柄の呼称にすぎなくなっている。もっとも最澄がうまれたころにはもう三津には住んでおらず、当時古市とよばれた国分寺のあたりに移っていたらしい。

その家系伝説では、先祖の何者かが、顕宗天皇の三年――といえば仏教がまだ伝わっていないころだが――田のふちの泥を採ってきて高さ三尺の仏像のようなものを作り、しきりに礼拝したために、近在のひとびとはその仏像をみて大いに畏怖したという。たしかにおそろしかったであろう。仏像が渡来する以前はこの倭の地帯には人間のかたちを模写して精妙にそれを現すという技術がなかった。素朴な俗習のなかで、一渡来人がにわかに田の泥から人間に似た像を作ったということはひとびとの畏怖をまねくに十分だったにちがいない。『叡岳要記』でもこの伝説をとりあげ、その人物は最澄の父三津首百枝《ももえ》であるとしている。百枝なら、時代があわない。そういう魔術的なことをしたのが家系の中の誰であれ、湖畔に住むかれの一族は外来文化とかかわりがあるという印象を世間にあたえていたのではないか。

父の百枝は、べつに怪奇な人物ではない。家系として漢籍の教養をもっていたらしく、加えて温雅な容貌と親切な人柄でもって近在の人望を得ていた。

百枝は在家ながら仏教への帰依心がつよく、付近の日枝《ひえ》の山（叡山）に登り、草庵をむすんでさんげの行をしたこともあった。その結果うまれたのが最澄だったというが、かならずしもそうでないかもしれない。しかしながら最澄を僧にすべく積極的な気持をもったのはこの父であり、あるいは最澄にとって父であるという以上に、つよい影響をもった人物であったといえるかもしれない。

最澄は空海より七つ年上であった。

かれは空海のように大学に入るようなわき道をせず、十二歳前後で早くも出家した。十五歳で得度を志願し、十八歳で得度し、二十歳で受戒した。

出家、得度、そして受戒という、官僧としてのなだらかな経歴を、弱年の時期に折り目ただしく経ているあたり、いかにも最澄らしい。

この時代、官僧になることの困難さは、すでに繰りかえしのべた。最澄の経歴におけるその出家は、文字どおり在家から離れるだけの行為をさし、俗名俗体のまま寺で暮す。出家したこの少年は近江の大国師として近江国分寺に住している行表《ぎょうひょう》のもとで僧になるための学習をした。国分寺に入ることができたのは、百枝の運動によるものであろう。

次いで得度をするのだが、まず近江の国司に願書を出さねばならない。国分寺の僧の定員はわずか二十人だった。一人死ねば、補充として一人得度させる。最澄の場合、最寂《さいせき》という僧が死んだため、資格ができた。これによって国分寺としては、「三津首広野《みつのおびとひろの》（最澄の俗名）を得度させてもよいか」という願いを国司の庁《ちょう》に出すのである。国司の庁はそれを審査し、許可する。余談ながら、その国司の庁の許可の写しが、おどろくべきことにこんにちに至るまで残っている。所蔵しているのは、京都大原の来迎院である。

「三津首広野」

という名前が書かれている。その横に、最澄の戸籍も明記されている。滋賀郡古市郷戸主正八位三津首浄足戸口年拾五、とあり、ここで浄足《きよたり》とあるのは、最澄の一族の戸籍上の筆頭人で、三津首の長者《うじのかみ》であろう。

さらには、かれが得度の試験に合格したことにともなう「度牒」という合格証書ものこっているのである。

「沙弥最澄年十八」

とあり、はじめてここでかれは最澄を名乗る。つづいて本貫の所在が書かれ、俗姓が書かれ、さらに人別《にんべつ》を他の者とまぎれぬように、体の特徴がかかれている。この時代、体の特徴は黒子《ほくろ》であらわされるらしい。

「黒子、頭左一。左肘折上一」

とある。そのようにひと目に立つほくろがあったのであろう。

さらに、かれが受戒したことを示す「戒牒」までがのこっているのである。この種の文書が残っているということは最澄の性格と無縁ではないかもしれない。

「僧最澄年廿」

とある。ここにおいては最澄は沙弥ではなく、はじめて僧と公称しうるようになるのである。最澄はこの僧官の任用試験である受戒を、延暦四年四月六日、東大寺の戒壇院でうけた。これによってかれは生涯官僧としての栄誉と俸禄を国家から保証されるということになるのだが、しかし最澄はその道をみずから断った。この試験に合格してからわずか三ヵ月後に官寺を去り、叡山に登り、山林にかくれてしまうにいたる。かれは空海の青年期と同様、山林の修行者になる。最澄は自分があのいかがわしい私度僧と間違われることをおそれたのか、以上の文書や合格証書を大切に手篋《てばこ》かなにかに深くおさめて保存していたにちがいない。でなければそれらのものがこんにちまで残るはずがなく、そのことにも、最澄の性格が匂っている。

山林にかくれたころのかれの願文がある。

悠々たる三界はもっぱら苦にして安きことなく、擾々《いういう》たる四生はただうれひにして楽し

からざるなり

というこの文章は、空海がおなじ年齢前後に書いた『三教指帰《さんごうしいき》』の独創性の高さにくらべていかにも仏教的厭世観による定型のようだが、しかし定型にこそなだらかさとすずやかさがあるとすれば、最澄の一面はそういうところにもあるであろう。最澄は空海にくらべ、ぎらつくような独創性に欠けるところがあった。が、物事の本質を見ぬく聡明さにおいては同時代の僧たちから卓越しており、見ぬいた以上はそれを追求する執拗さと勇気を多量にもっていたかに思える。

最澄は空海とはちがい、密教的性格のもちぬしではなく、うまれつきとして顕教的な合理性と素直さの側にいるひとであった。かれは山林にこもったとはいえ、空海のように宇宙の神秘をそこに見、踏みこんで宇宙の深奥に入ろうという呪術者的動機を感じたからではまったくなかった。多分に書斎的であり、諸経、諸注釈、諸論を読破することによってかれがひそかに持ちつづけている疑問もしくは仮説を実証したいがためであり、このため官寺生活のわずらわしさからのがれたかったためであるといっていい。

「わが国の諸宗は論を主としている」

というのは、最澄の奈良六宗に対する痛烈な不満であった。あれは論であって宗教ではないのではないか、ただし東大寺の華厳宗はこの批判からのぞく。その他の宗は仏教のくせに仏説である経を主にしておらず、それを従とし論を主としている。本末の逆立ちもはなはだしい、と最澄は考えている。かといって最澄の考え方には論を足蹴《あしげ》にして捨てようというほどの勇気はなかった。そのようにするにはかれは歯がゆいほどに平衡感覚に富みすぎていた。かれの本来のものであるらしい総合性を好む感覚によれば、経を中心とし、それを根本とし、論とか律とかいったものは仏教的一表現についてもそれぞれふさわしい位置をあたえて、総合のなかに秩序づけてゆくというところにあった。

経といっても、かんじんの経典の研究などは、この時代の日本ではほとんどできていなかった。ただ経典がつぎつぎに輸入されてきて諸官寺に保存されていただけであり、「論」以外の仏教といえばそれを僧が暗記し、となえるだけのものであった。むしろ経典は研究すべきものではなく声をあげて読誦すべきもので、その声のなかに呪術的効果があるとされてきた。

最澄は山林の草堂で経を読んでいる。読んだものは、『法華経』『華厳経』『金光明経』『大乗起信論疏』『華厳五教章』などであった。もっとも読経だけがかれの日常ではなかった。止観《しかん》という瞑想行も日課としておこなった。止観というのは天台教学のなかの行である。まだ中国の天台に触れていないかれがどういう方法でその行を知ったのであろう。師匠の行表がたまたまその方法を伝承していたのか、それとも最澄が書物の中からそれを拾いだしていろいろ臆測しつつ行法を身につけたのか。後者のほうがこの時期の最澄を感ずるのにふさわしい。

やがて最澄は自分の一大疑団を氷解してくれる経典にめぐりあう。『法華経』である。法華経は日本に伝わって古く、すでに聖徳太子がこの経は諸経の王である、といっているところからみても、いまさら最澄がこれを持ちあげるのは一見奇妙であるが、しかし最澄のようにこの経をふかく読んだ者はいなかったかもしれない。最澄が深く読みえたのは、かれに華厳経の素養があったからでもあろう。この二つの経典の相関関係についてはしばらく措《お》く。要するに最澄がこの経をもって諸経の根本に据える勇気をもったのは中国の天台教学がそうであったからであるらしい。

「自分のこの信念を裏付けてくれるものは、唐土の天台山にある」

という遥かな思いをもったのは、最澄のいつの時期であったのであろう。

法華経は西北インドで成立した。詩的修辞の才の横溢した人物が書いたらしい。作者は一人ではなかった。時代が降るにつれて次々に増補され、ついに二十七章というぼう大なものになった。多数の手で編まれたにしてはその華麗な文体が統一されており、また釈迦の本質を詩的に把握したという点でどの経もこれに及ばないであろう。さらにこの経は最澄の疑問とする小乗的な教理からまったく離れてしまっている。釈迦の教説として伝承されてきたものを下敷にし、体系としては般若経の空観《くうがん》の原理を基礎としている。空観を唯一の真理とし、それを中心に世界把握の体系を構築しているもので、見様によっては華厳経よりさらにすすんだものであるかもしれない。空については、先蹤の経典として般若経がある。般若経においては、数学のいう零《ゼロ》（空）にこそ一切が充実していると見る。その零の観念が、法華経に発展したときには壮大なものになる。零こそ宇宙そのものであり、極大なるものであり、同時に極小なるものである、という。すべての世界現象は零のなかに満ちみち、しかもたがいに精巧に関連しあって組み合わせられている。さらにいえばその極小なるものの中に極大という全宇宙が含まれ、同時に極大なるものの中に極小がふくまれ、そこに一大統一があるというのである。しかもこの経はインド的性格ともいうべき哲学理論におちこむことなく、おのおのの構造を説きつつも仏陀をもって永遠の宗教的生命であると讃美し、その讃仰の姿勢のなかに、「論」の奈良仏教がもたなかった宗教性をもっている。さらにいっそうに宗教的であることは、仏陀の偉大さと恩寵を説くについては宝石のようにきらびやかな詩的修辞をつかい、感性をもってその世をひとびとにさとらしめるだけでなく、比喩や挿話をもって神話的世界に誘いこむという点で、ひとびとを恍惚たらしめる。

そういう経である。

最澄がこの経に魅かれ、この経を所依《しょえ》の経典とする教学が中国にあることを知ったのは、かれが華厳経の注釈書を読んでいたときであったらしい。注釈書とは、『大乗起信論義記』である。

そこに天台をもって指南とする、という意味のことが書かれているが、この一句が最澄の心に火を点じた。最澄は天台についてさらに知ろうとしたが、しかし天台教学に関する典籍はわずかしか日本につたわっていなかった。それらの大部分は、最澄が比叡山寺を建てるより三十余年前に日本にきた唐僧鑑真《がんじん》によってもたらされた。『天台止観法門』『法華玄義』『法華文句《もんぐ》』『行法華懺法』『小止観』などであったが、それらからは天台教学を垣間《かいま》見ることができてもすべてを知ることができない。

かれが渡唐したいとおもったのは、このときであった。

天台教学の中国における伝統はわりあい古く、最澄のこの時代にあっては新興の禅や密教に押されて衰弱しつつあった。しかし日本の琵琶湖畔の山林にいる最澄が、隋唐における天台の位置や盛衰や時間的腐朽などを知るよしもない。たとえ知っていてもかれの志は変らなかったであろう。かれの胸は躍ったにちがいない。この天台教学を導入することによって、多分に哲学的でしかない奈良仏教を乗りこえて、この国にはじめて宗教を興すことができると信じたのである。

最澄の生涯をみて、極端な言い方がゆるされるなら、かれは教団の形成というもっとも世俗的なしごとをしたわりには——もっともその完成となると、弟子やさらにそのあとあとの人々がやったのだが——およそ世俗の機才にとぼしかった。そのくせ、かれは世俗の棟梁である国王から手厚い庇護をうけ、大官たちがすすんでかれのために便宜をはからい、かれが何か希望を持っているということがわかると、世俗のほうから進んで走り寄ってくるというぐあいになるのである。とくに前半生が、そのようであった。

どういうわけなのであろう。

最澄の幸福のひとつは、世間では無名の山にすぎなかった日枝（比叡）の山が、平安遷都によってにわかに国家経営の上での形而上的な神秘的役割をもつにいたるということである。

「あの山は、都の鬼門（北東）の方角にあたるのではないか」

と、山城に遷都するにあたって、桓武天皇とその側近が、さわいだ。鬼門には鬼門の手当をせねばならず、そのためには国費による寺院をつくらねばならない。

北東の隅は暗い、という鬼門の思想が中国から日本に入りこむのは、早く七世紀のころであったらしい。陰陽五行説からきている。陰陽説とはおそらく中国の古代の農民が、日光がつくりあげる風景のあざやかな変化を見、日当りのわるい所（陰）にできる作物と日当りのいい所（陽）に出来る作物とのちがいにおどろき、農村にいた天才がこれに触発されて形而上化したものであろうが、やがて天も地も人事もことごとく陰と陽という二元からなりたっているということを言いだし、素朴な生活実感に根ざしたものだけにそれが承認されひろまるのは早かったにちがいない。やがてそれが一種の疑似科学として日本にも入ってきて、それをつかさどる役所もでき、役人もおかれた。遷都などという場合には、当然、治部省の陰陽寮に命じて地相を見させたり、遷都についてのさまざまの日取りなどをきめさせるのである。科学であったといっていい。

最澄は、時代の人であったろう。かれの運命は、かれが得度した翌年に桓武天皇が即位し、いわば大帝の時代がはじまったことで――当時の最澄自身は気づかなかったろうが――大きく基礎がつくられたといっていい。

桓武は歴世の天皇とはちがい、意識的に中国皇帝をモデルとし、模倣部分において中国風に専制的であり、さらにいえば日本の天皇も――というよりすくなくとも自分は――専制的であるべきだと信じていた人物である。すでにのべたようにかれは即位後六年目に河内国交野《かたの》という淀川を見おろす台地にのぼり、その台上に天壇をきずき、中国皇帝がやるように天を祭るという漢祭をやった人物でもあった。かれの時代は、かれ自身が人事をきめ、奥羽への遠征の軍事の基本を決定し、さらには奈良仏教を批判し、半ば否定し、これについては「仏教に必要なのは改革や論争でなく教学の確立である」というきわめて時務に適した宗教行政の方針をもっている人物でもあった。

桓武は、四十五歳のときに即位した。

それまで単に王族であったにすぎず、それも陽のあたらない門流に属し、父の白壁王《しらかべ》はながく臣籍に降ってしまっていた。白壁王自身のおもわざることであったが、かれは六十二歳で大納言という官僚の位置から一躍皇太子になり、やがて天皇（光仁）になった。桓武も官僚にすぎなかったが、父の奇運とともに身分上昇し、やがて即位するまでにいたる。桓武の立太子についでは権臣の藤原百川《ふじわらのももかわ》が推輓し運動するところが大きかったが、桓武の幸運は即位したときに百川はこの世を去っており、他にこの天皇の肘《ひじ》を掣《ひ》く老臣がいなかったことである。かれは小石を拾うようなたやすさで独裁権を手に入れることができた。

桓武は、自分の存在を、天皇という歴世つづいてきた連鎖のなかのひとこまであるとはおもっていなかったらしい。すくなくともかれが無理にでも思おうとしたことは、自分からあらたにこの日本国の王朝がはじまるのだということであり、その意識と理由はかれの出身門流のひくさにも根ざしているであろう。また皇位継承の政治史的慣習が多分に偶然ながら断絶してしまったところから、かれの父と自分が出てきたという事情にも根ざしていた。あるいはそれ以上にかれの英雄的気質によるかもしれない。いずれにしても四十五歳から七十歳までのかれの天皇としての生涯は王朝の創始者という意識でつらぬかれていた。この帝王の政治意識が、最澄と空海の運命をつくることに大きく作用するのである。

桓武が即位早々奈良とは別な土地に大規模な都城を営もうと決意したのもその意識によるものであり、国力をあげて山背《やましろ》（山城）の長岡に新都を造営した。しかし造営途上でにわかにそれを廃し、あらためて山背のこんにちの京都の地を相し、ここで平安京の造営にとりかかったが、この騒々しいばかりの既定方針のご破算やら新方針への転換やらには数多くの凶事が桓武の身辺に発生したことにもよる。これがためにかれの陰陽道《おんみようどう》的気分ははげしく震盪し、元来儒教的合理主義のにおいの濃かったはずの人であるのに鬼神の祟《たた》りをおそれるようになる。

「日枝の山は新京の鬼門にあたる」

という。その種のことに桓武が人一倍敏感だったことが、かれによって最澄が発見されるもとになったともいえなくはない。

桓武は政治がなによりも好きという独裁者らしく、歴世の天皇とはちがい足まめに歩く人物でもあった。山城へ遷都するということをきめたときも、その地をみずから歩き、自分の目で見さだめた。平安京の建設がはじまったのは延暦十二年で、この時期、空海はもう大学を出奔してしまっている。土佐の室戸あたりを彷徨したのはその前年であった。

平安京をつくるにあたって、天皇は叡山にものぼったらしい。かれは鷹狩がすきで、山野を跋渉することが多く、そういう点でも、在来の内裏に存在するだけという天皇の印象とはちがい、ひどく身軽であった。

ついでながら、都をこの山城の高野川、鴨川、紙屋川のながれる盆地にさだめるにあたって、桓武は藤原《ふじわらの》小黒麻呂《おぐろまろ》をして実地踏査をさせた。

小黒麻呂は、贈太政大臣藤原房前《ふささき》の孫で、諸官を歴任し、この時期には大納言で、もはや六十を越えていた。信じがたいことだが、この桓武の老熟した高官と最澄の生家とは親戚関係にあったともいわれる。最澄の生母の出自はよくわからないのだが、後世にできた説では藤原北家の出で、その生母の妹が小黒麻呂の夫人だというのである。むろん最澄の家の家格が、そういう権門勢家と縁組のできるようなものではないことはたしかで、後世の付会であるとはいえ、しかし、前後のことを考えても何らかの親交があったのではないかとも思われる。最澄はその師匠たちに愛される若者であったようだが、とくに近江国分寺の大国師行表が、最澄のために時の権門に対し何らかの運動をしていたのかもしれない。すくなくとも、

「最澄という若い僧がいて、いま日枝なる山林に隠れているが、これはつぎの時代の仏教を興す人物です」

という吹聴はしていたにちがいなく、そうでなければ以下のような最澄のめぐまれた前半生が成立するはずがないと思えるのである。

山城盆地の実地踏査をした藤原小黒麻呂は、天皇に復命して、帝都をいとなむのにじつにふさわしい土地です、というのだが、その上奏文に、

この所は四神相応《しじんさうおう》の地なり。しかれども東北に当りて一高岳あり。東北はこれ鬼門なり。たまたま四神相応の霊地を得るといへども、百僚畏怖の難なきにあらず。遷都の儀式、
よろしく天察あるべし

と、癖のある漢文でのべている。このことは『旧事本紀』に載せられているというが、それを引用しているのが、鎌倉末期にできた『延暦寺護国縁起』だから、小黒麻呂が本当にそのように上奏したのかどうか、その文章を収めた『旧事本紀』のそのくだりが残っていないため、傍証の仕様がない。しかし本当に小黒麻呂がそのように上表したとすれば、叡山の山林にいる無名の最澄を露骨に売りこむという効果もこの上表は果している。

「しかれども東北に当りて一高岳あり」

とは、叡山のことをさすのである。「東北はこれ鬼門なり」とわざわざ言い、であるから遷都をするときこの方角の鬼神を丁重に鎮めておく必要がある、という。その山に最澄が寺を作っていることを意識しているふんいきがある。

小黒麻呂は、踏査のとき当然ながらこの「一高岳」に登ったにちがいない。そこで、自然な運びとして最澄の寺に行きあたらざるをえない。小黒麻呂は、踏査のときにその子の葛野麻呂《かどのまろ》を伴っていたことは、あきらかである。葛野麻呂はすでに壮齢の官吏で、左少弁の職にあった。

この葛野麻呂が、やがて最澄が渡唐するときの遣唐大使になる。そういうあたり、最澄の幸運が石垣をきずくように積みかさねられてゆくのを感じざるをえない。

最澄はこれより以前に小黒麻呂を知っていたかどうかはべつとして、このとき、自分の抱負を十分に語ったであろう。桓武の政治方針のひとつの重点が、害のみがあって益するところのすくない奈良仏教との絶縁にあった。長岡や平安京への遷都も、仏教の巣窟である奈良から遁げだすためであったとさえいわれているほどであった。そのような桓武の政策の実行者のひとりである小黒麻呂が、「一高岳」に住む最澄と遇《あ》い、その温雅な人柄を見、さらにはその激しい抱負の言葉をきくにおよぶとなれば心をうごかさずに済むはずがない。

しかしそれにしても、お膳立てがととのいすぎている。ここで臆測する余地がある。最澄を可愛がっていた近江国分寺の大国師行表というのは当時仏教界においても長老であり、廷臣たちのあいだに知人も多かった。それだけでなく、行表は、渡来人系の秦氏の出なのである。小黒麻呂の子の葛野麻呂の夫人も秦氏の出であり、それも濃い血縁関係にあったらしい。さらには、この平安遷都にあたって帝都のための土地を上納したのは秦氏であった。秦氏はこの国に渡来して以来、山城の太秦《うずまさ》に本拠をもち、山城盆地をくまなく開拓した一大地方勢力であり、この遷都にあたっては重要な役割を果した。というよりも秦氏が政治工作をして帝都を山城盆地に遷《うつ》すように立ち働いたという推測もあるほどであった。秦氏出身の行表が最澄のために運動するとすれば、人の縁といい、地の縁といい、十分すぎるほどにそろっていたのである。ついでながら行表が最澄を愛したのはかれが持ったもっとも俊英な弟子というだけでなく、たがいに『新撰姓氏録』でいう「諸蕃」の出身であるというかくべつなよしみもあったに相違ない。お膳立てがすべて整っていたとすれば、調査団の総裁である藤原小黒麻呂が「鬼門の一高岳」にのぼったときは、最澄がふもとまで降りて山道を案内するという光景もあったかもしれなかった。山道を歩きつつ、最澄の学識のふかさに、父の小黒麻呂も子の葛野麻呂も目をみはったかとおもわれる。

　桓武は、小黒麻呂の案内でこの山に登った。最澄が私的に建てた比叡山寺もみた。その本尊である薬師如来も拝した。さらには最澄を近くに召してその新仏教の構想もきいたであろう。桓武がその後の態度でもわかるように最澄に異常なほどの肩入れをする気持をもつにいたったのは、ひとつには桓武の生母高野新笠《たかののにいがさ》が天皇家にめずらしく「諸蕃」の出身だったということにもよるかもしれない。百済から渡来した者の子で、実家はなお百済の遺習をもっていたらしい。父は奈良の小吏であった。田地もさほど多くはなかったらしいが、いずれにしても桓武の意識のなかにはつねに諸蕃のことがあった。かれが中国風の祭天の儀式をおこなったのも河内の交野《かたの》の百済村においてであろう。そのやりかたも百済村に遺っていたものに準拠したと思われるし、さらにはかれは百済王家をひきたて、その後宮にその系統の女性を何人も入れたりした。桓武が最澄に対して、そういう特殊な意識の中で親しみを感じたであろうことは容易に想像しうる。

山城盆地に新京の造営がすすみ、延暦十五年に大極殿ができるのだが、その翌年に、最澄の私寺である比叡山寺がおどろくべきことに官寺になった。近江の正税（国税）をもって当てよ、ということになるのである。それだけではなかった。最澄自身が宮廷に召され、内供奉十禅師《ないぐぶじゆうぜんじ》のひとりに加えられるのである。この当時、宮中にも仏堂があった。内供奉十禅師とは供奉する十人の僧のことであり、天皇のための侍僧といっていい。最澄はなお山林に身を置くというかたちをとっているが、しかし実際にはこの国の専制者の宮廷に入り、仏教師範というべき地位についた。きのうまで山林の草堂で世を捨てたように経典解釈の研鑽をしていた野《や》の僧としては信じがたいような身の変りようであった。最澄はその立場にいることによってその志を遂げようとした。

唐へ渡りたいということである。

この最澄の所願をかなえさせたのは、小黒麻呂ではない。小黒麻呂は最澄が内供奉十禅師になったときはすでに死んでいた。そのあと入れかわるようにして最澄の庇護者になるのは、宮廷の要人のひとりである和気広世《わけのひろよ》である。つぎつぎにそのような者が、この時期の最澄の前に出てくる。最澄がそういう権勢家にとり入ることに長《た》けていたなどということはおよそその性格から考えがたいことだが、逆に考えれば、世の長者といわれるひとびとにこの人物は庇護の気持をおこさせる何かをもっていたのかもしれない。無私な志になにやら偏執するようにして熱中している姿が、一面、印象としてすずやかであってもどこか脆《もろ》げでもあるということが、長者たちの庇護の思いをそそるのかもしれない。

和気広世は、和気清麻呂の子である。

清麻呂は、僧道鏡とのかかわりで知られる。かれの若年のころ、奈良仏教はおそるべき勢いで政治化した。その頂点に立った僧道鏡が宮廷に入ってついに天皇になろうとしたとき、五位の武官にすぎなかった清麻呂は、道鏡が皇位につくことについて神託をきくべく宇佐八幡宮に派遣され、帰京して「無道の人を除くべし」という神託をもたらして道鏡の怒りにふれ、遠国に流された。世がかわって、桓武の王朝になってから大いに用いられ、平安遷都にあたっては造宮大夫として活躍した。この人物も最澄が内供奉十禅師に任ぜられてほどなく病没するが、最澄が奈良仏教の否定者であるということを知って格別な好意をもっていたにちがいない。かつて道鏡のために別部穢麻呂《わけべのけがれまろ》と名を変えさせられて流罪になった清麻呂は、奈良仏教の害禍を身をもって知った人であった。

和気広世は、亡父のその面での志を濃厚にひき継ごうとしていたらしい。かれは最澄に接触し、比叡山寺をも訪ね、

（これは、奈良の仏教とはちがう）

と、ひそかに思ったにちがいない。

「天台というものは、それほどすばらしいものですか」

と、声をあげて何度も讃歎したであろう。その教学についても入念に聴いたかと思われる。この統一真理でもって宇宙と世界と人間を見ようとする最澄の教学がいままで日本に存在したことがないだけに、いっそうきらびやかに感じられたことであろう。さらにはそれを興すことが奈良仏教に打撃をあたえる道であり、亡父の遺怨を晴らす道でもあり、さらには桓武の政策に包含されうるものである以上、この和気広世が熱っぽく最澄を外護《げご》しようとしたのもむりはなかった。

ただ、最澄はいう。日本にもすでに天台関係の典籍は多少渡ってはきている。しかし誤字や脱字が多く、その全貌を十分にうかがうことができない。ぜひ私を唐へ渡らせてもらいたい、唐の天台山においてその完全な典籍を見たいのである。これをきいて、和気広世が昂奮しないはずはなかった。ぜひその準備を私がやろう、しかし事は大きすぎる。根まわしが要る、まず段階を追って事をすすめたい、といったにちがいない。

でなければ、以下の事態はありえない。最澄が平安京の郊外の高雄山寺において、『天台三大部』というものの講演をやるという事態である。これが、最澄が世間に対して発表した最初の教学講演であったが、その催しは和気広世の招請でやるという形式をとった。

しかしそのあとで、桓武が勅旋をもってこの講演の成果を嘉賞しているのである。それだけでも政治的であり、広世が天皇に対して何度も内奏し、十分にその意図を説明したことによるものと思われる。さらに政治的であるのは、この講演を、奈良六宗の代表的な学匠十余人に聴聞させたことであった。どの学匠も最澄より年齢も法臘（得度してからの年齢）もはるかに上であり、この老僧たちにとっては高雄山寺にゆくということ自体、にがにがしかったであろう。しかし広世の下準備によってどうやらかれらに勅命が出ていたらしく、出かけざるをえなかったのである。

講演がおわると、すかさずそれを嘉賞するという勅旋が出た。これを広世が、聴衆である奈良六宗の学匠につたえ、恐懼せしめた。さらに広世は、

「それぞれの感想を上聞に達するによって、取りまとめていただきたい」

と、長老たちの代表である善議という老僧に頼んだ。実質としては勅命によって返答を要求されているといってよかった。しかもすでに嘉賞するという勅旋が出てしまっている以上、駁論もできず、誹謗もできず、結局はこれを讃歎するほかなかった。その謝表を直訳すると、

「ひそかに天台の玄疏《げんそ》を見ますに、釈迦一代の教えがそこに総括され、その教えの趣きを顕すのに洩らすところがありませぬ。その説くところの妙理の甚深さは、七箇の七寺、六宗の学生《がくしよう》のいまだ聞かざりしところであります。われらはこれを聞くよき運にめぐりあい、歓喜にたえ

ませず、あえて表を上り《たてまつ》、感謝する次第でございます」

というものであった。かれらはくやしさを嚙みころして、微笑していたにちがいない。やがて最澄の後半生はかれら奈良六宗の復讐的な反撃のために暗いものになってゆくのだが、その因のひとつは、この最澄にとって幸福すぎる事態がつくった。

一方、まだ無名の空海は、この情景や消息をどの土地かで南都の僧から聴いていたであろう。延暦二十年十一月のことであり、空海の青春における空白時代のことである。かれはこの種のことになると驚くべき早耳をもっていたし、さらには人間関係としては奈良六宗の寺々の僧たちと親しかった。六宗のひとびとは、朝威をかさに着たとしか思えない最澄の教学発表の暴慢さをいきどおっていたであろう。空海は奈良の学匠たちのそういう感情群のなかにいる。ただし最澄をめぐるこの事象については、奈良の学匠たちとは別な観察と感情をもった。それは、より深刻といえる、あるいは別な悪感情といえるものであったかもしれない。

(最澄とは、そういうやつなのか)

と、自分とおなじこの新人のめぐまれ方に対し、ひとには洩らしがたいほどのなにごとかをこのとき鬱懐したかと思われる。その感情を嫉妬と名づけてやるのは酷であるかもしれない。しかし空海の固有の感情の量のおびただしさからみてそれは劇烈なものであったであろう。空海は後年、最澄に対してつねにとげを用意した。お人好しの並みな性格ではとうていい為しがたいような最澄に対する悪意の拒絶や、痛烈な皮肉、さらには公的な論文において最澄の教学を低く格付けするなどの、いわばあくのつよい仕打ちもやってのけた。それらの尋常ならざることどもは、このときの鬱懐が最初の発条《ばね》になったにちがいない。

最澄に比し、空海の境涯は無名の放浪僧にすぎなかった。その放浪僧が、最澄と同様、日本仏教を一変させようという思想を抱きつつ、しかも世に知られることなく山野に起臥している。この境涯のなかで最澄が新京において勅命による新宗義の発表をおこなったことをきいたとき、感情が平静でありえたであろうか。空海は菰《こも》をかぶりつつ白眼を剝いたであろう。

さらにいえば、最澄以上に経典を渉猟したであろう空海にとって、天台はすでに取捨の対象の中にあったはずであった。かれは経典の比較検討について長じていた。この能力については後世数千万の僧が出たが、かれを越える者がない。そういうかれが、天台の諸典籍について無知であるはずがなかった。知っている以上は、天台がすでに唐にあっても古色を帯びて色が褪《あ》せているということも知っていたにちがいなく、ひるがえっていえばそういう利《き》き目の鋭《すす》どさが、空海の身上の一つでもあった。後年、空海は教学としての天台をはげしく攻撃した。空海からすれば天台は顕教《けんきょう》にすぎず、読んであからさまにわかるというものにすぎない。天台は「宇宙や人間はそのような仕組になっている」という構造をあきらかにするのみで、だから人間はどうすればよいかという肝腎の宗教性において濃厚さに欠けるものがある。そのことを空海は後年やかましく論ずる。後年でなく、この時期すでに空海は天台もしくは最澄の思想性がもつ致命的側面を見ぬいていたに相違ない。

「最澄なる者は、朝威を藉りて、国家に偽物にひとしいものを売りつけようとするのか」

とまで思った瞬間が、この若者にあった。すくなくともそれに似た昂《たかぶ》りがあったかと思われる。

八

この時代、極東の島国をゆりうごかしていた世界的普遍性へのあこがれというものをのぞいて、当時のひとびとを理解することはできない。

六世紀半ばに仏教が渡来して以来、仏教はこの島国のひとびとにとって普遍性そのものであった。社会の階級や民族を超越した世界をもつ唯一のなにごとかであったかもしれない。

これよりすこし前、隋帝国のころ、東海の倭国から使者がきた。朝貢使だった。かれらはなぜやってきたのか、という理由として、

「われわれは、こう聞いている。海西（中国）の菩薩天子が、仏法を重興《ちようこう》なさっている、故に遣《つか》わして朝拝するのである、と。――」（隋書『倭国伝』）

われわれは臣従するためにきたのではない、という意味を慇懃《いんぎん》な言葉づかいのうちに含めている。つまりは菩薩天子であるから拝みにきたのである、という。隋の天子は仏法を弾圧した前時代の王朝とはちがい天子みずからが仏法の外護者《げごしや》になっている、単なる民族的世界での国主でなく仏法でいう菩薩であられる、菩薩という普遍的世界の称号に対して敬意を表しにきた

のだ、という意味をこめている。ともに普遍的世界を愛しようではないか、と小国の王が大国の皇帝にいうことによって地上の約束事を超越した間柄になれる、というような、たとえこれが修辞であれ、修辞があらわしている次元のなかではそういうことになる。

日本は推古八年（六〇〇）に遣隋使を送って以来、隋朝へ四度、ひきつづき唐朝へは、空海らの第十六次遣唐使が出発するまで十五度（うち航海の都合での中止が二度）も使節を送りつづけてきた。

送ることは、困難をきわめた。

中国沿岸まで三千里という風浪を乗りこえてゆくには、日本の船と航海術が粗末でありすぎたためである。造船と航海術という技術の世界もまた仏法と同様普遍的なものであるはずだった。しかしこの面では、日本だけが特殊な片隅にとじこもっていた。

「日本の船は、あぶない。新羅船に乗りたい」

という声が、むかしから随員のあいだでささやかれた。げんに帰路、新羅船にのせてもらって帰った者もかつてはいた。朝鮮半島ではすでに中国式の造船法と航海術が定着していたにもかかわらず、四囲海洋にとりかこまれた日本にその技術が薄くしか入っていなかったということはふしぎというほかない。ゆらい、船大工や船乗りは一般に保守的であるといわれる。かれら技術者は当時の日本の求法《ぐほう》者にみられるような、普遍的世界へ跳躍しようとするきらびやかな勇敢さをほとんどもっていなかった。このことが、累次にわたる遣隋・遣唐船の遭難をまねいた理由の多くの部分を占めている。

さらには、この当時のひとびとの遣唐使というものについての印象は、大唐文明のきらきらしさということもあったであろう。しかし同時に地獄図絵の悲惨さも印象として持ったにちがいない。船体が真黒な風浪のなかでこなごなに割れてゆく想像や、海底に吸いこまれようとする船のなかで叫びあげる読経の声、波間を走る死体、あるいはたとえ島嶼の砂浜にはいあがってもやがては化外《けがい》の島人のためにみなごろしにされる光景などが、過去の事例として無数といってよいほどに存在した。この時代のひとびとの共通の性癖として、人間のゆくすえというものを不吉に、悲惨に考えるところがあり、たとえば室町時代の朱印船に乗りこむ冒険商人たちの陽気さや楽観主義、現世肯定のほがらかさといったふうなものは、つゆほどもなかった。

この当時、地中海を制覇したアラビア航海商人たちがすでに中国沿岸にまできていて、冒険と財利といういかにも陽気で騒々しい世界をつくりあげていた。かれらの技術は中国人に影響をあたえつつあったが、しかし遠い日本にはおよばず、日本の社会も船舶技術も、まったくかれらとは無縁の日蔭におかれていた。アラビア人は、天文と海洋の知識にあかるく、早くからインド洋を突っきって航走することができた。六、七世紀のころには南中国の沿岸諸港に姿をあらわし、それまで中国人の船乗りも気づかなかった東シナ海の季節風を発見したし、またこの風をとらえて遠くへゆく技術も開発し、中国人と共有しはじめていた。

遠洋への船舶は、あるいは船の構造に関するかぎり、中国船のほうがアラビア船よりもすぐれていたようでもある。この両者はたがいに影響しあって技術世界をつくりあげ、その技術の普及はきわめて短時間でもって、中国の沿岸づたいに普及した。沿岸を北につたって、ついには朝鮮半島にまでおよんだ。が、大海の中にある日本にまで及ぶことがなかった。

中国と沿岸つづきの朝鮮にあっては中国の船舶技術や航海術にほぼ遜色はなく、早くから一つ技術を共有していた。かつては遼東半島から南満州、北部朝鮮を大きく領有していた高句麗《こうくり》国もそうであったし、その滅亡のあとをうけて満州の内陸部に首都をもった渤海国も沿海州ポシェット湾に船舶の根拠地をもち、かれらが日本に使節を送る場合は堅牢な大船をうかべ、風と潮流をたくみに利用しつつ日本海を南下するというおどろくべき技術をもっていた。ただしこの渤海国人の航海の光景を日本人が見るのは空海よりわずかにあとの時代に属する。この章のこの時代においては、日本が、東アジアが共有していた航海知識や技術の圏外にいたという悲劇的な状況を、空海のために知ってやればいい。

遣唐使船は、そのつど新造された。

構造は、たらいのように底がひらたい。これを泛《うか》べれば波の上に浸《つか》っているという感じで、底のとがった中国船やアラビア船のように波を切ってゆくということができない。帆はあるが、順風以外には風をとらえることができず、逆風になると帆柱をたおして舷《ふなばた》側から多くの櫓を出し、人力で漕いでゆかねばならなかった。帆柱も不安定であった。中国船は帆柱の基部を船の構造のなかに組み入れて固定させてしまっているが、日本の大船は帆柱を横板で立ててあるのみで、つねに柱そのものががたがたと動揺していた。船体の構造は、船底が扁平であるために、当然ながらアラビア船のように竜骨は用いられていない。要するに、戸板を張りあわせたような構造であるために、荒波の攻撃にはわずかしか耐えることができなかった。

この日本船の構造は、百済からの技術輸入によったものであるらしい。もともと百済そのものの造船技術が朝鮮半島における他の二国にくらべて遅れがあった。そのうえ百済は七世紀の後半という昔にほろんでいるのである。その百済の技術が百済の技術者とともに日本にやってきはしたが、しかしその後技術者集団の保守性のために進歩せず、百済滅亡後、百数十年経つというのに、なおも昔の百済船に似たような、あるいはそのままかもしれない大船をつくっていた。ついでながら六、七世紀のころ、アラビア人が刺激して勃興した東アジアの航海商業の潮流が日本まで北上してくるのは、この空海の時代からさらに五百年を経た室町期になってからのことである。空海のころはわずかに村落間の市《いち》が存在した。商業といえばその程度であった。その商業が海外と接触して新技術をも導入するなどは、空海よりものちのひとが空想する普陀落《ふだらく》渡海よりも空想的であった。空海がつかまえようとしている密教的世界が、インド西海岸の貿易商人のあいだで興り、支持されたということはすでにふれたが、空海のうまれた日本の環境にはそういう海外貿易の商人団がいない。自然、大船もない。常時、外洋用の船舶をつくって動かさねばならぬ必要がなく、外からの刺激を欲する必要もなく、技術も発達しなかった。

遣唐使は、何百人という随員をともなっている。

大船のことを、当時の日本のことばでは、

「つくのふね」

といった。遣唐使たちは、このつくのふねに一艘あたり百人前後乗る。つくのふねは四艘でもって編成された。四艘であるために遣唐使船のことをよつのふねともいった。このよつのふねに乗って海濤をただよってゆくひとびとのいのちの不安や恐怖は、南中国にきているアラビアの陽気な冒険商人たちの想像を絶するものがあった。ほんの一部のひとをのぞいては、自分が死出の旅に出てゆくという以外に考えようがなかったであろう。

逃げたり、こばんだりする者もいた。

空海の佐伯氏の宗家の当主ということになっている佐伯今毛人《さえきのいまえみし》の場合もそうである。空海がまだ幼児であったころ、そして今毛人の五十七歳のとき、かれの吏才を愛していた聖武天皇によって遣唐大使に抜擢された。「此れに依りて使《つかひ》の次《つぎて》と遣はすものぞ」という宣命もくだり、節刀も賜わった。船団を組んで九州の西端の島まで行って風待ちをしたが、順風をつかまえることができず、船を回航し博多湾までひっかえし、大宰府にとどまって、われわれの出発を翌年までのばしたいと京にむかって許しを乞い、ゆるされた。ところが今毛人はそのまま大宰府にとどまることなく、京にもどってしまった上、節刀まで返上してしまった。時の人はこの温和な老吏の思いきった行動を意外としたが、宮廷はなお今毛人に悪感情をもたず、翌年ふたたび節刀をさずけた。今毛人は迷惑であったであろう。かれは内裏を退出してまだ羅城門《らしようもん》に至らぬうちににわかに病いを発したと称し、京にとどまった。宮廷はやむなく小野石根《おののいわね》ら二人の副使を出発させた。小野石根は不幸であった。かれの乗船は帰路遭難し、石根は船とともに海中に漂没した。さらには、空海よりもあとのひとである小野 篁《おののたかむら》は副使を命ぜられて船出したが途中暴風に遭って渡海できず、再度の出発のときは怖れて仮病をつかった。それだけでなく歌をもって遣唐のことを諷したため、隠岐に流された。他にも無名の随員で逃亡したために流罪になった場合が幾例かある。

空海、齢三十、なお無名の僧である。

かれが密教についての疑点を質《ただ》すべく入唐しようとしたのは、かれの年譜によってかれを眺めるかぎり、いかにも唐突であった。かれが唐へ渡ろうと思ったときは、かんじんの遣唐使船——藤原 葛野麻呂《ふじわらのかどのまろ》を大使とし、僧最澄らをのせている——は難波ノ津を出発してしまっているのである。この遣唐使船は前回の派遣以来二十四、五年ぶりで編成されたものであった。

ところが空海にとって幸運なことに、この船団は難波ノ津から出航して六日目に暴風に遭い、船が多少破損した。わずかな破損ではあったが、幸先《さいさき》が悪くもあり、一行はいったん京へひきかえしてしまった。これが、延暦二十二年の夏の盛りのころであった。

「ひっかえしたか」

と、空海は、寄寓している奈良のどこかの官寺で、汗をかきつつうわさをきいたであろう。このあたりからの空海のうごきは後世のわれわれにとってときに可視的であり、その気持もわずかながら想像できる。空海は、機敏であった。かれはこのときからこの船に上《のぼ》るべく運動を開始したのである。船団の出発が翌年まで延期されるといううわさもあわせてきいていた。その期限に間にあわすべく運動はいそがねばならない。

このあたりの消息からみても、空海はあるいは妙な男であったかもしれない。酷な想像をすれば、その前年までかれは僧になるかどうかさえ、心に決していなかったのではないかと思える。

かれの若いころの年譜に空白の長い歳月があるということは、しばしばふれた。二十代のはじめから七ヵ年、数えようによっては九ヵ年というこの空白のあいだ、かれがなにをしていたかということも、すでにさまざまに想像した。奈良の諸大寺の経蔵にこもったり、あるいは四国や近畿の山林を跋渉しつつも、一面、肉欲についてはおびただしく難渋したに相違ない。かれが常人よりもさらに巨大な肉欲のもちぬしとして生れついているらしいということは、偉大な思想家にしばしばそれが見られるということで、かすかに想像できる。大きな欲望を持ちあわせてしまっている場合、これをみずから禁じ、抑圧するために巨大な力を必要とする。その偏執的な禁欲のあぶら汗のなかから、物事の本質以外には見る目をもたぬという内面ができあがることが多いが、禁欲は山林の修行者であるかれ自身も大いに志したであろう。同時にそれが徒労であることも知ったであろう。かれはついには性欲を逆に絶対肯定し、それを変質昇華させる方法としての大日経の世界というものをも、からだ中の粘膜が戦慄するような実感とともに感知したにちがいない。かれがみずから感得した密教世界というのは、光線の当てられぐあいによってはそのまま性欲を思想化した世界でもあった。さらにいえば性欲がなおも思想化されきらずに粘液をなまなましく分泌させている世界であり、そういう思想化されきらぬ分泌腺をも宇宙の真の実存として肯定しようとする世界でもあった。空海という思想的存在に、千数百年の後世からふりかえってもなおそのにおいにおいてなまなましさを感じることができるのは、おそらくそのせいであるにちがいない。

こういう若者が唯々《いい》として禁欲の僧房に正規の籍をおくはずがなかった。かれはこの七年、ないし九年、いっそ僧にならずに在家の祈禱者としてすごそうかと何度か思ったにちがいない。『理趣経』にいう妙適を、かれは異性とのあいだに何度か持ったにちがいない。

かれが正規に得度をして官僧になるのは、遣唐使船に乗る前年である。このころになってようやく僧になる自信を得たかとおもえる。禁欲についての自信を得たということではなく、禁欲という次元からはるかに飛翔し、欲望を絶対肯定する思想体系を、雑密を純化することによってかれながらに打ち樹てることができたときに、僧になってもいいと思ったにちがいない。

しかし、その思想体系は唐にゆかねば日本において公認されないのである。唐の長安には、インドの純密の正系を伝える人物がいるはずであった。多くの未移入の経典をもちかえることも必要であり、あるいはまた密教が冥々のうちに宇宙の意思と交感する以上、どういう所作をすればよいかということを知る必要もあった。さらには所作のための密具も必要であるであろう。それらを持ちかえらねばならないし、それ以上に必要なのは、空海自身がインド密教の伝承を長安において正統に受けることであった。

もしそれをしなければ、空海はただの官僧にされてしまうであろう。たとえば役人のごとく任地から任地へと転住し、僧階があがることを楽しみにしつつも、実際の寺院生活は、さだめられた経を所定の時限に所定の目的のために読むというただそれだけしかなかった。禁欲というおのれの身を半ば殺《そ》ぎおとすような代償をはらって、そういう日常のくりかえしをしてゆくことが僧の人生であればこれほどつまらぬものはない。そういう意味では、官僧は国家の人形《ひとがた》であった。僧そのものの存在に呪術性があると思われていたこの時代、国家は僧を国費で養うことによって国土を見舞う災害や王家のひとびとの労病苦死をできるだけ軽いものにしようとしていた。

空海はそういう官僧の世界からのがれたいと思っていたし、げんにそれを避けるために得度を遅らせていたのであろう。空海は、かれが展開させようとする野望的世界をもっている。いうまでもなく日本で最初の純密的世界を興してその最初の密教僧になることであったが、そのためにはみずから密教を創始せねばならない。しかしそれを日本に居っぱなしでおこなうことはできなかった。それでは私製の体系たらざるをえず、私製では依然としてかれは古くからの官僧の生活を強いられるはずである。国家に密教を公認させるためには、長安において純密の道統を継いでいる僧をさがし出さねばならない。これを相続して帰りさえすれば、かれは日本において堂々と公認される可能性がひらけ、官僧でありつつも古い官僧の生活をすることなく、現行の僧侶世界とは別系列の世界においてくらすことができるのである。

右のように眺めてくれば空海における渡唐の決意は、七年もしくは九年のあいだ、かれの内面で泡立っていたものがようやく熟成し、それについて自信を得たと同時におこなわれたものに相違ない。その熟成と決意がたまたま、藤原葛野麻呂や最澄らが瀬戸内海を航走してしまってから生起した。そのことはやや遅きに失したかもしれない。しかし結果としてはいったん出発した遣唐使船が逆もどりし、空海の時間にあわせてくれたことになる。そのことも、空海の上に照りはえている運のよさということになるかもしれない。

□学僧空海　俗名讃岐国多度郡方田郷戸主正六位上佐伯直道長戸口同姓真魚
右去延暦廿二年四月七日出家□□□□承知□□度之到奉行

という太政官の官符が『梅園奇賞』という本に記録されているが、筆者はその本を見たことがなく、ただそのくだりを書き写すにとどめる。空海の得度の年については異説があって断定できないが、しかしかれが遣唐使船に乗ることを決意し、その運動を開始した時期にあわただしく得度し官僧になったというほうが、空海におけるなりゆきや人柄においてむしろ自然であろう。

かれのいそぎの得度を可能にしてくれるだけの身辺の支持者を、かれはこのころには多く持っていたはずである。第一に勤操《ごんぞう》であろう。学僧勤操はこの当時の仏教界において比類なく実力があったし、僧の人事をあつかう僧綱所《そうごうしょ》にも官界にも、さらには宮廷にも支持者が多く、その学徳を敬慕されることが厚かった。むしろ勤操のほうから、

「渡唐を志願する以上は、はやく得度せよ」

とすすめ、身を走らせて骨を折ってくれたにちがいない。

さらには渡唐の話が出たときに、

「最澄という者が、天台宗を受けにゆく」

ということも勤操は語ったであろう。つづいて、最澄の関心が天台宗にとどまらず、かれは西大寺の経蔵に秘蔵されている大日経も見たことがあるはずだ、というゆゆしきことも勤操は空海に洩らしたかもしれない。最澄がその経に関心をもって渡唐するのかもしれぬとなれば空海にとって容易ならざることであった。

最澄の渡唐志願は、わりあい容易であった。かれは宮廷の侍僧ともいうべき十人の内供奉禅師《ないぐぶぜんじ》のひとりであったし、天皇桓武との関係もふかかった。なによりも創業的気魄のもちぬしであるこの天皇の気に入ったことは、最澄が天台宗というあらたな仏教体系を日本へ移入しようとしていることであり、天皇はむしろすすんでその請願をうけいれたにちがいない。

しかし空海は無名の僧にすぎない。

空海なる法師を遣唐使船に加えられたいという運動はきわめて困難なことで、かれがどれほどの人物であるかということを運動者たちは売りこまねばならなかった。空海の渡海目的というのは『大日経』を研鑽するというところにあったが、しかし『大日経』とはどういう経であるかということさえ、当時の専門家たちには知られていない。

「それは、むだではないか」

という意見もあったにちがいない。すでに最澄をゆかせる。最澄は「わが国の仏教は論を中心にして経を軽んじている。経こそ根本である。天台宗はその経を中心にした体系であって、これを導入することによって日本に真の釈迦の教えがはじまるだろう」ということで渡海する。経は、最澄が導入する。『大日経』が必要というなら最澄に頼んでおけばよいではないか、という異論があったであろう。

なにしろ最澄は、それだけ大仕事をするための一団を組んでいるのである。最澄自身は還学生《げんがくしょう》といういわば視察者として短期で帰ってくるが、留学生という長期滞在者も連れ、そのうえ、最澄が唐語にくらいというので通訳までついているのである。『大日経』が必要なら最澄のこの組織にたのんでおけという意見が当然出たであろうとおもえる。

このため、勤操は、純粋密教とはどういうものであるかということを無名の空海に代って要路の者に説かざるをえなかったにちがいない。

勤操だけがうごいたのではあるまい。空海の叔父にあたる儒者阿刀大足《あとのおおたり》も、謹直な男ながら、そのあたりを駈けまわったにちがいない。阿刀大足はかつては伊予親王の侍講をつとめていただけに権門勢家の世界にあかるく、こういう場合には重宝であった。

しかしなんといっても空海のために大きな力を藉したのは、官界に勢力のある佐伯氏族であったにちがいない。

佐伯今毛人《さえきのいまえみし》を代表とする大和佐伯氏が空海の讃岐佐伯氏とはどうやら先祖を同じくせず、別系統のものであるにもかかわらず、これより以前に讃岐佐伯氏が大和佐伯氏を宗族とあおぐようになったということはすでに何度か触れた。空海もあるいは宗支関係はないということを知っていたかもしれないが、かれにとってそういう詮索よりも、大和佐伯氏を宗族としてあおぐほうが、奈良における生活に便利が多かった。佐伯氏の氏寺《うじでら》が佐伯院であり、その佐伯院が奈良の大安寺のとなりにあるということもすでに触れた。空海がその無名の私度僧時代に南都の有力な学問寺である大安寺を根拠地にしていたことには、佐伯院の存在が大きかったであろう。支族である以上、空海にとっても佐伯院は氏寺であった。この氏寺を通じ、あるいは阿刀大足を通じ、空海は佐伯の氏人《うじびと》のあいだでよく知られていたはずであったし、それ以上に、佐伯のひとびとにとっても空海というこの天才を思わせる若者は、一族の珍重するところであったにちがいない。

佐伯今毛人は、すでに亡い。

空海が大学に入るべく上京してきた翌年今毛人は七十二歳で死んだ。四代の天皇に歴任して卓越した英才を示したかれの名声はいまも宮廷人のあいだに語りつがれているだけでなく、たれよりも桓武天皇がもっとも濃厚に記憶している。とくに今毛人は土木建築の行政に長じ、壮齢のころ大宰府の営城監をつとめ、生涯のうち三たび造東大寺長官になり、さらに晩年には造長岡京使になったということは、土木好きの桓武天皇にとっては自分の政治上の発意を具体化してくれる良吏として忘れがたい存在であったであろう。今毛人の死後も佐伯氏の勢力は官界に残っていた。その佐伯氏のひとびとが、

——この者はわが氏《うじ》の子で、かつては大学にも在籍し、そのころは今毛人もゆくすえを楽しんでいたものでございます。

と、空海を推挙すればたれも無視できなかったにちがいない。

空海は、留学生として渡海を許可された。

かれは、おそらく阿刀大足や佐伯氏のたれかに伴われ、大使である藤原葛野麻呂以下の大官たちの門にあいさつしてまわったであろう。

それに対し、葛野麻呂は、浮かぬ顔で応対したにちがいない。この想像は、空海の乗船がのちに唐の海岸に漂着したとき、かれがその長官の葛野麻呂に対して冷淡であったかのような態度でも察することができるし、空海自身より、葛野麻呂のほうが空海についていて何の知識ももたず、あるいはその存在を無視していたのではなかったかと思えるふしからしても、このときのあいさつはごく通りいっぺんなものであったにちがいない。

葛野麻呂にとっては内供奉禅師最澄こそ天皇からあずかっている重要な存在であった。最澄が入唐するについての目的もその意義も最澄との頻繁な接触によってよく承知していた。要するにこのあいだまで私度僧だったらしい空海の存在などは葛野麻呂にとってどうでもよかった。

「空海といわれるか」

かれは、その程度のことはいったかもしれない。あるいは、そのあと、

「たがいに、無事に帰りたいものだ」

という言葉ぐらいは、洩らしたであろう。

葛野麻呂の浮かぬ顔は、自分の死がせまっているという悲痛な心境からくるものでもあった。千に一つの僥倖をたのんで渡海するといわれるこの遣唐使に、どういう大官であれ、すすんで行きたがる者はなかったにちがいない。行きたがるものは、どの時代の遣唐使の場合でも、あたらしい真理を得んとして意気ごんでいる僧たちだけであった。葛野麻呂は、出発が一年のびたことに安堵し、同時に再度船出せねばならぬことでおそらく不安の日々を送っていたに相違ない。

葛野麻呂が遣唐大使に補せられたのは延暦二十二年三月である。天子が唐土の法によって宴を設け、やがて酒酣《たけなわ》のとき、葛野麻呂を床下《しょうか》によびよせ、盃をあたえた。同時に天子みずからが声をあげ、

このさけはおほにはあらずたひらかにかへりきませといはひたるさけ

と歌いあげたとき、床下に拝跪《はいき》している葛野麻呂の両眼からなみだがあふれ、頬を流れるさ

まは「雨ノ如シ」(『日本紀略』)といわれた。葛野麻呂は天子の歌に感激して泣いたのではなく、心境はそれどころではない。天盃を頂戴し、それを干すことによっておのれの今生《こんじょう》が終るであろうことをかれはなげいた。『日本紀略』にはさらにつづいて、

宴ニ侍ル群臣、涕涙セザル無シ

とある。貰い泣きをしたその群臣には葛野麻呂の肉親縁者や友人が多かった。みんな葛野麻呂の運命を傷《いた》み、せきあげるようにしてその不幸に同情したのである。

九

難波ノ津は、潮がふかく内陸に入りこんで、かっこうの船泊まりをなしている。松の多い台上に、蕃客を接待するための鴻臚館《こうろかん》がある。その位置はいまの大阪市の上町台に相当するであろう。鴻臚館より西方をながめると、すでに目の下から海である。のちに市街地になる地の大半はなお海底にあり、潮が浅くはしっている。洲が多かった。白い沙の洲が点々と沖までつづき、入船《いりふね》は八十島《やそしま》といわれる洲と洲のあいだをめぐりつつ鴻臚館の下まで入ってくる。

遣唐使船は、この難波ノ津から出るのが慣例になっていた。鴻臚館のまわりには船大工の仕事場が多く、かれらは船が出てゆくまでのあいだ、船体にとりついて何がしかの手入れをしていた。主として、船材のつなぎ目に、水草を押しこんで水洩れをふせぐ作業であった。船のすきまを瀝青《アスファルト》でかためるという方法がアラビア船ではすでにおこなわれていたが、日本の船舶技術はそういう技術について無知であった。木と木のつなぎ目に鉄釘を打ちこむという技術さえなく、船ぜんたいが材木の組みあわせでできていた。つよい横波にもまれれば、船体がきしみ、隙間がひろがる。十分に詰めこまれた水草は隙間がひろがるとともに膨《ふくら》み、水の浸入をふせぐのである。

たれもが、船の安全を信じてはいなかった。安全のためには神仏への祈禱以外に方法がなかった。ほかに、船を人格視して、名前と位階をあたえた。名前は、速鳥《はやどり》とか佐伯といったふうに付けられ、位階は従五位下《じゅごいのげ》をあたえられた。船を、そのようにして手なずける以外にすべがなく、船はすでに従五位下の位をもつ以上、人間のように冠をかぶせられた。四隻の遣唐使船は、いずれもへさきに、錦の冠をかぶせられているのである。

空海は、あわただしく乗船した。

かれは留学の選に入るについて遅く運動を開始したため、遅く勅許がおりた。このため遣唐使船が解纜《かいらん》するというせとぎわになって難波ノ津にかけつけねばならなかった。

空海はおびただしい荷物をもっていた。十人ばかりの人夫がそれをかついで船にのぼり、船底にはこびこんだ。唐土につけば、むこうでまた人夫をやとわねばならない。

荷物のなかに、官給のものがある。

空海の身分は、留学生《るがくしょう》である。むこうに二十年留《とど》まる。その二十年間の生活費が官給されてもいいのだが、それほどの給与はなかった。官できめられている支給品は、留学生一人につき絁《あしぎぬ》が四十疋、綿が一百屯（屯は束とほぼ同義）、布八十端というもので、これら織維品を金銀に代えても大した額にはならず、結局はむこうで世話になる官庁や寺に対し、みやげや心付けとして使える程度にすぎない。金銀はほとんど支給されなかった。

正使や副使に対しては、手厚い。正使には沙金二百両、副使には沙金一百五十両というのが普通であり、他の者は、入用の金銀を自分で調達せねばならなかった。

最澄の立場はちがっている。

かれは天皇や皇太子、それに時の権勢家の庇護をうけていたために、皇太子（平城天皇）から贈られた金銀だけでも数百両という多額なものであった。かれは短期の還学生《げんがくしょう》であった。還学生とは完成度の高い僧がそれを命ぜられ、権威は後世の国立大学の教授よりもさらに大きい。国家が最澄に命じ「かの地の天台の体系を移入せよ」として渡唐させる以上、移入のための入費は公私それぞれから潤沢に出ていた。

空海は、自前で調達せねばならなかった。

かれもまた真言密教の体系を移入するという目的をもっているのだが、この目的は最澄の場合のように多分に公的なものでなく、まだ私的な段階であり、空海が勝手にそれを思い、それをめざしているだけで、国家や宮廷がその壮挙を応援しているわけではなかった。

最澄の仕合せのよさを、空海は知っていたであろう。

(天子や権門勢家に取り入るなど、立ちまわりの上手な男だ)

と、空海は、まだ見ぬうちから、最澄をそうきめつけて憎んでいたにちがいない。後年の、空海の最澄に対する底意地のわるさからみても、最澄に対する無用の軽侮や、度を越した悪感情というものはすでにこの時期から、空海の腸《はらわた》を黒く燻《いぶ》していたに相違なかった。空海は淡泊な男ではなかった。というより並はずれて執念ぶかい性格をもっていた。そういう性格でなければ、神道的平明さを思想的風土とする倭《やまと》の土地から、悪魔的なほどに複雑な論理を構築する男として歴史に登場することはできなかったであろう。

最澄は、天子に取り入ったわけではない。

むしろ天子のほうから最澄に関心をもった。宮廷に多くの庇護者をつくったのは最澄の誠実な人柄が好まれたためで、最澄の政治力ではなかった。最澄はむしろ政治力がなさすぎたかもしれない。

が、この時期の空海からみれば、最澄は雲のたなびくほどの高所にいた。空海は野に居つづけ、野の感覚で最澄を想像した。低所にいる空海から仰げば、最澄の存在はいたずらなばかりに幸運であり、きらびやかであった。政治的に立ちまわってのことだろうと空海が思ったにしても、むりのないことかもしれない。ともあれ、入唐求法《にっとうぐぼう》についての経費は、空海が自分で調達した。

その金品は、よほど大きなものであったにちがいない。

空海は不思議を演ずる僧として後世に印象づけられているが、たしかにこのあたりの摩訶不思議さは、いかがわしいばかりである。一介の野の僧が、にわかに入唐を決意し、短期に、それもぼう大な金品をかきあつめた。どういう方法でそれをやったのであろう。

空海がいかに多額な財宝を用意していたかについては、入唐後のその行動をみても察しがつく。

たとえばのちに、かれは長安を去るにあたって、世話になった青竜寺、大興善寺などの僧五百人を招待し、盛大な宴会をひらいているのである。よほどの経費に相違ない。そういう経費よりもさらに大きいのは、長安で密具をつくらせたことであろう。密教は宇宙の内奥と交信する世界であるがために、多種類の法器が必要であった。それらをことごとく長安でつくらせたことは、なまやさしい入費ではなかった。各種の曼陀羅《まんだら》の絵を描かせることも容易な経費ではなく、しかも空海はそれらを並な画工に描かせず、李真などといったような長安第一等の絵師に描かせているのである。ぼう大な経巻や書物を買い入れる経費も、大変であった。おそらくこれがもっとも大きな入費になったであろう。

それらは、すべて空海の自弁であった。

空海がやったことは国家がやるべき事業でありながら、空海個人の負担によっておこなわれた。最澄の場合、天台教学を移入することは国家が公認している。その経費は国家もしくはそれに準ずる存在から出たが、空海はそうではない。このことは、空海のその後の対国家姿勢にも重大な影響をあたえたといっていい。かれは帰国後、自分と国家・宮廷を対等のものと見た。ときにみずからを上位に置き、国家をおのれの足もとにおき、玉を蹴ころがすように国家をころがそうという高い姿勢を示した。その理由のひとつとして、自分こそ普遍的真理を知っている、国王が何であるか、というどすの利いた思想上の立場もあったであろう、そのほかに、
「自分の体系を国家が欲しいなら、国家そのものが弟子になってわが足もとにひれ伏すべきである」

という気持があった。さらにその気持をささえていたのは、遣唐使船に乗るにあたってかれが自前で経費を調達し、その金で真言密教のぼう大な体系を経典、密具、法器もろとも持ちかえったという意識があったからにちがいない。空海は私学の徒であったとさえいえる。

ただそれだけの金をどのようにして集めたのか。

かれは短時間のあいだによほど多くの後援者を組織し、かれらから金銀を寄進させたかと思える。あつめ得た金額の大きさよりも、それだけの後援者を作ったということにまず驚歎せねばならない。

かれはおそらく、

「いままでの仏法は、真実から遠いものである。いまより自分は真実の仏法を得るべく長安へゆく。自分を後援せよ、寄進せよ、いま自分に財宝をあずけることは、一ヵ寺を一建立《いっこんりゅう》するよりも果報が大きいと思うべきである」

という意味のことを説きまわったにちがいない。

天皇や皇太子、あるいは藤原氏は、最澄を後援している。

空海は、佐伯氏やそれにつながる律令官人《りつりようかんじん》の氏族を説きまわって、そこから寄進を得たであろう。空海を見込んでいる勤操《ごんぞう》も、空海が有望な僧であるという証明者として大いに活躍したであろう。さらには、空海の生家の讃岐佐伯氏も、巨額な寄進をしたかと思える。讃岐佐伯氏と交通のある四国の諸豪族も、金銀をさし出したにちがいなかった。律令時代の四国の富裕さを考えてみると、その額は小さなものでなかったであろう。さらに空海が真言密教を確立してのち、四国に多数の寺をたてたのは、出発前に寄進してくれた諸豪族に対しそのような形で還元したということも想像できる。


空海の乗る遣唐使船が難波ノ津を出帆したのは、延暦二十三年の夏のはじめである。

「賀能《かのう》の船に同乗す」

と、『御広伝』など諸記にある。賀能とは、正使藤原葛野麻呂《かどのまろ》のことである。葛野麻呂が唐へ使いするにあたって自分の田舎くさい名前を避け、賀能という華音《かおん》に通ずる名前にしたのは、当時の流行にしたがったものであるらしい。葛野麻呂が搭乗する船は、四隻のうちの第一船であった。空海は、葛野麻呂にもほとんど顧みられることもなく、船室の片すみにすわっていたであろう。

船内では、葛野麻呂のまわりで、最澄のことがたえず話題になっていたと思える。

――禅師どの（最澄）との連絡はとれているか。

といったぐあいに、である。

最澄はこの時期、九州にいた。

かれはさきにこの遣唐使船が瀬戸内海で暴風に遭ってひきかえしたとき、そのまま九州へ上陸して、大宰府にとどまった。船団が出直す場合の航海の安泰を祈るため、竈門山寺《そうもんざんじ》などに籠り、とくに薬師仏四体をつくって一年余というあいだ、祈禱をつづけていたのである。最澄のように顕教的理性をもって、釈迦存生中の仏教を天台体系のなかでとらえたいという人物でさえ、人の世の要請に応えて祈禱をせざるをえなかった。もっとも最澄は祈禱に思想的な疑問をいだいていたわけではなく、むしろ自分の体系にすぐれた祈禱の要素をもとり入れたいとねがっていた。しかし最澄は体質的に祈禱者でなく、かれが慕っている天台教学にも祈禱的要素は薄かった。祈禱は密教によらざるをえない。密教こそ祈禱という天地をゆるがす作業に対し、壮麗な体系と深奥な方法をあたえるものであったが、最澄にはその素養が、在来の僧程度にしかない。

そういううわさを聞いた空海は、

（最澄に、何ができるものか）

と、内心あざわらいたい気持であったろう。空海は自分の功力《くりき》を信じていた。最澄が素養としてわきまえている雑密でさえ多少の功力がある。空海は、純密に近づいていた。純密とは、仏教本来の目的である解脱をめざしつつも同時に雑密的現世利益をかなえさせるという、一見矛盾の両要素を統合しているものだけに、この立場からみれば最澄の祈禱などは嗤《わら》うべきものであった。最澄は自分の祈禱に験《げん》があると信じて、それをやっているのだろうか。

（かれは、天子や権門勢家にむかって、験ありげな姿勢をとっているだけのことだ）

とまで空海はおもったであろう。もっとも実際の最澄は、空海が敵意をもって見ているような男ではない。自分が天子の十人の内供奉禅師《ないぐぶぜんじ》の一人であるという職責に忠実なために、国家的事業である遣唐使船の往還の無事を祈禱せざるをえないだけのことだったのだが。……

船団は、瀬戸内海を無事航走していた。

讃岐の多度津の沖合を通るときに、空海は左舷の舷側《ふなばた》に身をよせてはるかに磯のかたを見つめたことであろう。空海の父はすでに故人になっていたが、母は健在であり、おそらく母は磯まで出て、沖を通るこの船を見送ってくれているにちがいなかった。

留学生にえらばれる前後、空海は帰郷し、母に会った。母は、

「二十年。――」

と、なげいた。留学生の正規の留学期限は二十年であり、空海は帰れば五十を過ぎる。母はもうこの世にないかもしれない。

「いいえ、二十年もかかりますまい」

空海は、ややふてぶてしい態度でいったにちがいない。それ以上は、言うを憚《はばか》ったにせよ、

（二十年も要るものか）

と、かねがね思っていた。空海はすでに独学でもって密教の体系化を完成させつつあり、唐土へゆくことは、そのうちのほんの一分《いちぶ》か二分を知りたいためであった。長安において師承を受けている長老をさがし、それに会えば済むことであった。うまくゆけば一日で済むかもしれない。げんに、あとの話になるが、相伝のことは一日で済んだのである。

ところが、空海は表面上、二十年ということで国家の給与もうけ、寄進もそのつもりで受けていた。しかしながら内心、せいぜい一、二年もあれば十分と思っていただろう。げんにかれは二年で滞留をきりあげた。これもあとのことになるが空海が長安において潤沢に金銀を費うことができたのは二十年ぶんを二年でつかいきったということでもあった。このことは国家の規則からいえば反則ではあったが、空海は最初からその肚づもりであったかと思える。

――二年で帰ります。

とは、いかに空海でもいわなかったにちがいないが、しかし両親の在世中は遠くへ旅をしないというのは儒教のおしえでもあり、年少のころに儒学を学ばせられた空海には多少その気が

あったであろう。最後に母と会ったとき、自分の心づもりを、それとなく洩らしておいたのではないかと思われる。

空海と最澄とは、いつどこで対面するのか。空海が難波ノ津で乗船したときは、むろん最澄はそこにいない。それ以前にも会った形跡がなく、結局、かれらがはじめて顔を合わすのは大宰府においてではないかと思える。しかし双方の資料はそれをつたえていない。

船団は瀬戸内海をゆるゆると西へすすんだ。途中、播磨の室《むろ》ノ津、備後の鞆《とも》ノ津、安芸の風早《かざはや》ノ浦、音戸ノ瀬戸、長門ノ津などに船泊《ふなどまり》をかさねて行ったであろう。いったん船泊すると、容易に出なかった。悪風の予兆にはとびきり臆病で、船に素人の者までも、

「あの雲は悪《あ》し。よからぬ兆《きざし》ぞ」

などと言いさわいで、船頭をいっそう臆病にさせた。

やがて、早鞆ノ瀬戸とよばれる関門海峡をすぎ、響灘に出ると、波浪は大ぶりになり、早くも外洋へ出たかのような心細さをおぼえさせる。左舷の陸地はすでに筑紫である。地島《じしま》という小島と鐘ノ岬のあいだのせまい水道を通りぬければ、水の色は青黒くなり、海は玄界灘に入る。そのあと一路逃げこむようにして志賀ノ島を半周しつつ博多湾に入るのである。この湾の奥の錨地を、那ノ津といった。

船は、この那ノ津で泊まる。

一同、ここで下船し、野を歩いて大宰府へゆくのである。遣唐使は往きも還りも大宰府に立ち寄るのが慣例になっていた。大宰府の鴻臚館で帥《そち》以下官人たちの招宴をうけたり、休養をとったりするのである。

最澄は那ノ津の浜まで出むかえていた、と思える。

むろん、空海を出迎えていたのではない。

正使の藤原葛野麻呂と副使の石川道益をむかえるがためである。浜辺には大宰少弐《だざいのしょうに》や筑前の国司、観世音寺の長老といった筑紫の貴顕紳士がそれぞれ供をつれておおぜい見えていたはずであった。そのなかに最澄もまじっていなければならない。浜の松原に陽炎《かげろう》が立ち、目のくらむように暑い日だった。藤原葛野麻呂は、少弐や国司などの立礼をうけたあと、磯の沙を踏んで最澄のそばに歩みよった。そのあとあたかも師父に対するように手あつい礼をとった。

（あれが、最澄か。……）

と、空海は、遠目ながらも最澄のすべてを見ぬいてしまいたいような衝動をもって見つめたはずである。空海が想像していたより小柄な男だった。頭が大きく、足腰がかぼそげに見え、一本の槌が立っているように見える。表情まで窺えなかったはずであるが、全体として葛野麻呂にいささかも媚びている様子がない。そのあたり、空海にはいかにも意外だった。もともと、宮廷での遊泳のうまい男だとおもっていたのだが。——

(多少は、見なおすべきかもしれない)

と、おもったかと思える。この宇宙にあまねくひろがっているところの真理に参入できた者は地上の権勢など塵芥《じんかい》のように見えるものだということを、空海は多分に客気をもって思い、それをもって自他を測る基準にしていた。最澄の遠く小さな影をみて、空海はどう評価したであろう。

ここで小説としての描写をすれば、

「あれが内供奉十禅師《じゅうぜんじ》の最澄だ」

と、空海の背後でささやきかける人物を設定しなければならない。声にとげがあった。そのとげのために、宮廷の大人《おとな》たちからかならずしも好かれていない若者である。

橘《たちばなの》　逸勢《はやなり》という儒生だった。

空海はこの那ノ津までの船中、たれとも進んで語ることなく、森の中で孤り起臥しているようにしてすごしていたのだが、逸勢だけが近づいてきて、小むずかしい議論を吹っかけたりした。儒学以外の法家や老荘などの書を読んでいるふしがあり、かといって異学に心の底から打ちこんでいる様子もなく、ただ国子監の学風の固陋さをあざけるがためにわざと韓非子の論理をもちいたり、かと思えば荘子以外はことごとく騙《かた》りだ、とひるがえってみたりするのである。

空海も、そういう退屈しのぎの遊戯がきらいなほうではない。しかし逸勢のような、目的のさだかでない鋭気をいちいち受けていては船酔いがかさなりそうで、ほどよく聞きながしていたかもしれない。いずれにせよ、逸勢のほうは空海に驚歎したはずである。かれは天下で自分ほどの俊秀はいないと思い、ひとものことばかりは認めていたのだが、この讃岐うまれの無名の僧を船中で見るにおよび、いかに衒学的虚勢を張っても及びそうにないことを知った。空海は博覧強記の人であった。逸勢はおそらく空海が好色な雑書まで読んでいることにもおどろかされたにちがいない。

——なぜ僧になった。

とも、きいたはずである。それだけの学殖をもっていれば、空海の叔父の阿刀大足《あとのおおたり》がそうであるように皇子の侍儒にもゆくゆくなれるではないか。空海は、笑ってだまっていたと想像したい。戯曲的にこの情景を想像すれば、逸勢が踏みこんで、女が欲しくはないか、ときく場面も挿入せねばならない。空海が、あたりまえではないか、とはじめて声を大きくし、

——だから仏法を志したのだ。

という場面が、ありありと見えるような気がする。

この那ノ津の磯では、逸勢のような階等の者は波うちぎわにむらがり、指示のくるのを待っていた。空海もそういう階等の一人だったが、しかしかれだけはごく自然に群から離れていた。むこうの松林のなかに、藤原葛野麻呂ら高官たちがいたはずである。当然、最澄もいた。

あれが内供奉十禅師の最澄だ、と逸勢が空海の背後からいったのは、そういう関係位置においてでなければならない。筆者は逸勢をして、さらに、

「くだらぬ男だろうよ」

といわさねばならない。逸勢はそういう男であった。かれの性格からみて、最澄を卑《ひく》からしめることによって、自分がそれほど空海を評価しているということを示してみたかったということもあったであろう。こういう場合、空海は、かえって不愉快になるにちがいない。

「そうではあるまい」

と、むしろ逸勢を軽蔑するような顔をする。空海にとって最澄があさはかにみえるのは、天台教学のような生命感覚の稀薄な体系に血迷っていることだけであった。それを思うと、浮世の名声のわりには何と感受性のにぶい男かとおもわざるをえないのだが、しかし松林の中にいる当の最澄が、逸勢が唇を反らしていうほどにくだらぬ男とは見えない。すくなくとも、

（――儒者よりはましだ）

と、逸勢をふりかえって、蠅を追うようにいいたかったであろう。儒教という、人が作った世間の約束事をいかに学んだところで、何になるのか。それを平然と学び、みずからを高しとしている逸勢のような男こそ笑止ではないか。もし最澄が自分に話しかけてくれば、空海は本気で相手にならねばならぬという心のたかぶりがあった。というより、入唐にさきだち、最澄が志している天台教学が思想としていかに死物であるかということを説いてやりたかった。最

澄の硬直の志を砕き、真理に対してもっと虚心な構えをもたせてやりたい、それが親切というものではないかとさえ空海は思っていたはずである。空海にすれば最澄についての評価は、似た志をもつ自分以外にできるはずはないと思っている。自分のみがそれをすべきで、橘逸勢ごとき儒生が横から口を出すべきものでないと思っていたにちがいない。

那ノ津から東南にむかえば大宰府である。ひとすじの官道がはしっている。

それをゆくと、やがて長大な土塁が前方の野をながながと塞いでいる。唐の場合、都城は、たとえ県城程度の規模であっても、それをめぐっている城壁が壮大なものらしいということを空海は知っていたはずである。この大宰府の土塁はそれに似せたものであろうか。それとも水《みず》城《き》とよばれているように、博多湾に外敵が上陸したとき、たちまちそのあたりを水浸しにするような防衛上の機能を秘めているのだろうか。

その土塁が官道と交叉する所に、雄大な城門がそびえていた。城門には、正使藤原葛野麻呂をむかえるべく、大宰大弐《だざいのだいに》が供をそろえて待っていた。その大弐一行の容儀の壮麗さは、奈良や平城京の貴族や官人たちとはちがい、より唐風めいて感じられる。大宰府そのものが、中央よりもいっそうに唐風なのである。ひとつには絶えず蕃客を応接していることにもよるのであろう。

城門を入ると、すでにそこは大宰府の大いなる都城である。遠《とお》の朝廷《みかど》といわれているように中央に対し独立した行政権をもち、親王もしくは参議級以上の者が「帥《そち》」とよばれる長官になる。帥が、あたかも小朝廷のごとく百官をひきいて朝にのぞむ。帥は九国三島を支配し、軍事力をもち、さらには外交と貿易の権をもっている。どうみても、小さな王国であった。

　この都城には左右十二筋の南北道路が走り、東西には二十二筋の道路が通じていて、精密な条坊をなしていた。その朱雀大路にあたる中央道路の奥に、内裏に相当する都督府がある。目の前にそびえている都府楼のいらかが、その位置を示していた。

　空海らが、このまま客舎である鴻臚館に入ったことは、疑いを容れない。どの時期の遣唐使の一行も、そのようにしていたからである。

　翌朝、帥の招宴があった。正使、副使のほか、おもだった者が席に出た。当然、天皇の侍僧である最澄はまねかれたが、空海や逸勢のような者はその資格を持たなかった。

　大宰府では、数旬、滞留した。

　その間、空海はたんねんに大宰府の官衙《かんが》、寺院、学校、病院などを見てまわったであろう。かれは帰国後、大宰府にとどまったほどだったから、この時期に幾人かの知人をつくったに相違ない。高名な観世音寺では経蔵をみせてもらったはずであった。観世音寺の規模の大きさに空海は、存外な思いがしたであろう。奈良の大寺の規模をしのぐほどで、着工後、多少事情の曲折があったとはいえ、八十年の歳月がかかったというのも、当然だったかもしれない。

この大宰府滞留中、空海と最澄が膝をまじえて懇談したという形跡がない。客舎か、路上ですれちがって目礼ぐらいはしたであろうが、最澄の側からみて、かれが空海をどれほど認識したかといえば、ひどく心もとない。おそらく名前と貌をおぼえた程度であったろう。のちのいきさつから遡及して想像するに、最澄は空海の入唐の目的や構想をほとんど知らなかったといっていい。空海がことさらに沈黙していたというより、最澄が、積極的に接触しなかったためであるかと思える。

空海の入唐の目的については、葛野麻呂が職責上一応知っているはずであったが、しかし葛野麻呂に仏教の知識がとぼしく、まして密教の重要性を認識できるような男ではなく、従って、最澄に進んで伝えるまでに至らなかったであろう。伝えたにしても粗漏であったにちがいなく、たとえ粗漏であっても最澄の側に密教への関心が深ければ鋭敏に反応したはずであったが、最澄は鈍すぎたようであった。なぜなら最澄は入唐しても密教についてはやや鈍感であったし、帰朝してからにわかにその重要なことに気づき、あらためて狼狽するにいたるのである。そのことから推して、大宰府での両人は、せいぜい顔を見あわせることが数度あった程度にちがいなく、そのことは空海の側からすれば不愉快であり、最澄が尊大であるという印象になったであろうか。

以上は想像である。

以下は想像ではない。

やがて四隻の船が、那ノ津を出航するのである。

空海は正使が搭乗している第一船にあった。最澄は第二船にある。

船団は肥前の海岸を用心ぶかくつたい、平戸島に至った。さらに津に入り、津を出、すこしずつ南西にくだってゆき、五島列島の海域に入った。この群島でもって、日本の国土は尽きるのである。この東シナ海に突き出た群島の島影をみたとき、ひとびとの疲労と緊張は尋常でなくなったであろう。狂う者も出た、と他の時代の遣唐使船の例にあるから、このときも発狂者が出てふしぎではない。

五島列島は五つの主島より成り、岩礁が多く、また島々をめぐっている潮流が速い。島陰を縫ってゆくのに操船が困難であったが、しかしこの島をもって、最終準備地にせざるをえなかった。この島を離れれば、あとは渺茫たる大海がひろがるのみであり、四船ともどもいちずに神仏を祈念しつつ、突っきってゆかねばならない。運を得た船のみが、唐土の浜に漂着できるであろう。

列島の最南端に、福江島がある。北方の久賀島と田ノ浦瀬戸をもって接している。船団はこの瀬戸に入り、久賀島の田ノ浦に入った。田ノ浦は、釣針のようにまがった長い岬が、水溜りほどの入江をふかくかこんでいて、風浪をふせいでいる。

この浦で水と食糧を積み、船体の修理をしつつ、風を待つのである。

風を待つといっても、順風はよほどでなければとらえられない。なぜなら、夏には風は唐から日本へ吹いている。が、五島から東シナ海航路をとる遣唐使船は、六、七月という真夏をえらぶ。わざわざ逆風の季節をえらぶのである。信じがたいほどのことだが、この当時の日本の遠洋航海術は幼稚という以上に、無知であった。逆風に遭遇すれば船は覆らざるをえないのだが、ほとんど迷信のように真夏をえらび、しばしば遭難した。秋になれば、風は日本から唐土に吹き、この航路にとって順風になる。その簡単な事実に気づかず、何度も遭難をかさね、なお懲りることなく、この第十六次遣唐使船もこの季節に田ノ浦に待機している。

風は唐土から吹いているにせよ、まれに順風らしきものが吹くことがある。船乗りたちはそれが真正の順風であると信じ、さっそく帆をあげ、帆に風をとらえつつ海をすべってゆくのだが、結局は逆風にならざるをえない。


賀能《かのう》等、身ヲ忘レテ命ヲ銜《ふく》ミ、死ヲ冒シテ海ニ入ル

と、『遍照発揮性霊集』にある漢文が、簡潔にこの消息をつたえている。海ニ入ル、の海は、大洋のことである。わざわざ逆風の季節をえらんで海に入るなどは、好んで遭難しにゆくよう

なものであったが、万有に通じていたかのように伝えられる空海のような男でも、この海風の摂理を知ることなくすべてを運にまかせていたかと思えば、可憐なようでもある。

やがて、船団は田ノ浦を発した。七月六日のことである。四隻ともどもに発したということは、のちに葛野麻呂の上奏文（『日本後紀』）に出ている。

久賀島の田ノ浦を出帆したということについては『性霊集』では、

「本涯ヲ辞ス」

という表現になっている。かれらは本土の涯《はて》を辞した。沖合にうかぶ雲をめがけて矢を射るようなものであり、船は弦から放たれるようにして突出してゆくのである。

ところが順風は、一日だけであった。翌七日戌《いぬ》にはもう逆風が船を翻弄しはじめた。夜八時、九時という刻限である。海上は暗く、雲は低い。波が雲を打ち、風が海を沸かせた。やがて、

「暴雨、帆ヲ穿《うが》チ、戕風《しやうふう》、柁《かぢ》ヲ折ル」というすさまじい情景になった。

僚船がどうなったのかわからない。葛野麻呂の上奏文ではこの間のことを、

第三、第四両船、火信応ゼズ

と書いている。

火信とは、松明《たいまつ》もしくは火縄をふることによって、たがいに所在をたしかめあうことであった。指揮船である葛野麻呂の第一船が、浪のなかで上下しつつもしきりに火信を発したにちがいなく、これに対し、後続の第二船は懸命に応じた。しかし第三船は沈黙していた。第四船も闇の中で沈黙したままであり、闇から姿をあらわすことなく、火光をもってついに所在を示すことがなかった。

第三船はこの時期に海没してしまったらしい。第四船にいたっては海没の証拠すらなく、ついに行方が知れなくなってしまっている。

やがて葛野麻呂や空海が乗っている指揮船は、最澄の乗る第二船をも見失うにいたるのである。

十

第一船は、孤船になった。

終夜、悪風にさいなまれつつ奔《はし》った。

翌日、天は晴れたが、船はうねりのままに漂《ただよ》ってゆく。

東シナ海の最短距離を突っきるというこの航路なら、従来、順調なばあいの経験では十日前後で揚子江の河口に着く。

が、十日を経てもなお陸地が見えず、島影もなかった。ただ海が盛りあがっては凋《しぼ》み、船体はそれにゆだねきって上下してゆくだけである。

出発後、二十日すぎても状態はかわらない。おそらく船艙では恐慌の気分があらわれはじめたであろう。

「方角にくるいはないのか」

という声は、当然出るべきであったが、あるいは当時の航海知識や運命感覚からいえば、出なかったかとおもわれる。

天測して方角を知るという航海法は、西方の海洋民族はすでに知っていたが、空海のころのこの国の航海者はそれを知らなかった。こういう場合のために、国家はどの遣唐使船にも陰《おん》陽《みよう》師《じ》と卜部《うらべ》を乗船させていた。方角の見定めは占卜《せんぼく》にたよった。陰陽師や卜部は、いうまでもなく中国式の天文学は身につけている。かれらは星影を測《はか》るための鉄尺、銅製の律管などの道具を持って船に乗りこんでいたが、星の位置を測りはしてもそこから導き出されてくる判断は吉凶を論ずる神秘論であった。倭人どもがこの中国式天文学のばかばかしさに気づくのは、このあと時間を経ねばならない。空海の時代より九百年を経、十八世紀初頭になってようやく西川如見が『天文義論』を書き、「唐土の占星というのは、多くは人事の吉凶禍福に符合させるためにある。考えてもみよ、一人一家《いちにんいっか》の吉凶を天体が感ずるであろうか」と、その迷蒙をひらいた。とはいえ、西川如見より何世紀か前の空海の航海はその迷蒙のなかを漂わざるをえなかった。

夜になると、舳に卜部の者が、田のなかの鶴のようにすねをのばして突っ立つ。星や卜筮《ぼくぜい》でうらなってから、

——この方角でよい。吉《きつ》である。

といったふうに決めてゆくのである。もっとも日出と日没で東西の方角はわかった。陽のあるうちは大まかな方位にまちがいはないが、夜になると、しばしば方位の維持ができなくなる。

たとえば北斗も見えなくなるとき、とほうもない方角に舳がむいていても、卜部や陰陽師がよかろうといえば、この針路こそ吉であるというぐあいに、漂いすすんでゆくのである。

船中の糧食は、糒《ほしい》である。

糒は日に一升で、蒸した米粒を干してあるだけに、生米よりも固い。これを日に一升支給される生水でもって嚙みくだく。糒はふつう粥《かゆ》状にして戻すのだが、船中、できるだけ火食をつつしむために、砂利のように固い粒を椀に入れ、生水で浸《ひた》し、すこしずつ取りだしては嚙むのである。食物としてこれほどまずいものはないはずであった。その糒さえ海上で二十日を過ぎるころは、毎度の支給がすこしずつ減って行ったにちがいない。そのころには、痢病にかかったり、気が萎《な》えたりして、病人が続出したに相違なく、船艙のなかは地獄相を呈しはじめたであろう。

その間《かん》、空海が何をしていたかについては、資料は沈黙している。船中の僧という僧は二六時中経をよみ、仏天に祈っているというのが遣唐使航海の常であったために、空海もそのひとりとして経をあげていたであろうか。それとも空海だけはその看経《かんきん》のむれにはまじらず、片すみで黙然《もくねん》と、岩にでも化《な》ったようにうずくまっていたであろうか。かれはすでに奇蹟の体験者であった。かつて土佐の室戸岬の岩窟のなかで明星が近づき、口の中に飛び入るという奇妙を体験したことが、空海をして存在としての自分の認識を変えしめた。かれは宇宙の意志がじかに、そして垂直に自分に突きささっているということを、さりげない日常のなかにも感ずることができたであろう。ましてこの危難のなかで感じなかったはずはない。かれは、船体が叫喚するがごとくに軋《きし》み、ときに真二つに割れそうになる瞬間も、平然とその一念のなかにいたかと思われる。

空海はおもっていたであろう。

「……仏天は自分に密教を得しめようとしている。風も浪も船もことごとく仏天の摂理のなかにあり、この風浪もこの航海も、そして船艙にたおれ伏している病人たちも、その摂理のままに在り、そのほかのものではない。摂理の深奥《しんおう》たるや、密《みつ》なるものである。その密なるものを教えるものは密教のほかなく、その密教は長安にまできている。自分は倭国からそれを得にゆく。わが旅たるや、わが存在がすでに仏天の感応するところである以上、自分をここで水没させることはないであろう。この船は、そういう自分を乗せているがために、たとえ破船になりはてようとも唐土の岸に着く。このこと、まぎれもない。……」

こういう空海の感覚世界からすれば、船艙の中で悲鳴をあげるひとびとも、生きたそらもなく萎え沈んでいる官人たちも、空海がいるがために結局は無事に着くという、この宇宙そのもののように平明な大事実を知らないということで、度しがたく無知なひとびとであると思われた。まして感応するはずもない経を声高《こわだか》に、物狂いして誦《よ》んでいる僧たちのおろかしさはどうであろう。

ふりかえっておもえば、空海は、思想性をたかだかと保ちつつ、しかもときに宇宙の胎内に入りうるという宗教的人格をもっていたという点で、この国のながい歴史のなかで唯一の人物であったといえるかもしれない。のちの世にあらわれる親鸞も道元も思想家的性格がつよく、本来持つべき宗教家的性格はその思想によって不覚なほどに透明になりすぎ、さらにざっと言えば、古代的な神秘性を失っていた。それにひきかえ空海の心は古怪さそのものであるように思える。しかも自分の奇怪さを宇宙の大きさにまで拡げてゆこうとするのだが、この人物のおかしさは、その宇宙へ拡げてゆく拡がりを一分《いちぶ》のすきもなく論理の力学で組みあわせようとしていることであった。空海は船艙の片すみにいる。しかしかれ自身はそこに居たかどうか。かれが空海であるかぎり、船艙でなく宇宙の内奥にいたはずであった。となれば、かれは船がかしぐたびに騒ぐひとびとに群れ、僧たちにまじり、声をそろえて誦経《ずきょう》するなどということをしていたかどうか。おそらくかたすみで、鉄錆《てつさび》色の衣をかぶり、小ぶりの岩のようにただ押し黙っていたと想像するほうが、かれにふさわしいように思われる。

そのほうが、劇的でもある。かれを思想的存在としてのみ考える場合には、かぶっている衣のあいだから両眼のみぎょろつかせている姿がそれにふさわしいが、しかし一面、なま身のかれを思えば、別な動作がうかんでくるであろう。かれに終生つきまとううさん臭さは、かれが人間の世の中を緩急自在に操作する才質をしたたかに持っていたことと無縁ではない。この船中、死の不安が船艙をどろどろに浸《ひた》しこんでいた。ひとびとは卜部にすがり、陰陽師のことばを信じようとし、さらには僧たちの誦《ず》する経の功力《くりき》が早く顕われることをねがった。しかしながら空海からみれば卜部のうらないなど古い迷信にすぎない。卜部の法もまた天の意志を示顕《じげん》してみせる神秘術なのだが、この法はかつて満州や華北の草原でおこなわれていた亀卜法伝《きぼくほうでん》を基本とし、いつのほどか朝鮮半島をつたって日本海の対馬《つしま》島と壱岐島に伝来した。それがやがて宮中にも入りこみ、神祇官に組み入れられたのだが、空海のころにはなお卜部氏の本貫の地は壱岐島であるとされていた。

「卜部の法には、経も論もなく、結局は古俗にすぎない」

あのような法で天地が感応するものか、と空海は舌の渋るような讃岐なまりで橘逸勢《たちばなのはやなり》あたりに言い放ったかとも思える。密一乗《みついちじょう》のみが天地の構造を説き、宇宙と交信できる唯一のものだと信じている空海には、卜部の者が、痩せずねを舞わして船上を動きまわり、それでもって船の針路をきめていることに当然腹立たしさをおぼえたであろう。その不合理なものへの腹立たしさは、逸勢に増幅されてのりうつったかと思える。

「あのようなばかなことをやっていて、唐土へ着けると思うのか」

と、逸勢は口をゆがめてひとびとに言い、船中の不安をいっそう募《つの》らせたであろう。逸勢はその性格のためにやがて生涯を誤ってしまう男なのだが、そういう男だけにおとなしく船中ですごしているはずがなかった。

「陰陽師も陰陽師だ」

逸勢は、空海の拡声器になったようにして言いまわったであろう。日本の陰陽道は道教の枝《えだ》葉《は》をとり入れて、後世の科学に似た体《てい》をなしている。道教についてはすでに空海はその青春のころの著作である『三教指帰《さんごうしいき》』においてその内実の愚劣さを解きあかしてしまっている以上、かれが陰陽道を認めるはずがなく、まして陰陽師の言葉のままに船が動くことに平静でいられるはずがなかった。当然、橘逸勢に、陰陽道のうそをののしったにちがいなく、逸勢も痩せたひざを打ち、よう言うた、おぬしの言うとおりじゃ、わしは儒生であるが儒学は鬼神をみとめぬ、鬼神と交感すると称する陰陽師を神祇官の官人にし、遣唐使船にまで乗せるなどというのは唐土に対して恥辱であり、わが倭国が野蛮である証拠ではないか、とでもいったであろう。

さらに空海は、僧たちにも与《くみ》しない。

かれらがなまじい仏徒であるだけに、空海にとって、卜部や陰陽師よりも気に入らなかった。しらじらしい論を学んで国家の考試に合格しただけで僧になり、法体《ほったい》を粧《よそお》って経をよむだけで仏天を動かそうなどというのは虚喝《こけおどし》のきわみであり、さらに始末にわるいことにはおのれの仏徒としての存在そのものがすべて虚喝であることにすらかれらは気づいていないという一事であった。そういう仲間に空海が入れるであろうか。

「おぬしは、真の僧だ。ああいう仲間に入ってよいはずがない」

と、逸勢はいったともおもえるし、さらには、

「いかにかれらが万巻の経をよんでもなんの験《げん》もないのだ」

逸勢がそこまで言わなかったにせよ、空海という無名の留学生《るがくしょう》がいかなる者であるかを、そして旧い体系がいかに価値のないものであるかを、空海になりかわって、とげとげしく弁じたかとも思える。逸勢はうまれる前からこの世に敵意をもっていたかと思えるほどに圭角《かど》と不満の多い性格だった。かれは日本国の諸権威も、官界の門閥主義もすべてが気に入らず、たとえばさほどの学問もなくして高位についている遣唐大使藤原葛野麻呂《かどのまろ》のような男は存在として不愉快であった。さらには船中にいるあらゆる人間が、気に入らなかった。卜部や陰陽師だけでなく、病人も癒《なお》せないくせにしたり顔をしている医師《くすし》、船がいまどこにいるかもわからずに操船をしている船師《ふなし》、水漏れをふせぐすべももたないくせに舟虫のように終日船の中を這いずっている船匠、さらには平素は威張っているくせに船中ではそれらの技術者に対して卑屈なほどに辞色を卑しくしている録事《ろくじ》以上の官人たちなど、相手の身分の上下を問わず、逸勢はすべての人間が気に入らぬようであったが、空海に対してだけは例外であるようだった。その理由の大きな部分は、空海が思想的存在として、この船中のどの男の思想とも接点をもつことのできない異分子であったからであろう。空海は儒学をも卑《ひく》くみているだけでなく、日本において帝王でさえ自分を三宝の奴であるとへりくだるほど高い価値をもつ現行の仏法をも平然と否定していた。逸勢は自分を人の世と調和しがたい人間としてひそかに悲しむことがあったが、空海のように、いかなる人間の考えとも類似であることから離れているというすさまじい孤独とくらべればまだしも自分は幸福な生れつきであると思わざるをえない。

（この男からくらべれば、おれなどはあまいほうだ）

という ひそかな安堵が、逸勢にはあったにちがいない。そういう安堵と奇妙な共感が、逸勢のような男に、讃仰者のような感情を抱かせた。逸勢の空海への讃仰は素直ではなかった。逸勢の性格の屈折のなかから表現されるために、ひとびとへの罵倒になり、ときに、

——この船など、どうせ屑のような人間どもを乗せているのだ。空海だけが生きて唐土へたどりつけばいいのだ。もし仏天というものがあるとすれば、諸仏諸菩薩諸天は空海を生かそうとするだろう。されば、みな空海と同船したがためにたすかることになるのだ。

というぐらいのことは、逸勢の人柄ならばいったかもしれない。

結局、この船は、海上を三十四日間漂流した。

遣唐使船が、この東シナ海横断航路をとるようになってからの最長記録といっていい。葛野麻呂がのちに上奏した文章（『日本後紀』）によると、

「生死ノ間ニ出入シ、波濤ノ上ニ掣曳《せいえい》セラルルコト、スベテ卅四箇日」

と、ある。

漢文は多分に調子で書かれるために、これだけでは事実関係の凹凸《おうとつ》がわからず、三十四日間風濤に掣曳《さまた》げられっぱなしだったというに似た印象をうけるが、しかし常識から考えて風浪の

日ばかりではなかったであろう。凪いだ日もあったにちがいない。おそらく、出発の日から数日間悪風のためにやみくもに奔らされたために位置をうしない、そのあとはただ大洋のなかをうろつきまわっていただけでしかなかった。船は今日は北走し、あすは南走するというぐあいに、卜占や陰陽師のいうがままに走っていたのであろう。舵や帆をうしなったという事実はないようであった。船そのものの機能に重大な欠陥があったためではなく、人がそうせしめていただけのようであり、こういう船に乗っていた空海が、何事かを感じないはずはなかった。かれは宇宙の内奥の生理現象を、その現象と同一化することによって把《とら》え、ときにそれを動かしめようという想念のなかにいる。さらにはその想念をかれ自身の大宇宙にするがために唐土に渡ろうとしている。この大海の中で、自然について占い以外に知るところのない操船者たちに身をゆだねつつ、だからこそ自分は密一乗をえらんだのだと思ったであろう。

ただ、当時の航海術には、船が陸地に近づいているという判断の材料として、海の色をみたり、縄に錘《おもり》をつけて沈め、深浅を測るという技術はあった。大河が海にそそぎこんでいるあたりになると、水が黄土色を帯びるという知識があって、おそらく、三十日をすぎるころから、船上ではこの種の作業がつづいていたにちがいない。

次第に、二、三の島影を見たであろう。どの島にも、人煙がありそうになかった。

この航路なら本来揚子江の河口付近に着くべきところ、船はそれどころではなく、はるか南方に押し流されてしまっていた。かれらはこんにちの福建省の沿岸に漂い近づいていた。それまでの遣唐使航海の経験例にないことであった。

暦は、八月十日になっている。海岸に山がせまり、岬の地肌が赤かった。陸地に近づくにつれ、無人の島嶼や岩礁が多くなった。太陽がむやみにあつかった。水夫《かこ》たちはこの見馴れぬ景観を無気味がったりしたが、ともかくも入江をみつけて船を入れねばならない。

打ちあげられるようにして着いた場所は、当時の地名でいえば、

「福州長渓県赤岸鎮已南《いなん》ノ海口」

ということになっている。

閩《びん》の地である。

その異様な文字から想像できるように、この地は長く漢民族の居住地でなく、いわば蛮族である越族の一派の閩越《びんえつ》人の地であった。もっとも、空海らがここに漂着したこの唐のころにはすでに漢人が多く入植し、内地化がすすんでおり、福州都督府が置かれてこの地を統括していた。しかしながら原住民である閩越人は中央の統制がゆるめばいつでも反乱をおこす可能性をもっていたし、げんに空海のこの時期より一世紀のちに、このほとんどが山岳地帯といっていい亜熱帯地方に、閩国という半独立国が、一時的ながらも出現する。

空海は、沙上に立ったであろう。

しかしながら、かれは一団のなかにまじっているにすぎない。この一団を漂泊の状態から救いだして唐の官吏の処置を受けるために諸事を推進すべき者は、べつにいた。大使の葛野麻呂についている訳語（通訳）や録事、史生たちが、それにあたらねばならない。

かれら乗組の官人たちが当惑したことは、人家のすくないことであった。山が、わずかに点在する海浜を圧倒し、澳《いりえ》にはまれに漁船がつながれている。ところどころに、蜑人《あまびと》の住む粗末な家がみられた。かれらの言語は、訳語の聴きおぼえぬもので、意志を言葉で通じさせるわけにゆかなかった。はじめは手まねなどして文字を知っている者のところへ案内させたであろう。ようやく、この漂着地が、福州長渓県赤岸鎮の付近であることをかれらは知った。このあたりは、いまは霞浦県というらしい。唐代においてはひらけず、のちにひらけた。それでも小規模の水寨が置かれ、海賊や密輸業者にそなえていたというから、おそらくその水寨が所在するところまで訳語は行ったにちがいない。次いで、赤岸鎮まで行った。鎮とは、宋以後には県に所属する小都市にあたえられる行政上の名称となったが、この唐のころは、文字のとおり、軍隊の所在地をさす。人口のやや多い町に置かれ、鎮将・鎮使とよばれる司令官が民政をおこなっているのだが、おそらく訳語は赤岸鎮の鎮将に会って窮状を訴えたかとおもわれる。鎮将というのは節度使（藩鎮）が自分のはからいで命ずる職だけに、土地の無頼漢の親分などであることが多く、学問のあるような人物はすくなかった。この僻陬《へきすう》の小さな入江にのぞんだ町の鎮将がどういう人物だったかはわからないが、日本とか倭とかいう国名を知っていたかどうか。しかし親切に遇された気配《けはい》がある。

「自分のところではどうにも処置できない」

というのが、返事であった。世が乱れれば中央から遠い土地の鎮将が匪賊になり、漂着船の船荷を強奪するなどはふつうのことだったから、それをされなかっただけでもかれらは幸運だったともいえる。もっとも、当時、唐はすでに衰弱期に入っていたとはいえ、そういう事態になるほどにはまだ統治がゆるんでいなかったということもあるであろう。

赤岸鎮の役所は、長渓県の役所にゆくことをすすめた。日本側は、当然そのようにした。そこでは、県令に対面できた。県令は胡延沂という人物で、

「県ではとても処置できない。この州の治所である福州へ行ってくれ」

といった。さらに助言してくれたのは、

「この地方は山岳が嶮岨で、陸路福州へゆくことは困難である。海路を行かれよ」

ということだった。一同にとってこれ以上海路をゆくことは不安であったろうが、福州まですくなくとも二つの大山塊《さんかい》を越えてゆかねばならないという地理的知識を得たとき、荷駄をかついで陸行することをあきらめたにちがいない。

最後に、ひどく不安なことを聴かされた。

「じつは福州の刺史《しし》（州の長官）は、いま居ない」

前任の福州刺史が病気のために任を去って以来、新任の者が中央からまだ赴任してきていない、という。このころ刺史は巡察使という職を兼ねていて、巡察使としては皇帝に親任されて県令以下の地方官の勤怠を監督し、皇帝へ報告するという重い職分になっていた。名称のとおり地方を巡察するのだが、この時期は巡察はせず、刺史を兼ねて地方に常駐するのである。日本側の資料はこれを観察使と書いているが、正しくはこの時期、観察処置使といったらしい。いずれにせよ、その長官が空席のままだという。

「刺史が空席なら、どうすればよろしいのか」

と、おそらく日本側は県令にとりすがるようにしてきいたにちがいない。しかしながら県としてはどうすることもできず、

「ともかく福州へゆかれよ」

と、追うようにして、海上に去らしめたのであろう。

再び海に泛ばざるをえなかった。

沿岸をつたって南下し、海面がすこし濁っているあたりにくると、そこが閩江《びんこう》のそそぐ海域である。その閩江をわずかにさかのぼらねばならない。さかのぼるには、舷側《ふなばた》から多くの艫《ろ》を出して人力で漕ぐ。二日ほどは漕がねばならなかったであろう。そのあたりに、満潮のときに

は海水がまじるが、厳密には河港というべき福州がある。

福州は、この時期、なお後世のように殷賑ではない。

しかし漢のはじめにすでに閩越王がここを首都にしただけに、治所としての歴史はふるく、唐のはじめに築かれた囲城が、なお蛮地のにおいをのこすこのあたりに、唐帝国の威権の大きさを示している。

かれらがこの福州の町を見る河口に達したのは、十月三日であった。八月十日に赤岸鎮に漂着して以来、県との交渉や沿岸航海などに二ヵ月ちかくを費していることを思うと、一行の窮状は察するにあまりある。日本から積んできた食糧は尽きていたにちがいなく、赤岸鎮であらたに米塩を買い入れたにしても、疲労の甚しさはどうしようもなかったに相違ない。

船は河畔にとどまり、碇《いかり》を入れた。しかし一行は下船するわけにはいかなかった。交渉が成立するまで船上の暮らしをつづけざるをえなかったのは、海上からの入国は国禁だったからである。

交渉の担当者だけが、福州の城内に入ったであろう。こういう僻遠の地でも官衙《かんが》は壮大だったし、役人は僻遠の地だけに権勢は大きかったにちがいない。

「自分たちは、日本国の国使である」

と、担当者が言ったはずだが、州吏は最初から疑ってかかった。

このときにはすでに新任の巡察使兼刺史が着任していたはずであった。閻済美《えんせいび》といった。この州における帝王のような権勢のあるこの大官は、三ヵ月の漂泊で衣服も相貌も萎《な》えきっている日本人を、まともな連中であるとは頭から思わなかったらしく、会いもしなかった。配下の吏員が応接し、この連中は密輸業者にちがいないと判断した。唐の貿易制度として、外国船を市船と貢船にわけている。市船（私的貿易船）には関税をとり、貢船からはそれをとらなかった。このため、市船で貢船を擬装したり、漂着船の体《てい》をこしらえて荷を揚げ、土地の商人と直接接触したりする例が、それまでに幾例かあったのかもわからない。

一行は、罪人のあつかいをうけた。

州吏が官員をひきいて河畔にやってきて、葛野麻呂以下全員を船からひきずりおろしてしまったのである。空海も当然おろされた。この間《かん》、空海は沈黙していたかのようであった。かれは訳語などよりはるかに華音に通じているはずであったのに、資料の中の空海は沈黙のままであり、ひきずりおろされるままに動作していたようであった。手荷物ももてなかった。

「荷物はすべて船内に置いておけ」

と、役人は全員を身一つにして船から追った。そのあと船艙に人数を入れて隈《くま》なく点検し、やがて船に封をした。

一同は、河畔の沙上にわらわらと群れしめられた。

「余は日本国の大使である」
と、葛野麻呂は訳語を通じて言い、しきりに哀訴したはずであったが、州吏は取りあげなかった。州吏は当然の質問として、
「では、国書なり印符なりを見せよ」
と、いったであろう。ついでながら国書は日本の遣唐使はこれを携行しないのが通例になっていた。その理由はいずれこの稿で触れるかもしれないが、そういう日本の外交上の慣例を葛野麻呂がここで州の役人に説明したところで相手に理解できるはずがなく、さらに不覚なことに、印符については第二船の判官菅原清公にそれを保管させていたから、この第一船にはこれが国使の船であるという証拠がなにもないのである。

これより前、葛野麻呂は、福州の官衙へ交渉にゆく担当者に自分の署名入りの文書をもたせてやった。文章はどうやら葛野麻呂みずからがつくったらしい。その文書を、刺史閻済美が見た。何度も見たらしいところをみると、文章をかえては二、三度持たせてやったらしく、そのつど、閻済美は黙殺した。

葛野麻呂としては、なすべきことをすべてやったのである。

然リト雖モ、船ヲ封ジ、人ヲ追ツテ、湿沙ノ上ニ居ラシム（『御遺告』）

というはめになった。

湿沙の上、というのは水のしみこんでいる汀《なぎさ》のうえのことらしく、ひとびとは腰をおろすこともできかねたであろう。滞留したければここに居れ、というのは残酷というほかないが、しかし州吏の側からみれば、むりもなかったかもしれない。長い漂流のすえでもあり、大使も水夫も一様に潮垂《しおた》れた姿になっており、葛野麻呂などは遣唐大使にえらばれただけにもともと温雅な風貌のもちぬしだったにちがいないが、航海のやつれと潮風に焼けていることで、このあたりの沿岸をあらす鼠賊のようであったかもしれない。さらには、かれの文章が一国を代表するだけのものでなかったことが、疑惑のもっとも大きな要素であったであろう。唐では習慣として文章によって相手がいかなる人物であるかを量《はか》った。

この騒ぎの最中、空海はなおもむれのなかにまじっている無名の一人にすぎなかった。

十一

空海というのは、奥床しいのか、狡《ずる》いのか。

かれは、湿沙の上にいる。

百二十人というかれにとって同じ船の仲間の倭人たちも、河口の濡れた沙洲の上に居らしめられている。大使の藤原葛野麻呂《かどのまろ》はおそらくわずかに乾いた場所に敷物でも敷いてすわっていたであろう。他の者は、鯊《はぜ》でも沙をかぶっているような湿沙の上に尻を浸していたり、横たわったりしていた。亜熱帯ともいうべき土地の、それも十月のころであるために寒さこそなかったが、こういう場所で皮膚を濡らしつづけていることに体が幾日保《も》つかを思えば、よほどの惨況といっていい。

河畔に繋がれている船は、地方長官の命で封印を受けていた。夜になればひそかに船にのぼって寝《やす》むということができたかどうか。「船ヲ封ジ、人ヲ追ツテ、湿沙ノ上ニ居ラシム」という文章を信ずるとすれば、それは不可能だったようでもある。この状態が幾日つづいたか。この消息をつたえる『御遺告《ごゆいごう》』の文章では十日も二十日もつづいたようでもあり、数日でおわったようでもある。

というのが、日本国の遣唐大使藤原葛野麻呂が地方長官にさしだしたかれの名前であった。唐人に通じやすいように、葛野《かどの》を賀能に変えた。
「賀能《かのう》」

この賀能が、すでに触れたようにみずから文章を作って地方長官へ歎願書を出した。『御遺告』によれば、地方長官をしてかえってますます――密輸業者だろうというふうに――疑わしめるような悪文だったかのようである。この間の事実はいまとなればわからず、『御遺告』のみが後世にむかって雄弁に語るのみである。『御遺告』はいうまでもなく空海の生前の談話を、かれの死後弟子が文章にしたものである。文章のにおいまで空海の談話どおりであったかどうかはわからないにせよ、晩年の空海がそのようにいっていたことだけは、まずたしかであるにちがいない。

賀能の文章を見た福州の刺史《しし》(地方長官)閻済美《えんせいび》の態度は、『御遺告』では、見てきたようになっている。

州司(地方長官)、披《ひら》キ看《み》テ、即チ、此ノ文ヲ以テ、已《すで》ニ了《をはん》ヌ。此《かく》ノ如クスルコト、両この文中、已了《いりよう》というのは、スデニ了ヌ、と読むのが伝統になっているようだが、已《や》ミ了《をはん》ヌと訓んだほうが自然であろう。それでおしまい、だめだった、もしくは読み捨ててしまった、といったような強い表現とみていい。いまふうにいえば「地方長官は歎願書をひらいてみて、文章を見ただけで、ふん、とやり捨ててしまった」というほどの感触になる。『御遺告』は空海の弟子の宗祖崇拝の感情が入っているために、空海の生前の談話そのままのふんいきではないにせよ、このくだりは、空海の品性を疑わしめるような文章であるといわねばならない。

「葛野麻呂の文章など、二度、三度と提出したが、先方は、ふんというぐあいだったよ」

と、このように晩年の空海が弟子たちにいっていたとすれば、空海の人柄のあくのつよさが露骨に眼前にあらわれる。

葛野麻呂はとほうに暮れたすえ、空海という無名の留学僧が意外にも文章家であることを、たれかに教えられたようなのである。

大徳ハ筆ノ主《ぬし》ナリ。書ヲ呈セヨ、ト

と、葛野麻呂は、空海に話しかける。この会話の部分の前に「切愁之今也」という言葉が入っている。葛野麻呂は、「もはや、どうしようもない。大徳《あなた》は文章の達人だから、私にかわって書いてほしい」と言ったことになる。おそらく、事実であろう。

大使葛野麻呂は、空海が名文家であることを、橘逸勢《たちばなのはやなり》からでもきいたのであろうか。逸勢の性格は狷介で矯激であるとされる。かれは葛野麻呂の無能がもたらしたこのぶざまな窮状にいらだち、大使が腰をおろしているところへ行って、言葉をえらびつつも、暗に痛罵したかもしれない。このようなことではとてもらちがあきませぬ、たれもかれもこの沙の上で病気になったり死んだりしてしまうでしょう、申すまでもなく唐は文の国でございます、倭臭のつよい文章を幾篇書いたところで相手はいよいよ疑い、いよいよ軽蔑し、ついには鼠賊同然の者とみて逮《とら》えるかもしれませぬ、閣下、誰かにお書かせ遊ばしますように、とでも噛みつくように言ったか、どうか。逸勢は元来、門閥を背負って官界にいる藤原氏の貴公子たちを憎むことが甚しかった。眼前の葛野麻呂が、その代表といえる。逸勢はこの窮状をみて、いいざまだ、といくらかは思ったにちがいない。

もっとも葛野麻呂は門閥の子とはいえ、遣唐大使にえらばれるだけに並以上に学芸の素養はあった。文章にも唐音にも、自信があったであろう。逸勢は、葛野麻呂が自信を喪失したころを見はからって、沙を踏んで彼に近づいた。右のことを言い、やがて空海の名前を出したか、と思われる。内心、官位は門閥の子が独占できても、才能ばかりは独占できないのだ、ここには自分という者もいる、あるいは空海という者もいる——とまでは、逸勢の口から外へ出なかったにせよ、そうした思いは肚の中で煙をあげて渦巻いていたかもしれない。もっとも後年の逸勢の性格や行状から推して、

——何も閣下がみずから筆をとる必要はないのだ。能のある者に書かせればよいではないか。わしでもよい、空海でもよい。

といった意味のことをこの時露骨に言ったとしたところで、おかしくはない。

この沙上が一場の戯曲ならば、空海はひとり群れから離れて、舞台の下手《しもて》にでもうずくまっているほうがいいであろう。

「空海とは、あの大徳《だいとこ》か」

と、葛野麻呂が身をおこして、やや伸びあがる仕草をし、空海を遠くに見る、というふうな情景があったはずであり、おそらく葛野麻呂はそうしたにちがいない。かれは『御遺告』の会話のなかにあるように、窮しきっていた。切愁之今也。……

そこで葛野麻呂みずからが足を運んで、空海に起草を乞うのである。この場合、空海をよびつけて命じた、ということが考えられないのは、文章を頼む以上、相手を賓師として礼遇せねばならず、たとえ皇帝といえども賓師に対してはみずからへりくだって懇願するというのが、唐の礼にかなう。葛野麻呂は唐の教養を身につけている。さらには遣唐大使にえらばれる条件

のひとつである温雅の士でもある。空海の前にひざまずきはしないまでも、言葉をとびきり鄭重にしてその一件を乞うたに相違ない。

空海という、ほんの一年か二年前までは山野を放浪する私度僧《しどそう》にすぎなかった者が、幕を跳ねあげるようにして歴史的空間という舞台に出てくるのは、この瞬間からである。

空海は、このときとくに沙上の乾いた場所をあたえられたであろう。木箱が据えられ、その上に筆硯が置かれた。そのまわりには、夏草が、腰屏風のようにとりまいて、あたかも一室をなしていたにちがいない。ひとびとは遠くにいる。

空海の文章には、速力がある。事実、書く場合も、迅《はや》かったという。この場合もそうだったかと思われる。

空海一代のおもな詩文は、かれの弟子真済の編集で、『性霊集《しょうりょうしゅう》』（全十巻、現存は七巻）として遺っている。日本最古の個人全集といえる。そのなかに、このときの文章がある。空海は文章を清書してから、草稿を行李の底におさめたのかもしれない。

「大使ノ為ニ福州ノ観察使ニ与フルノ書、一首」

という題がつけられたのは、のちのことに相違ない。

この文章は、空海という類を絶した名文家の一代の文章のなかでも、とくにすぐれている。

六朝以来の装飾の過剰な文体でありながら、論理の骨格があざやかで説得力に富む。それだけでなく、読む者の情感に訴える修辞は装飾というより肉声の音楽化のように思える。

　賀能、啓《まう》す。高山、澹黙《たんぼく》なれども、禽獣、労を告げずして投帰し、深水、もの言はざれども、魚竜、倦《う》むことを憚らずして逐《お》ひおもむく

というところから始まる。禽獣が高い山を慕ってゆき、魚竜が深い水を求めて群れゆくように、西や南の野蛮人たちでさえ、帝徳のさかんな土地にむかって道中の危険をかえりみずしてゆく。徳を慕うのあまり、生命のあぶなさを忘れるのである、と空海はいう。大唐の文明はそれほどに偉大な光明である、ということばを冒頭から展開したのは、この一文に百二十人の生命がかけられているだけに、唐の地方長官の自尊心を、華麗に、しかし懸命の一念で、満たそうとしたのであろう。

　やがて、日本国のことにおよぶ。

「我が日本国、常に風雨の和順なるを見て、定《さだ》めて知りぬ、中国、聖《ひじり》いますことを。――」

　儒教では風雨が和順なのは聖人がいる証拠であるという思想がある。空海はそれを踏まえ、わが日本国は、かねて中国大陸が風雨和順しているのを望んでかならず聖人が在《いま》すにちがいないということを、見定めて知った、という。このあたり、お世辞がうまいというより、お世辞

がそのまま文辞の気品をつくっているといっていい。故にわが国主は、と空海はいう、先祖以来の中国へのこのよき想いを顧み、中国皇帝から徳化されることを慕《ねが》うのである、と。

文章はやがて流れをくだるようにして、このたび唐に派遣された大使賀能以下の渡海のことに及ぶ。

「賀能ら、身を忘れて命《めい》をふくみ、死を冒《をか》して海に入《い》る」

以下、空海は遭難の模様を描写し、ついにここに陸地をみつけてたすかったのは、ひとえに文明の源泉である唐の皇帝の聖徳のいたすところで、わが力の能《よ》くするところではない、という。ところで、大唐の地方長官が東海に日本という国が存在していることを知っているのかどうか。さらには、日本が国主の命によってしばしば遣唐大使を派遣していることを、この福州の刺史閻済美は知っているかどうか。あるいはかれは、日本をこの大陸の南方の竹木のかげや北方の草原にいる野蛮な少数民族とおなじように思っているのではないか。空海は、日本はかの八狄《はってき》や七戎《しちじゅう》とおなじではないのだ、と唐の待遇法の先例をひいて、説く。

八狄や七戎の使者は長安の宮城へ朝貢しても皇帝が出御する所までは入れてもらえず、八狄は使者団が雲のごとくむらがってようやく高台まで膝をもって進むを許されるにすぎず、七戎はさらに遠く宮城の正門のところで霧のように集まって、頭《こうべ》を地につけてながながと敬礼するを許されるのみである。

「大唐の日本を遇すること、八狄、雲のごとく会うて高台に膝歩《しっぽ》し、七戎、霧のごとくこぞつて、魏闕《ぎけつ》に稽顙《けいさう》すといふといへども、わが国の使に於てや、殊私《ことさら》、曲げなして待つに上客を以てす」

日本は異民族の国であるとはいえ、大唐の皇帝はこれを遇するに上客の礼をもってしてきた、と空海はいう。この文章を草《そう》している空海には、五十年前、第十次遣唐使のとき、大伴古麻呂が新羅の使者と長安の宮廷で席次をあらそったことが脳裏にあったであろう。元旦の拝朝賀正のときだったという。天子は南面している。蕃臣《ばんしん》は、東側の列（東畔）と西側の列（西畔）にわかれている。東畔第一席は新羅使節で、日本は西畔第二席であった。大伴古麻呂は殿中ながらも大声で憤慨し、席をあらためさせた。この事件は、空海のころにはお伽話のようにして流布されている。もっとも中国側の感覚では、新羅も日本も自分の文明の弟子分として大差なく思われていたであろう。差をつけるとすれば新羅はより深く唐文明に化せられていたからその規準で日本より上位の席があたえられたのかもしれない。これに対し大伴古麻呂のいうところは、日本はたとえ新羅にくらべて中国化するところが薄くとも、新羅のような唐の属邦でなく、政治上の独立国である、さらには新羅は日本に朝貢してきた国で、日本としては新羅から朝貢をうけながら長安にあっては新羅より席次が下というのではどうにもならぬ、ということのようであった。新羅との席次の上下はともかく、この例をみても日本は、上客として遇される国で、宮門に使者が雲のごとくむらがって遥拝させられているような国ではない、ということを空海は説く。

「夫《か》の瑣々《ささ》たる諸蕃と、豈《あに》同日に論ずべけんや」

あのちっぽけで卑しい辺境の連中と同日に論じてもらってはこまるのだ、と空海はいう。空海にすれば、べつに昂《たか》ぶってこのように述べるわけではなかった。華南の僻陬《へきすう》の地方長官の地理的知識に日本という存在が入っていないかもしれないことをおそれ、そのおそれのあまり、頭をあげて見得を切らざるをえないのである。それほど日本国の存在は大唐のひとびとの視野から遠く、日本の使節は唐人に接するとき、つねに自分が沖のかなたの人であることを意識せざるをえなかった。


ここに、困難な点があった。藤原葛野麻呂は福州刺史閻済美に対し、自分は日本国の大使である、と言いつづけるが、閻済美は信用せず、それならば国書なり印符なりを見せよ、と主張する。ところが、前述のごとく国書は日本の遣唐使はこれを携《たずさ》えないのが慣例で、ただ印符だけは船にのせてゆく。しかしその印符は、第二船に搭乗した菅原清公が保管しており、葛野麻呂は国使であることを証明するなんの証拠ももっていないのである。空海はこれを文章でもって啓《もう》しひらかざるをえなかった。

空海は、ひるがえって、論理を展開する。なぜそのようなものが要るのか、根元《もと》を考えたい、というのである。物、とは大使の身分を証明するところの書類や、銅製のはんこのことを指す。それは偽者に成りすますような悪い連中が出てくるおそれがあるためにわざわざ用意されるものだ、という。

「竹符銅契は、もと奸詐《かんさ》に備へたり」

と、空海は書く。さらにつづけて、もし世が淳《あつ》く、人が質《すなお》ならそういう文契は要らないはずである、ときめつけ、

「この故に、我が国、淳樸《じゅんぼく》（未開のころ）よりこのかた、常に好隣を事とす。献ずるところの信物、印書を用ゐず、遣《つかは》すところの使人《つかひびと》、奸偽あることなし。その風を相ついで今に尽くることなし」

われわれは善良の国の使者であるがためにはんこを持っていないのだ、とひらきなおってしまっている。こういう詭弁に似た言い方を、古来、唐土の教養人は好み、機智としてよろこんだ。空海は読み手の側のそういう機微も当然ながら察しぬいていたにちがいない。

さらに空海は日本が善良で礼儀のある国だということの証拠をあげねばならない。

「載籍（書物）伝ふるところ、東方に国あり、その人、懇直にして礼儀の郷《さと》、君子の国といふは、けだしこれがため歟《か》」

という。この書物は『淮南子《えなんじ》』であろう。これに、東方ニ君子之国有リ、と出ているが、この書物が日本の奈良時代に伝来したとき、日本人たちは東方とある以上、これはわが国のことだと信じ、それを慣用のようにして用いるようになった。『淮南子』の編者劉安は漢の武帝のころ、紀元前一二二年に死んでいる。そのころの日本では弥生式土器がつくられはじめたばか

りで、とても君子というような文化的人間を所産する社会的条件は存在しなかった。『淮南子』に参加した文筆家には道教色がつよく、東方の海のむこうを神秘化し、そこに理想国があるという空想を生んだものにちがいない。しかしながら唐と交通するようになってから、蒙昧からようやく文明に醒めたばかりの日本では、唐へ使いするひとびとが、唐の官吏と交際する場合、しきりにこの夢のように華麗な文句を用いたに相違ない。空海も、この当時の日本知識人のなかでの流行語をここに用いて論理を援けたのである。

空海が弁明するのに、君子之国だから国書や印符などの形式上の身分証明を必要とせぬ、ところがいま州の長官はわれわれを責めるに文書がない、ということを以てしている。さらには疑った上に、船の荷物まであらためた、――と、怨みがましく言い、しかしながら同時に閻済美がこの怨言に対して腹を立てぬように配慮した。

「これすなはち、理にして、法令に合《かな》ひ、事、道理を得たり」

あなたのほうにも道理がある、と言い、「官吏の道、実にこれ然るべし」とまでいっている。この配慮は巧緻といわねばならない。

さらにひるがえって自分たちは国使の身ながら遭難者である、突如、船を封印されたり、禁制を受けたりしてひそかに驚いてしまっている、伏して願わくは遠き者に恵みを垂れ、隣りの者を好《よみ》するという義を顧みて、われわれ遭難の風《ふう》をなしていないことを怪しんでくれるな、そのように、われわれに対して恵み、好《よし》みをあたえてくれれば、他の多くの蛮人たちも、細流の群があつまってながれるがごとくに唐の朝廷にあつまってくるであろう、という意味のことを空海は書き、最後に、「奉啓不宣。謹んで啓《まう》す」と結んでいる。

福州の役所にあって閻済美はこの一文を見ておどろいた。『御遺告』によれば、

「州長（閻済美）、披《ひら》キ覧《み》テ、咲《ゑみ》ヲ含ミ、船ヲ開キ、問ヲ加フ」

と、ある。

あるいはこの一文を読んだときの閻済美のおどろきは右の程度のものではなかったかもしれない。長安の翰林学士でもこれ以上の文章を書けるとは思えず、それが、湿沙の上にあって悲歎に暮れている異民族のひとりが書いたということを思えば、驚歎以上のものであったであろう。中国は文章を偏重し、文章こそ文明の基礎であり、政治の基本であり、歴史を通じての不朽の盛事であるとし、官吏の登用は文章力をもってはかった。閻済美もまた文章をもって挙《あ》げられたはずであった。その点でいえば閻済美には水準以上の鑑賞眼があったにちがいなく、それだけにかれの衝撃も大きかったかと思われる。

空海のこの文章は、六朝以来の流行である駢儷体《べんれいたい》にのっとっているため、後世の漢文の感覚からは装飾過剰としてむしろ卑しめられる。しかし繰りかえして言うようだが、その駢儷体は流行であるにすぎない。もっとも空海と同時代の人である韓退之は古文のもつ自由さと簡潔さ、それに文章本来の目的である達意を主唱してあたらしい文体を創め、それが後世になって文章

の主流になるのだが、要するに韓退之以後の鑑賞法をもって空海の文章をみれば、あざとすぎるようである。ただ、空海はそれをよしとする様式の時代に属した。もっともひるがえっていえば、空海の思想家としての性格は、むしろあざといばかりに煩瑣な美を愛する傾向があり、のちにかれが展開する密教とも、このことは濃厚につながりがあるであろう。空海は韓退之のような古樸、簡潔の美をよろこぶ人ではなかった。

空海が、唐の大官をおどろかすほどの文章力をもっていながら、私《ひそ》かに蔵して、大使の葛野麻呂のうろたえる姿を見つつ、手をさしのべなかったについて、かれの奥床しさと見るのは、空海の性格からやや遠い。空海の生涯の行蔵からみて謙虚という、都会の美徳はもっていなかったとおもわれる。かれがのちに謙虚さを見せる言動が多少あるにせよ、それは駆引からくる演出にすぎなかったであろう。

空海は、のちのかれの行蔵からもうかがえることながら、自分の行動についてはすぐれた劇的構成力をもっていた。かれの才能の中でいくつか挙げられる天才や異能のうち、この点がもっともすぐれたものの一つといっていい。かれが『三教指帰《さんごうしいき》』という戯曲を書いた男だということを、ここで思い出すべきであろう。三つの思想の比較と優劣を論ずるについて論文の形式をとらず、戯曲のかたちを選び、しかも自分のモデルが登場するという表現形式をとったことじたい、芝居っ気ということについての天成のなにかをにおわせている。空海はこの湿沙の上で、かれの気質と才能からすればごく自然に芝居を構成させたのであろう。才なくして高官の地位にある葛野麻呂、葛野麻呂が閻済美という絶対の壁にぶちあたってひしがれる姿、群衆、群衆は唐の大法をたてにとる閻済美の拒絶のために生存すら危ぶまれる環境に追いこまれる、事態が絶望的になったとき、橘逸勢か、それともそれに似た存在が、桂馬跳ねのような行動をおこして葛野麻呂にせまる、やがて無名の空海が登場して、事態を好転へ一変させるのである。空海はごく自然に現実に構成をあたえ、自分の進退をより劇的なものにしたが、もしかれにこの才能以上というべき才能がなければ、あるいはその存在は歴史にあれほど巨大な姿としてのこらなかったかもしれない。

ともあれ、一篇の文章が、閻済美の気持をまったく変えた。

待遇がかわり、

「ともかく、船上で過されよ」

と、すぐさま封印が解かれた。閻済美の葛野麻呂への態度が鄭重になり、長安へ問いあわせるあいだ、ご不自由でありましょうが、しばらく待たれたい、といった。食糧その他も、十分に支給されたであろう。下級の官吏や水夫などは、当然ながらこの急変を、奇跡や奇瑞といった神聖現象のように、感じたに相違なかった。以後、空海のまわりにつねにゆれうごいている神秘的な霧のようなものは空海を仰ぐ大衆がつくったものに相違ないが、そういう大衆の最初のひとびととしてこのときの湿沙の上の百数十人は存在したにちがいなく、かれらもまたその意味では歴史的な存在であったといえる。

閻済美は長安にむかって問いあわせの使者を馳《は》せのぼらせるとともに、葛野麻呂らのために仮の宿舎十三戸を急造し、住まわせた。この境遇の一変のなかで、これをもって、功力《くりき》、奇瑞、霊験という印象を持たなかった者はすくないであろう。

長安へ急派した使者が、三十九日を経て福州に帰ってきた。勅命があり、葛野麻呂ら一行を国賓として礼遇せよ、という。閻済美のもてなしはいよいよ厚くなった。

閻済美は、幾度も酒宴を設けて葛野麻呂ら以下、高等官以上を招待したにちがいない。空海もなりたての官僧であるために、高等官の末席に相当する。当然、出席した。たとえ葛野麻呂が空海を出席者名簿に入れ忘れることがあっても、閻済美のほうから要請したにちがいない。閻済美はすでに葛野麻呂からあの文章の起草者が空海であることをきいて知っていた。宴席における話題は空海が中心だったにちがいない。招ばれれば、葛野麻呂もお返しに招ばねばならず、宴席の交換が繁くなった。席上、当然ながら詩文の交換もあったであろう。空海の存在がどのようになって行ったかは、想像にあまりある。

あとは長安からの勅使を待つばかりである。

福州にも、文壇がある。

多くは官員がそのメンバーであり、一部、在郷の読書人や、富商も加わっている。どの州の州都における文壇もそうであるように、長官である刺史が文壇の頭目であり、たがいに詩を闘わし、または長安の文壇の消息を語りあったりした。

空海は、たちまちおおぜいの友を得た。閻済美の声がかりで、かれらの詩酒の会にも招待された。ひとびとは空海が一詩を作るごとに息を忘れるようにして歎賞した。

「長安でも、これだけの詩人は居まい」

と、飛びきりの讃辞をあたえた者もいたであろう。

かれらにとっての驚きは、人間の異能ということだったにちがいない。空海の母国は大唐とは民族、言語を異にする。さらには、文学において未開であり、顕《あら》われた者の名をきかない。事実、日本における文章の佳品というのはわずかである。空海の以前においては、『古事記』の序文も名品とされているようだが、ほかに淡海三船など数人の文章家がいるのみで、それも唐土にまではきこえるにいたらない。そういう文藻の伝統の浅い風土からこのまだ童顔をのこす僧が出てきて、唐土の海浜の砂を踏んだ早々に唐音をなめらかにあやつり、さらに空海にとって異国の言葉である詩文をつくってしかも秀逸であるというのは、人間の能力のまれに神に近くなるということを証拠だてるようで、ひとびとは空海に接していてときに気味わるくなることもあったにちがいない。

その座に、馬総《ばそう》という人物がいる。

馬総の名前は、『旧唐書《くとうじょ》』にあらわれる。字《あざな》は会元、諡《いみな》は懿《い》、父祖は扶風県より出た。科挙の試験に合格し、官歴は虔《けん》州の刺史、安南都護、淮西《わいせい》節度使、戸部尚書などを歴任したが、安南都護であったとき、いまの北ベトナム一帯の風俗が儒教化される上で大きな力を発揮した。さらには詩文に長じ、長安の文人とのつきあいが濃かったという。

馬総がこの章にとってただならぬことは、この福州の閻済美の宴で空海を見た人物だったからである。馬総の官歴のどの時代であるかはわかりにくい。あるいはすでに虔州刺史になっていたか。それなら閻済美と同僚で、たまたま福州に立ち寄ったのかもしれない。もしくは、閻済美のもとにあって次官でもつとめていたのであろうか。

この馬総が、空海にもっとも深く感歎した。

「人を驚かすものじゃないよ、小僧。……」

といった調子の、ややユーモラスな詩を空海のために作っているのである。

「馬総ハ一時ノ大才也」

と、『御遺告』にある。『御遺告』の筆者真済が、師匠の空海からきいた話を書きとめているのだが、この馬総と空海の挿話は空海が語るところの『御遺告』にしか出ない。『御遺告』では出会った場所が書かれていないのだが、あるいは福州でなく長安においてであったかとも思えてきたりする。が、ここでは、福州の閻済美の詩酒の宴においてであったろうと、筆者のことさらなる恣意ながら想像しておきたい。

その馬総の詩は、

何ぞ乃《すなは》ち、万里より来《きた》れる
其の才を、衒《てら》ふに非ざる可し
増々《ますます》学んで、玄機を助けよ
土人、子《し》が如きは稀なり

と、ある。意訳すれば、お前は何の目的あって万里のかなたより来たのかえ、まさかその詩才を衒《てら》うがためにきたのではあるまいな、いや驚いたことだ、ますます学んで深い道理を掘り出してもらいたい、土人よ、申しておくが、あなたのようなのは稀というべきだ、ということであろう。

「土人よ」

というところに、馬総のおどろきがこもっている。土人とは地方人をいうときもあるが、ここでは中華文明圏の外にあって俗を異にする民族を指しているとみたほうが自然である。

福州における空海は、要するに長安から閻済美のもとにくる命令を待つだけの人であった。たれしもがこの蒸暑くて居住環境の劣悪な福州を去って、長安にむかいたかった。万里の波濤をこえてやってきた遣唐使としての使命を思えば、こういう僻遠の地でむなしく日を消していることに堪えられなかった。

華北の長安と華南の福州の距離は遠い。

十月の末になり、福州の山河にわずかに秋の色がみえはじめたころ、長安の都から、存問の勅使が行列も美々しくやってきた。葛野麻呂以下はこの勅使をむかえ、

「覧《み》る者、みな涙を流す」

と、ある。倭人は奇妙なことに、悲しみのときのみでなく、よろこびにつけても泣く。

ところで、一行百二十人のすべてが長安へゆくわけではない。操船に関する役人、技術者などは、船にのこらねばならない。船を修理し、やがて明州（寧《ニン》波《ポウ》港）あたりに回航して、大使の帰りを待つのである。さらには、他の者も残る。長安にのぼるべき人数は、大使に随行する使節団のみで、誰を残し誰を長安にのぼらしめるかという名簿作成は葛野麻呂の権限ではない。

福州刺史閻済美の権限である。

やがて名簿ができあがり、葛野麻呂のもとにとどけられたのをみると、空海の名前がなかった。空海は福州にとどまれ、という。

こんどは、空海がおどろかされる番だった。かれが、その唯一の入唐《にっとう》の目的としている密一乗《みついちじょう》を学ぶというのは、長安においてでなければならない。かつてインドから密教僧が長安へゆき、法を伝えた。伝法の師も長安にいるはずだし、道具を多種類必要とするこの乗《じょう》（体系）にあっては、その道具を複製したり、模写したりするのも、長安でなければ工人が居なかった。長安に行けないとなれば、何のために唐へきたのか、意味をうしなってしまうのである。

なんのための削除か、と空海は理由を見出すのに苦しんだであろう。橘逸勢などは、

「ひょっとすると、陳琳にさせられるのではないか」

と、いったと思われる。

陳琳とは、二世紀から三世紀にかけての文章家である。とくに檄文《げきぶん》に長じていた。のちに魏の国を興す曹操が、まだ競争相手の袁紹と戦いをくりかえしていたころのことである。陳琳は袁紹につかえ、文章のことを司《つかさど》った。袁紹に命じられて書いた曹操を攻撃する檄文は陳琳一代の傑作といわれ、読む者のたれもが曹操をはげしく憎んだ。宦官は人のいやしむところのものである。曹操の素姓はその宦官を養祖父とし、悪口はその養祖父がいかに悪いやつであったかということから述べあげられている。

やがて袁紹がほろび、陳琳は曹操に降伏した。当然、人情としては殺されるべきところであ

ったが、曹操は殺さず、これを司空軍謀祭酒に任じ、こんどは自分のために文章をつくるしごとに従事させた。曹操自身、卓越した詩人だけに、陳琳の才を愛することが深く、「自分は頭痛がおこると、陳琳の文章を読む。読めば頭痛が去る」といったほどであった。

科挙の考試を合格して累進した唐の大官たちは同時に文人でもあったが、しかし誰もが常に人をおどろかすような文章が書けるわけではない。もし陳琳のような者を秘書にしていれば、官界の遊泳にひどく都合がいい。橘逸勢は、閻済美は空海を自分の陳琳にするつもりではないか、といったのである。

空海にすれば、冗談ではなかった。

(こんなばかな田舎に朽ちはててよいものか)

評判が裏目になって出たことに後悔もし、さらには閻済美の手前勝手さに腹も立ったであろう。

空海は、もう一度文章を書かざるをえなかった。こんどは葛野麻呂以下を救い出すためではなく、自分自身を救い出すためであった。閻済美という大官の心を、一文でもって突きくずさなければならない。

「日本国留学《るがく》の沙門《しやもん》空海、啓《まう》す」

と、空海は書いた。

「空海、才能聞えず、言行、取るなし。ただ雪中に肱《ひぢ》を枕し、雲峯に菜を喫《くら》ふのみを知る。時に人に乏しきに逢うて（人材のすくない時代にめぐりあったために）留学の末にまじはれり。限るに二十年を以てし、尋ぬるに一乗を以てす」

留学は二十年である。目的はあたらしい体系の探求にある、という。以下、任の重さに比して才能が弱《かよわ》く、このために寸暇を惜しんで勉めている、と型どおり書いた上で、新しい事態に触れる。

空海は、いう。いま、使者がきて入京が許されないということを承った。ご事情もあろうが、私としては国家から荷《にな》わされている大任がそれでは果たせない。……

一転して、空海は閻済美の人徳の高さを讃える。このあたり、歯の浮くような世辞で、空海そのひとの人柄とかかわりがあるのか、この時代の修辞の型に沿ったものなのか。

意訳する。

「中丞《ちゅうじょう》閣下」

と、よびかけ、

「閣下の徳は天心に簡《えら》ばれ、仁は近遠に普《あまね》くおよんでいる。老弱はみな袂《そで》を連ねて閣下の徳を頌《ほめたた》え、その声が路に溢《み》ちている。男女がみな手を携えて閣下の功をほめ、その声が耳に満ちている。閣下は皇帝の親任をうけて、外においては世間の風《ふう》をただし、内においては真理の道を淳《あつ》くきわめておられる。その道のことであるが、私はその道を弘めるために渡海してきた。

伏して願わくは、京に入ることを得しめよ」

閻済美は結局、空海を入京させることにした。橘逸勢のような男は、すねを挙げ、手を搏《う》って、空海のためによろこんだであろう。

入京する者、葛野麻呂以下、すべて二十三人である。

入京する二十三人の経費は、いっさいが唐帝国の側でまかなわれる。儒教は、長幼、宗支の別を、礼でもってあきらかにする。唐帝国は帝国の周辺の蕃夷が慕ってやってくれば、宗家としての礼でもって厚遇してやらねばならない。蕃夷が貢と称する土産の物をもってくれば、それに数倍のお返しをしてやらねばならず、かれらの中国内部における行旅の費用もすべてまかなってやらねばならなかった。費《ついえ》が、嵩《かさ》むであろう。歴朝はよほど盛時のときでなければ、国庫がとても保《も》たないとされる。

大使葛野麻呂には、七珍の鞍を置いた馬があたえられた。以下、全員の乗馬も支給された。空海も、馬上の人になった。

十一月三日、福州を辞した。

出発の朝は満天の星であり、行列のところどころに松明《たいまつ》の火が長く煙を曳きつつすすんだ。長安までは、唐の里程にして七千五百里である。

——第二船のひとびとはすでに長安に入っている。

ということを、空海らは存問使からきいて知っていた。最澄は長安をめざさず、まっすぐに天台山へむかったのだが、空海はそこまでは知らない。

ともあれ、この星天のかなたには、爛熟期の長安城が、空海らの啄《ついば》むにまかせるべく、その来着を待っているはずであった。

十二

長安までの道は、はなはだ遠い。

しかも、一行は旅程をきりつめていそぐ必要があった。かれらは福州での入国騒ぎで日を費《つか》いすぎてしまっている。正月の拝賀までに間にあうよう、できれば十二月下旬ごろには唐都長安に入りたかった。

大使藤原葛野麻呂《かどのまろ》以下、空海をふくめて二十三人が福州を出発したのは、初冬の十一月三日である。九十余人が福州に残った。かれら残留者は日本から乗ってきた船を修理し、明州（寧《ニン》波《ポウ》港）へ回航しておかねばならない。明春、三月か四月、大使らが長安を辞する。大使らの帰路は恒例により明州の港から出る。もっとも空海はこれにまじらない。かれは留学生《るがくしょう》であるために、長安に残留する。

福州を出た一行は、道をいそいだ。そのさまは、葛野麻呂の復命書にあるところの、

星ニ発シ、星ニ宿ス。晨昏《しんこん》兼行セリ（『日本後紀』）

という表現で、その強行軍が想像できるであろう。

どの道をとったかは、かれらは記録を残していない。「大師の入唐《につとう》」という桑原隲蔵《じつぞう》博士のすぐれた考証（大正十年、講演）があり、交通道路はほぼ一定している上に、いまもさほどに変っていない、という。中間目標として目ざさねばならないのは、杭州の町であった。杭州から、隋の煬帝《ようだい》が開鑿したという大運河が北にむかって出発している。福州から運河のあるその杭州までどのようにいそいでも、十七、八日はかかる。ほぼ陸行である。南方の福州は十一月でもなお温暖で湿度が高く、日中の騎行は汗で悩んだであろうが、しかし、北にゆくほど皮膚がかわき、朝夕の冷気も増して行ったにちがいない。

最初は、山路であった。福州一円の重畳たる山岳地帯を脱け出す方法は、閩江《びんこう》に沿う道をのぼってゆかねばならない。途中、雨が降れば道そのものが流れてしまい、馬の蹄を置く場所もなくなる。荷駄を運ぶ馬車がくつがえることもしばしばで、そのたびに一行は進むことをやめねばならない。唐の旅客は一般に雨をきらう。雨になればやむまで宿泊をかさねるのがふつうだが、唐土を旅する日本人はせっかちな癖《へき》があり、雨天もまた旅を行《や》る。とくに葛野麻呂の一行はさきを急ぐだけに、馬上で濡れそぼちながらも進んだはずである。人夫たちは、戦場へゆくようなこの強引な旅の仕方をきらったに相違ない。

「日本のやつめ」

と、蔭でいったかどうか。唐土の庶民は、日本《ジペン》という国名を知らず、むしろ倭国という国名のほうが知られていたようであった。商都の揚州あたりではイラン人やアラビア人の商人もきていて、日本のことを見聞することがあったらしく、アラビア人の地理書では、日本はワークワーク（倭国々々）という国名になっているという。揚州の地下《じげ》の者がそう称《よ》んでいたからにちがいなく、むろんこの口語は尊称ではありえない。蔑称にちかい。

ワークワークたちは、杭州から水行した。大運河に泛《うか》んで北上した。

中国の河川は、ほぼ西から東にむかって流れている。これに対し運河は東流する川と川をつなぐために南北に掘られていた。北上する旅人は、ときに川を上下し、ときに運河を風帆でもってさかのぼり、やがては揚州へゆき、洛陽へゆき、ついには長安にいたるのである。

——これこそ大唐なるものだ。

と、おそらく、橘 逸勢《たちばなのはやなり》などは、舷《ふなばた》をはげしくたたいてこの雄大な人工におどろいてみせたにちがいない。かれは、知識として隋の煬帝の事歴をくわしく知っていたであろう。煬帝は運河を掘るために数百万の農民を酷使し、やがて水が通ずると揚州と洛陽のあいだを竜船をうかべて往来した。船に美女と酒を積み、文字どおり酒池肉林の楽しみにふけって、これがためにほろんだ。空海らは、運河を往きながら、旧蹟を訪ねるような感懐も併せ持ったにちがいない。煬帝はべつに美女と船遊びをするためにこの空前の土木工事をやってのけたのではなく、元来が華北の乾燥地帯から興ったこの王朝が、豊かな江南の支配をいっそう強めるために南北の水路を通したのである。具体的には江南の官米をこの水路で北へ運ぶためであった。隋が倒れて唐が興ったが、唐は、皮肉なことに隋をほろぼしたこの運河のおかげで大いに繁栄した。煬帝は唐のために運河を掘ったようなものであった。唐のはじめはその朝廷は質朴で、官吏の数もすくなく、貞観の治といわれるその初期においてはわずか六百五十人ぐらいだったという。それが二十年後には一万三千人以上にふくれあがったというから、帝都長安に運びこまれる食糧や物資の輸送が大がかりにならざるをえず、そのためにこの運河の交通量が飛躍した。

水上で日をかさねて、揚州に達した。

「ぜひ、揚州を見たい」

と、橘逸勢がいったかどうか。唐の詩人は揚州の富裕と繁華を恋い、老年をこの町で送りたいとねがっていることを逸勢は当然知っていた。が、一行はさきをいそぐために揚州の見物どころでなく、水上からはるかに、岸辺に冬枯れはじめている楊柳、そのむこうの磚塔《せんとう》、富商の別墅《べっしょ》らしいいらか、そしてやがて黒ずんだ城壁などを望む程度でもって遊心を癒さざるをえなかったかもしれない。

「揚一益二、というのをごぞんじか」

と、船中で、橘逸勢が空海に話しかけたかもしれない。空海は漢籍や仏書だけでなく、小説のたぐいまで読んでいたから、この半雅半俗のことばも知っていたであろう。商都の殷賑の順序をあらわす。益は益州で、成都のことである。米をはじめ、江南の物資はすべてこの揚州にあつまり、ここから北方にむかって送られる。人口も、おびただしかった。

運河に沿って暮らしている市民たちの不潔さはおそろしいばかりであった。ひとびとは運河にむかってさかんに排泄するが、水はわずかにしか流れないために、それら排泄物はたゆとうている。犬猫の死骸もうかんでいる。その水を汲んで米をとぎ、米を煮、沸かして湯をつくる。船中にいるワークワークたちに与えられる飯も、この水を汲んだものであった。

「なんということだ」

と、橘逸勢などは、唐への慕情も醒めはてるような思いがしたであろう。日本人の居住環境には山河が錯綜し、清流清泉が多く、そのせいか、物をよく洗う習慣が定着し、さらには物や肉体を浄めること自体が宗教的作業であるというところまで高まってしまっている。揚州には、シーラー（新羅）とよばれる朝鮮人の居住者も多いが、かれらもまた唐人と同様、不潔をおそれず、物洗いに熱心でない。乾燥地帯からきたアラビア人やイラン人でこの揚州に定住している連中も、あるいはまた同様であったにちがいない。船中の日本人のみが、おびえた。

空海から三十四年遅れて入唐した天台宗の円仁も、揚州を通過している。円仁は、その記述の詳細さと人間の描写にも筆を吝《お》しんでいないということで世界的な旅行記だとされる『入唐《にっとう》求法巡礼行記《ぐほうじゅんれいぎょうき》』を書いたが、それによると、この水上の旅で、しきりに下痢患者が出た。

「赤痢を患ふ」

という、記述もあり、「人々、痢を患ひて」というくだりもある。

空海らも、あるいはこの水にあたって下痢をし、下痢に苦しむことによって、異境の中にいることの苛烈さを感じたにちがいない。円仁らは、多くの夜を船中ですごし、まれに岸へあがって官店（官営の宿舎）でとまったが、空海らの場合、夜もまた船を進めてゆくことが多かったのではないか。

船は櫓や帆で進むが、風を得ないときには、水牛のむれに牽《ひ》かせることもあったらしい。水牛は岸をゆき、綱をもって船を牽く。船は、冬が近づいている両岸の景色のなかを漫々とすすんでゆくのである。


汴《べん》州からは、陸路である。

そこでは、駅馬が用意されている。多くは騎乗せず、馬車に乗る。馬車の乗心地のわるさは、ほとんど殺人的といっていい。道路が轍《わだち》のためにえぐられ、波状になっている。その上を、弾機《ばね》を持たない車輪が、容赦なく乗りこえ、乗り落ちして進むのである。屋根には、麻の布が張られていて、四本の頑丈な柱が立っている。うかつに居睡りもできなかった。油断をするとその柱に頭をぶっつけ、脳震盪をおこす場合さえあった。尾骶骨が悲鳴をあげ、背骨がたえず撓《たわ》み、内臓が蕩揺して、食欲はまったくおこらない。

橘逸勢などは顔色をうしない、風景をみて感想をのべるなどの余裕が失《う》せてしまったにちがいないが、空海だけは平常のように元気であったに相違ない。この一行のなかで、体を鍛練した経験をもつのは空海だけで、かれは二十代いっぱい、山岳を踏み破って我流の修行をし、雨露に濡れて野宿することを絶えずやっていたために、筋肉の疲労することが他の者よりはるかに少なかったかと思える。

「あれが白馬寺だ」

と、たれかがいったとき、車を降りてさっさと歩きだしたのは、空海ひとりぐらいのものではなかったか。他の者は道端にうずくまって、地面という動かないものに尻をつけて体をすこしでも休めるのが精一杯だったにちがいない。

白馬寺は、洛陽の手前の小盆地のなかに建っている。後漢のころに建てられた。中国最初の寺とされるだけに歴世の保護があつく、その規模は雄大で、――明末には衰えたが――後漢のころ、この寺でかつて経典の翻訳もおこなわれたことがあるという。空海はひろい境内を一巡したり、十三層の土塔を仰いだりしたであろう。そのうち、一行が出発してしまったかもしれない。空海は駈けるともなく道をいそぎ、やがて追いつくという情景もあったかどうか。空海は体のなかに弾機が入っているように壮健であった。ひとびとはかつて福州で文章をもって自分たちを救ってくれた空海というこの頬のゆたかな、子供のような顔をした僧が、肉体的にもたれより健壮であることを知って、異人であるとの感を深くしたに相違ない。

白馬寺からわずかに東へゆくと、洛陽の町である。史書や詩書で多く謳われたこの町に入ったときは、葛野麻呂ら一行は疲れもわすれ、声をあげて感想を洩らしあったにちがいない。洛陽の城内を川がながれている。この川が洛水であることを知らない者は一人もなかったにちがいない。洛水に橋がかかっているのを見たとき、あれは天津橋《てんしんきょう》だ、と知識と現実が一致したことに手を叩いてよろこんだであろう。それほど、遣唐使の随員や留学・請益《しょうえき》の学生《がくしょう》たちは中国の文物にあかるく、すでに文字によって中国の名都のたたずまいは想像としてできており、その想像の風景がいま、大地に根をおろして城壁になって立ちはだかり、城門になって一行を吸い入れ、天津橋付近の雑踏になってひとびとの胸を躍らせるのである。空海ら一行は、この洛陽の官店で一泊したにちがいない。

空海は逸勢とともに、洛陽の町を散歩したかと思える。

空海は現象よりも哲学的思索を好んだが、逸勢は歴史を好み、しきりに洛陽をめぐる諸王朝の興亡を説いて、空海に詩的感動を倶《とも》にすることを求めた、という情景は自然であろう。洛陽は紀元前十一世紀に周の成王がここに都市国家をいとなんだとされているから、この繁華な町の歴史は、生きている町としては世界でもっとも古いかもしれない。

付近は低い山にかこまれて小盆地をなす。このため町の防衛もわるくなく、さらには流れが多く、市中を洛水が流れ、西方に澗水《かんすい》が流れ、東方にさらに河をめぐらしている。これらの川を通じて四方の物資がはこばれるという条件は、国都として他に類をみないほどの立地条件のよさといっていい。後漢の都でもあり、三国時代の魏もここを帝都にし、西晋もそうであり、さらに大唐帝国が興ると、長安を帝都とし、洛陽を副帝都とした。

「長安の食は、洛陽がまかなっているのだ」

と、あるいは空海はいったかもしれない。空海は強烈なほどに思弁的な人間ではあったが、同時に、同一人物の中にそれが同居しているとは思えぬほどに経済にあかるく、人間の営みのエネルギーがそこにあることを学ぶことなしに知っていた。このことは讃岐で大農場を経営する土豪の子であるということが多少その感覚の援けになっているかもしれないが、やはり天成の才であったにちがいなく、この才能はのちの空海の事業を大いにたすけることになる。

長安という巨大な消費都市が必要としている米は、すべていったん洛陽にあつまる。なぜなら、運河とそれに連絡する河川による官米の漕運は、杭州を起点とし、洛陽を終点としてきた。

もっとも空海のころはさらに漕運のための水運が改良され、洛陽から陝《せん》州まで水上運搬（途中、三門峡の難だけは山路を陸送）されるようになっている。

ともかくも、長安が餓えるときがしばしばある。ときに洛陽に米が山積みされていても、大雨がつづいたり、洪水があったりしたとき、米穀が長安まで運ばれず、運ばれてもわずかであるため、長安の米価が騰貴し、逆に洛陽の米価はやすく、この落差を利として巧妙な商業が成立する。漢民族をして商業感覚の発達した民族たらしめるのは、こういう経済社会の日常的な体験によることもあるであろう。

長安の米が乏しくなると、滑稽なことに、皇帝でさえ、群臣や宮嬪をひきいて洛陽にめしを食いにくることもあった。空海よりすこし前の時代の玄宗皇帝も、そのようにした。皇帝が洛陽に移ってここに長期間滞留すると、留守の長安では米価がさがるのである。その場合、長安から洛陽に移動するのは皇帝と群臣、宮嬪だけでなく、それらに付属した家族や陪臣、陪臣の家族、人夫、人夫の家族といったぐあいに、数万の人数の移動になる。長安の米価がさがるのは当然であった。

かれらは、長安へいそがねばならない。

途中、函谷関の嶮がある。函谷関の手前、二日行程ほどの低地に硤谷《せんこく》という寒村があり、車馬による行路難はこのあたりからすでに形容しがたいほどのものになる。濃い黄土色の道が山間を縫っているのだが、道は幾筋にもえぐられ、わだちが踊り、道路というより移動する人間に対する拷問道具といってよかった。馬車が転覆して人がほうり出されることも何度かあった。空海のように脚の達者な男は徒歩になったにちがいない。ただし、唐土では歩行者を卑しむ。人夫たちは空海をあやしの者としかあつかわなかったかもしれない。

函谷関への登り道は、さらにひどかった。路幅は馬車の車軸の長さほどしかなく、交叉ができない。たまたまくだってくる車があると、どちらかがひっかえさねばならない。あるいは、双方の車の人夫が鍬を持ちだしてきて路幅を臨時にひろげることもあった。半日かかって崖を削るのだが、削られた崖の足もとはひと雨でくずれ、うずもれてしまう。登るに従って、その崖が岩になり、鍬程度ではとうてい掘鑿《くつさく》できるしろものではない。人夫たちは数人が先行して駈け、前方に大声をあげつつ、函谷関の上のほうから車が降りて来ることを防ぐのである。

函谷関は、古関と新関とがある。初唐のころに新関ができたから、空海は新関のほうの道をとったにちがいない。旧関ならば、数多い歴史劇の舞台になった。老子がこの関所を通って西方へ去ったという伝説があるし、また居候を養うことが好きだった斉の孟嘗君《もうしようくん》が、この関所のむこうの秦から逃げだすとき、あいにく夜が明けておらず、関所の門が閉ざされていた。孟嘗君の食客のひとりが鶏の啼き声がうまかったのでそれに鶏鳴をまねさせると、四方の鶏が啼き、関所役人は門をあけた。一行は、その伝説を思い出したであろう。

巨大な峡谷の底にある硤谷から函谷関の関所まで二日行程で、関所を降りて平地に至るのに、二日かかる。平地のはじまりは潼関《とうかん》の関所からである。

潼関から三日ほど往けば、ようやく長安のハイカラな都市感覚が景色にまでにじんでいるところの驪山《りざん》の温泉にいたる。驪山はひくい丘陵をなし、長安街道はそのふもとを通っている。その林の奥に温泉が湧いている。玄宗皇帝がたてた華清宮もそこにある。

「あれを見よ、驪山ぞ」

と、橘逸勢などは、疲れをわすれて叫んだにちがいない。逸勢のように人交わりすることが困難なほどに狷介な男が、われを忘れて馬車から顔を突きだし、内面から笑顔を噴き出して上機嫌でいるのが、痛々しいほどであった。

玄宗皇帝とその寵姫楊貴妃との恋によって、驪山温泉は巷説の名所になった。玄宗は毎年十月から長安を離れ、この驪山の温泉場に避寒する習慣になっていたのだが、かれはそこではじめて楊家の美女を見た。玄宗五十六歳、貴妃二十三歳である。白楽天はその「長恨歌」でいう。

春寒うして浴を賜ふ、華清の池
温泉、水滑らかにして、凝脂《ぎょうし》を洗ふ
侍児の扶《たす》け起すに、嬌《けう》として力無し

ただし、この長詩の成立は元和元年（八〇六）で、空海のこの時期より数年後のことである。が、巷間、賜浴の噂がなまなましく伝えられ、空海は貴妃の肢体まで想像することができた。同時に、かれは欲念を観念に昇華させもした。自己訓練によるものだった。

「ああ、かの驪山だな」

空海はうなずき、逸勢の昂奮に応じてやったかもしれない。

帝都長安は、その北方に渭水《いすい》をめぐらしている。東郊には、灞水《はすい》が、南から流れてきて渭水にそそぐのをいわば外堀のようにしている。

空海らが街道を往き往ってやがて灞水の堤につきあたると、川にかぶさって長い橋がのびている。橋の長さは二町であり、日本にはこういう大がかりな橋はない。この橋の名も、逸勢は知っていたであろう。灞橋《はきょう》であった。長安城の春明門を出て、東へゆく者はかならずこの灞橋をわたる。灞橋のほとりには楊柳が多い。初夏には羽毛のような柳絮《りゅうじょ》が飛んで、流れの色の藍《あい》を背景とし、あるいははるか南のほうの銅人原《どうじんげん》・白鹿原《はくろくげん》の青を背景として、夢のような景色をかもし出す。長安から出て旅をする者は、この灞橋において見送りの友人知己と別れる。見送りの者たちは楊柳の枝を折って餞《はなむけ》にする習慣があった。空海もまた、二年後にそれを体験した。長安を去るかれのために長安でできた多くの友人たちがかれをこの灞橋まで見送り、楊柳の枝を折ってかれに呉れたのである。

日本の大使とその随員の一行は、車馬をとどろかせて橋をわたった。

灞橋を渡りきって、野の中の道を四キロばかりゆくと、そのあたりはすでに長安城の郊外である。

坂がある。

「長楽坡《ちょうらくは》」

とよばれていた。坂は長く、五、六百メートルもつづく。

坂の左右に、長途をきた旅人が最後の休息をとるための茶亭が何軒かならんでいる。旅人たちはここで旅塵をはらって長安に入るのだが、とくにこの一行のようにはるか東海の小さな王国から国使としてやってきた者は、長安の町の者に嗤《わら》われぬよう、ここで衣冠をつくろい、装束を涼やかにして長安に入らねばならない。江戸期における品川の宿《しゆく》に似ていた。

一行が長楽坡に着いたのは、すでに天寒く、十二月二十一日になっていた。

このときの皇帝は、徳宗である。かれは税制の改革でこそ失敗したが、大過のない生涯を送り、すでに老い、このとき死病の床にあった。しかし、東海の国から国使が長安に近づいていることを知り、恒例によって内使を派遣して長楽坡で出迎えさせた。内使は趙忠という者だった。趙忠は美々しく行装をこらした乗馬を一行の人数だけ用意し、長楽坡まで曳いてきた。いうまでもなく、この一行が大唐の都に入るにあたっての粧いを援けるためである。逸勢にも空海にも馬があてがわれた。

この趙忠ら出迎使が、葛野麻呂につたえた話柄《わへい》のなかで最大のものは、判官菅原清公や僧最澄が乗っていた第二船は、肥前の五島列島の西方の沖で各船ちりぢりになったあと、明州の寧《ニン》波《ポウ》の港に着き、先月の十五日に長安に入っているということだった。これほどの朗報はなく、一同のあいだで波のように感動の声がゆらめいた。ただし、第三、第四船はあの暴風の夜以来、消息はわからない。葛野麻呂は帰朝してから第三船が南海の孤島に漂着し、船をうしなったが人は溺れていないことを知った。第四船の消息はついに不明のままである。

空海は、最澄の消息について知りたかった。

かれは趙忠のそばに寄り、長安の官話で話しかけた、かと思える。趙忠はこの僧がうつくしい音《おん》で喋ることにおどろき、汝ハ我国ニ曾テ遊ビシヤ、ときいたであろう。空海はワレハジメテ入ル、と答えたにちがいない。趙忠は空海の質問に答えねばならないが、実は最澄の名も知らなかった。趙忠は自分の随員に問いただしたすえ、

「その僧は、長安には入らなかった。かれは一行とともに明州に上陸したが、疲労がはなはだしく、しばらく医者の手当をうけて休養した。そのあと一行は長安にむかったが、最澄とその随行の僧のみは明州で別れ、そこから天台山にむかった」

と、答えた。

なるほど最澄のめざすところは長安ではない。目的が天台の教学と経典の招来であったために、天台山に直行するのが当然であった。天台山は、台州にある。明州から台州へは十日ほどで行ける。となれば最澄はすでにその教学の伝授をうける作業に入っているはずであった。空海はそれをきいてあせりを感じたかどうか。

あるいは、長安の華美を見ようともせず明州から台州へ直行した最澄の生真面目さに内心おどろいたかもしれない。

長安城は、東西の両街、一百十坊という世界第一の大都会で、遠国からの使節団はすべて東壁をめざして迫る。望めば、東壁は黒ずんだ煉瓦を積みあげて地平線を劃し、その壁に三つの門が穿《うが》たれている。その中の門が、一行が入る春明門である。

春明門を入った場合の景色の特徴は、いきなり庶人が雑踏する坊《まち》ではないということである。そのあたりは閑静で、官庁街に屋敷町を兼ねたぐあいの坊であった。人通りもすくなく、たまに往来する人は貴人や官人が多い。門を入った右手に楼門がいくつもそびえ、長壁にかこわれて、いらかの大きな屋敷が幾重《いくえ》にもうねっている。この坊の名は興慶坊だが、坊全体が離宮になったために興慶宮という。かつてはここは王子たちの宮殿として使われていたが、玄宗の代になってここに定住して政務をも見たため、大いに工をおこし、輪奐《りんかん》の美が、おそろしく厚手に加えられた。この玄宗の建築道楽が大臣や富豪に影響し、かれらも競って工事をおこし、第

邸を壮麗にした。この傾向は玄宗の末期から現帝の徳宗のはじめにかけてがもっとも甚しく、心ある者はこれを、

「木妖《もくよう》」

とよび、時代の衰兆をかぎとった。しかしながら空海が長安に入ったのはこの木妖時代が終了して、その成果のみが坊々に燦然とかがやいているときで、いわば長安の都市美の爛熟期であったといっていい。空海の側からみれば、外国人であるために木妖を憂える必要はなく、ひたすらにそれを讃美すればよかった。空海が長安の都市美が最高潮を保っているときに入ったというだけでも、かれについてまわる幸運がここにも息づいているということができるであろう。

十三

空海は、すでに長安のなかにいる。

歴史の奇跡といえるかもしれない大唐の長安の殷賑を、どう表現していいか。空海の幸運は、生身《なまみ》でこの中にいたことであった。かれはこの世界性そのものの都市文化の中で存在するだけで、東海の草深い島国にいるときに観念でしかとらえることができなかった文明とか人類とかというものを、じかに感得することができたにちがいない。ちなみに、空海は、ながい日本歴史のなかで、国家や民族という瑣々《ささ》たる（空海のすきな用語のひとつである）特殊性から脱けだして、人間もしくは人類という普遍的世界に入りえた数すくないひとりであったといえる。その感覚の成立は、あるいは長安というるつぼを経なければ別なものになっていたのではないか。

当時の長安という、東西文明の交流点を視覚的に再現しようとする努力は、大正期に桑原隲《じつ》蔵《ぞう》博士によってわずかにおこなわれたのが、最初であったであろう。昭和に入って石田幹之助《みきのすけ》博士が『長安の春』として発表し、逐次増補された。これによって、盛唐前後の長安においてどのような都市生活が営まれ、どういう異質の文化が流れこんでいたかが、みごとに視覚化された。そういう面での記録がのこされることはまずありえないために、石田博士は『旧唐書』『新唐書』などの正史のなかでその片鱗をひろってゆく作業のほかに、『全唐文』や『全唐詩』からそれらを採集して、一個の都市を再現するという創造性に富んだ仕事をされた。

その『長安の春』の巻頭をかざる韋荘《いそう》（八三六〜九一〇）の同題の詩を、この稿でも引かねばならない。

長安二月、香塵多し
六街《りくがい》の車馬、声、轔々《りんりん》
家々《かか》楼上、花の如き人
千枝万枝、紅艶《こうえん》新たなり
簾間《れんかん》の笑語、自ら相問ふ
「何人ぞ、占め得たる長安の春」と
長安の春色、もと主《あるじ》無し
古来、尽《ことごと》く属す、紅楼の女

如今《いま》、奈何《いかん》ともするなし杏園《きやうゑん》の人
駿馬軽車、擁し将《も》ちて去る

空海が長安に入ったのは、この詩のような二月ではなく、十二月も押しつまった二十一日である。山野に春草が芽ぶいて風のかおる香塵の季節でこそなかったが、「六街の車馬、声、轔々」という街衢《がいく》にかなでる都市そのもののリズム、あるいは華麗な色彩をまじえた喧騒、または人の往来《ゆきき》のめまぐるしさといったものに変りがあるはずがない。空海は、この街衢を、紅毛碧眼の西域人が革のコートを着、ひざをおおう革長靴をはいて悠然と歩いている光景におどろいたにちがいない。

「胡人。──」

橘逸勢などは、息を詰めて見送ったであろうか。

宿舎は、本来ならば鴻臚寺《こうろじ》でなければならなかった。

鴻臚寺は、国立の外賓用の大宿舎のことで、鴻臚とは外国人のことをつかさどる官のことであり、寺とは役所、建物のこと。寺の文字が僧院を意味するようになったのは漢の明帝のころからで、本来の字義は館《やかた》というほどの意味であった。財貨の政令をつかさどる役所を太府寺といったようなものである。鴻臚寺──鴻臚館──の建物は壮麗である。規模は大きく、百人以上の収容能力があったろうか。なかに入ると、区劃がわかれていて、大食《アラビア》の国使とその随員が泊まるところ、胡《イラン》のそれらが泊まるところは寝所はベッドになっていて、床《ゆか》は靴のまま歩く。新羅や日本のそれらが泊まるところは、床の上に坐し、あるいは臥《ふ》せられるというふうに、その国々の生活様式を尊重してしつらえられている。

が、葛野麻呂《かどのまろ》一行が長安に入ったとき、宿舎は鴻臚寺ではなかった。鴻臚寺が建物の補修でもしていたのか、それとも満員だったのか。後者に相違ない。この時期、『旧唐書』に、

十二月、吐蕃《とつばん》、南詔《なんせう》、日本国、竝《ならび》ニ遣使朝貢ス

という記事が出ている。吐蕃（チベット）は当時の唐の朝廷からみれば日本より大国だったらしく、宮中序列も日本の上席におかれる。南詔は雲南地方の新興国（チベット・ビルマ語族の国？）で、使者の数も多かったであろう。このため葛野麻呂が到着したとき、鴻臚寺は満員だったとみていい。

日本国の大使以下が案内されたのは、宣陽坊という坊《まち》にある官宅（公館）であった。大使以下、高等官がこの官宅の部屋々々に泊まる。ただし従者はべつに宿舎があてられる。空海は身分こそまだ卑《ひく》いが官僧であるがために、官宅にとまった。逸勢も、同様であった。あるいは逸勢と同室ではなかったか。

到着早々は、かれらはこの帝城の見物もろくにできなかったにちがいない。

なぜなら、年末に着いてほどなく元旦をむかえたが、その正月の二十三日、今上皇帝《きんじょう》である徳宗が六十四歳で崩じたのである。このため葛野麻呂は、多忙になった。二十八日、帝の死を悼《いた》むために素衣冠《そいかん》を着け、宮城の正面の中央門である承天門において仗《じょう》を立てた。空海もおそらく列にくわわったであろう。この日、太子が践祚《せんそ》したが、長安の都は喪に服しているために平素よりしずかであった。国賓である葛野麻呂一行も、官宅を出てうろつくことを憚《はばか》らねばならなかった。「使院（官宅）において朝夕、挙げて哀みたり」という葛野麻呂の報告の一部が『日本後紀』に採録されている。この時代の日本の人情はなお質朴であったために、葛野麻呂は異朝の皇帝の死をかなしみ、本気で籠居したかと思える。空海なども、諒闇の坊をうろつくことは遠慮したであろう。

この正月がすぎ、二月になった。

「早く長安を辞さねばならない」

と、葛野麻呂はしきりにいっていたにちがいない。長安に長滞留すればよかりそうなものだが、国使は所定の儀礼がおわればできるだけ早く去るのが、唐朝への礼というものであった。宿舎を塞《ふさ》いでいる上に、接待のために唐の係官多数を疲れさせている。客としては、早目に辞さなければならない。かえりみれば、遣唐大使の役目というのはまことに殺風景なものであるといえるであろう。とくに葛野麻呂は思わざることに唐朝の喪事に出遭ってしまい、有名な長安の歓楽街にも出入りできなかった。かれは、自分のための接待役をつとめてくれている宋惟澄という人物に、辞去を許されるよう、正月のおわりころから願っていた。それがゆるされ、二月十日、長安を辞することになった。唐の朝廷からおびただしい答信の品々がとどき、新帝から勅もくだされた。勅の内容は、存外、懇篤なものである。

「卿等、本国の王命を銜《ふく》んで遠く来りて朝貢した。たまたま国家の喪事に遭ったが、どうかゆるゆると帰郷せよ。あまりに卿等が早く帰りたいというがために、ここに祝儀の品々をあたえ、兼ねて別れの宴も設ける。よろしくわが意を知れ。本国にかえれば、このたびの国喪のことを伝えよ」

この勅のように、送別の宴が設けられた。

帰路は、明州の港から海に泛《うか》ぶ。その明州まで、王国文という高官が勅使となって葛野麻呂らを送ることになった。

事、畢《をは》ツテ、首途《かどで》ス

と、『日本後紀』は葛野麻呂の長安出発を簡潔にのべている。滞京五十日そこそこでかれは長安を去り、三月二十九日、越州（いまの浙江省紹興県）に至った。そこで勅使王国文と別れ、やがて明州に着いた。往路、かれの乗船だった第一船が福州から回航されてきており、さらに判官菅原清公や最澄らが乗ってきた第二船も、ともに舳艫《じくろ》をつらね、帆をつくろって、かれを待っていた。五月十八日に出帆し、六月五日、ぶじ対馬の港にたどりついている。

空海と逸勢などの留学生《るがくしょう》は、長安に残された。

葛野麻呂ら一行が、東にむかって長安城を去るとき、それを見送るべく空海も逸勢も、東への旅人がくぐるべき春明門を経て郊外へ出ている。往く者も騎行し、送る者も騎行している。十里舗にいたれば右に折れる。次いで滻水《さんすい》にいたる。滻橋《さんきょう》をわたり、やがて灞水《はすい》をわたる。灞橋《はきょう》というこの長い橋の橋板をゆるやかに踏みとどろかせてわたるうち、対岸の堤に淡い緑が霞んでいるのを馬上からみて、あらためて冬が去りつつあることにおどろいたであろう。

長安二月、香塵多し

という詩句が、たれの脳裏をも占めたに相違ない。

満堤の楊柳が芽ぶきはじめていた。空海たちは楊柳の根元に馬を寄せ、長安の風習にしたがってその枝をいちいち折り、灞水から吹きあげる風のなかで、葛野麻呂や副使石川道益にそれを手渡し、一路の平安を祈ったにちがいない。前途に海上の旅がひかえているために、生別は死別を兼ねるかもしれない。この時代、人は涙もろかった。漢民族は存外豪宕《ごうとう》な神経をもっていたが、海東の倭人の心は嫋《たおや》かであった。送られる葛野麻呂は馬上で泣き、見送る逸勢のような男は、感情が過剰なだけに、風の中で涙を噴きつけるようにして泣いたにちがいない。空海はかれの人《にん》を想像すると、おそらく泣かなかった唯一の人物かもしれない。

空海が馬を葛野麻呂にすりよせると、葛野麻呂は、

「入唐《にっとう》するや早々、さらには長安に入ってしばしば、貴僧の文章に救われた」

と、感謝をこめて言ったにちがいない。

たしかに、滞京中も、空海は大使葛野麻呂のために文章を代作した。滞京中、葛野麻呂は諸蕃（倭人もまた諸蕃だが）の国使とも、交渉しなければならない。新興の渤海国からも、国使がきていた。国使は元瑜《げんゆ》という王子であった。葛野麻呂は長安を離れるにさいし、この王子に手紙で別れを告げるために空海に代作してもらったのである。その文章は、本来なら湮滅してもやむをえないところであるが、空海は丹念な男で、その草稿を篋底《きょうてい》にのこしておいた。そのため、われわれは千百七十年前の文章をいまも読むことができる。文章は、空海の文体の特徴であるところの、たとえば華麗な蝶の毛ぶかい胴を小指でかるくおさえて、はねの鱗粉《りんぷん》を舞いあがらせているような感触がある。

葛野麻呂は、

「郷国に帰れば貴僧の文章の貴《たか》さをよくよく報告しておく」

と、多分、いったにちがいない。高官がこの種のことをいう場合、ひどく恩着せがましい感じになる。その郷国とやらの宮廷は葛野麻呂の一門の藤原氏によっておさえられ、逸勢の出自《しゅつじ》である橘氏も往年の勢威がなく、空海の出自である佐伯氏にいたっては、かつて佐伯今毛人《さえきのいまえみし》を出しながらも、いまやいかに英才でも公卿の位にまでは昇りにくくなっている。そういう背景から考えて、空海も逸勢も、葛野麻呂のこの言葉ににわかに俗臭を感じ、不快だったにちがいない。

大使藤原葛野麻呂は、去った。

帰路、空海は逸勢と馬をならべて、早春の長安の郊外を楽しんだであろう。逸勢は風を大きく吸いつつ、

「空海よ、俗吏は去った。長安はわれらがものだ」

と、いったのではないか。いかにも実感のひろがりの中でいったに相違ない。きょうまでおなじ国の吏僚たちとおなじ言語を喋り、おなじ官宅で起居し、随員として窮屈な秩序の中にいたために、長安の印象は拡散して、胸の中に入って来ないもどかしさがあった。きょうからは、宿舎もかわる。逸勢は国子監《こくしかん》が指定している寮に入って大学へ通う。空海は、延康坊の西明《さいみょう》寺《じ》に用意された一室に荷物をまとめてひきうつるのである。

「長安は、きょうからわがものだ」

という実感が、空海の胸にも満ちてきたであろう。

道をゆくと、路傍の冬枯れの草のあいだに、青い韮科《にらか》の草が点々と群れ、その青は野にもひろがり、丘にもひろがって、春の粧《けわ》いのさきがけをなしている。そのみじかい草が早くも茎ごとに小さな花のつぼみをつけているために、このように風が薫るのであろう。

帝城の男女、士庶はことごとく春を待ちかねる。

正月の半ばごろはなお零下にさがる日が多いのだが、それでもなお探春のために山野へ出てゆく。すでに二月十日というこの日は、春を見るがための車や騎馬が、しきりに空海と逸勢のそばを通ってゆく。

かなたの丘を、白馬でくだってくる貴公子もあったであろう。この情景を空海とともに感ずるには、李白の「少年行」を借りねばならない。

五陵の年少、金市の東
銀鞍白馬、春風を度《わた》る
落花、踏み尽して、何《いづ》れの処にか遊ぶ
笑つて入る、胡姫《こき》、酒肆《しゆし》の中

この詩は、帝城の城内での情景だが、郊外の探春において、銀鞍白馬の少年に遭うこともしばしばだったにちがいない。

あるいは、騎行の少女に遭ったか。

長安の若い婦人は、騎馬を好んだ。それも流行として好んだ。流行は性的魅力とつねに無縁でないが、それらは西域からきた紅顔碧眼の胡女たちがもちこんできたものとされる。この時代、長安の婦人の流行は、保守的な老人がなげくほどに西域の婦人の衣装をまね、所作をまねた。身に白い軽羅をまとい、紅裳をひるがえし、髪をつかねて帽子をかぶり、脚は長靴でかため、肥馬に騎って野を駈けるという風俗を、空海はおどろきをもって眺めたにちがいない。

「僧になったことを悔いぬか」

と、逸勢が空海をからかったかもしれないほどの美女が、空海のそばを通りぬけてゆくこともあったであろう。

あるいは、胡女の騎行にも、出遭ったかもしれない。

唐朝の祖に異民族の血が入っていたせいか、あるいは唐の皇帝は同時に周辺の民族から「天可汗《テングリハガン》」として推戴されていたせいでもあるのか、この王朝には人種差別の意識がまったくないといってよかった。異民族もまた高官に陞《のぼ》る例が多く、さらには唐の士人をあげて異国の文物を珍としたため、この長安には各地からきた非漢民族が多く住む。長安の都市人口は百万人（外山軍治氏推定）といわれるが、その一パーセントが、異民族であった。とくに、容貌と文化を異にする西域人が、この帝城の都市文化にもっともつよい異彩をあたえている。

胡人という言葉は元来漠然と異民族をさしてきたにおいがある。が、唐の詩人が長安の都市風俗を詠むばあいに用いる胡女、胡姫、胡旋舞、胡酒、胡食というふうな場合の胡は、白皙の西域人およびその故郷をさすことが多い。「鬈髪《けんぱつ》の胡児、眼睛緑なり」という李賀の詩は、そういう容貌の少女が、夜、高楼にのぼって高く膝をたて、月にむかって横笛を吹く情景を描写している。一声、天上より来《きた》るに似たり、月下の美人、郷を望んで哭《な》く。長安の詩人の詩情をそそるのに、彼女たちは好箇の存在だったであろう。その風俗だけでなく、その音楽も長安のひとびとをつよく刺激した。家々では胡楽を学ぶ、ということが流行していたらしく思えるし、胡楽の調べをいたるところで耳にすることができた。

こういう刺激に、空海が鈍感だったはずがなかった。この刺激がかれの内部に入りこんだとき、かれの思想にどのような影響をあたえたかは、痕跡が明瞭でないが、すくなくとも空海は体中で世界というものを感ずることができたであろう。

空海は葛野麻呂を見送って帰ると、すでに取り決められていたように、きょうからの住まいである西明寺にむかったにちがいない。

その道筋を具体的に想像すると、いったん宣陽坊の官宅にもどり、そこで荷物をとりまとめ、官宅の役人のもとにゆき、

「では、西明寺に参ります」

と、報告したに相違ない。役人のほうで荷物かつぎの人夫をよんでおいてくれたであろう。荷物が一輪車に積まれて、市街をゆく。

長安の東西両街、一百十坊。街路は広く、車馬はしきりに往来し、道路の両側には楡《にれ》、槐《えんじゅ》、楊柳などの並木がつづき、枝々はなお寒い風にためらいながらも春を招んでいる。中国人は都市設計の先覚的民族だが、街路に並木を植えることは早くも春秋戦国のころから見られたといわれる。長安の並木の槐は老い、その樹相はみごとであった。天を蔽うほどの巨樹が多く、それらの樹と樹のあいだにみえる殿舎、商家、民家のいらかや壁は樹によって映え、いよいよあえかに感じられた。

長安という、この世界第一等の帝城は、北から南へ走る朱雀大路によって左右（北からみて）に分かたれる。左京（東）五十五坊、右京（西）五十五坊。左京は主として屋敷町で、右京は主として酒楼、商店、民家のひしめきあう町である。空海がいままでいた宣陽坊は左京にあり、従って貴族や大官の屋敷が多い。この宣陽坊の官宅に入ったとき、長安についての書物の上での知識の豊富な橘逸勢などは、この宣陽坊は楊貴妃の実家の楊家の屋敷があった坊《まち》だ、といったはずである。宣陽坊の坊だけで、貴族や大官の屋敷が二十一もあった。

空海はそのしずかな坊を離れて、雑鬧《ざっとう》の庶民街へ移ることになる。

途中の坊々の景観は、歩一歩、空海の好奇心をそそらずにはおかなかったに相違ない。

右京延康坊の西南角の敷地を大きく占める大唐第一の巨刹西明寺の壮麗さは、空海があらかじめ想像していたよりもはるかに雄大だったにちがいない。もと、隋朝の高官の屋敷あとであった。唐朝第三世の高宗のとき、玄奘三蔵が勅を奉じてその結構を決めた。

インドから経典をもたらして帰唐した玄奘は、唐朝の上下から神秘的なほどの尊崇をうけていたが、帰唐後のかれは地味な経典翻訳に没頭した。西明寺を建てよと命ぜられたのはその晩年で、なお経典翻訳が完成するに至っておらず、そのことに焦慮していた玄奘としては多少迷惑の気味もないではなかったはずである。しかし玄奘はこの寺を設計した。設計するについては以下のような主題をもっていたであろう。兜率天《とそつてん》の弥勒菩薩の宮殿を地上に再現してみようということであった。玄奘は厳格な実務家であったが、同時に空想を造形化できる天才のもちぬしであり、そのための発酵のたね《い》になるものが、玄奘自身が見たインドの舎衛国《しゃえいこく》の祇園精舎である。この祇園精舎は兜率天の内院を模したということを玄奘はインドにいるときき いたが、かれはさらに経典の詩句から兜率天の宮殿をあれこれ想像し、それをインド風でなく唐風の建築として翻訳しつつ、雄大で精緻な設計構想をつくりあげた。仏法を、言語を通じてだけでなく、いつかそれを視覚化してみようという意図が玄奘にあったのであろう。その施工にあたっては盛唐のゆたかな国庫が背景にあったことを思うと、西明寺の出現は人を得ただけでなく、歴史的な時をも得ており、ながい歴史時間のなかで、仏教寺院として西明寺の規模を越えたものはついにない。

——それでも、兜率天の内院にはとても及ばない。

と、玄奘はいったであろう。経典にある兜率天の内院は、三十六院あるという。西明寺はその一院を模したのみである。ついでながら、奈良朝の奈良にたてられた日本の大安寺はこの西明寺のうちのほんの一院を模しただけであったが、それでも当時、大安寺に及ぶ寺はないといわれた。空海は奈良にいるとき、大安寺を足場とし、大安寺の僧から多くの指導をうけ、その経蔵の経典を読む便宜をあたえられていた。空海にとって大安寺は母校のようなものであったが、その本寺ともいうべき長安の西明寺にかれは居室をもつ縁にめぐまれたのである。この一事だけでも、空海の心を昂揚させたであろう。かれの生涯には、この種の、なにか奇妙な縁のようなものが多い。

空海がその門前に立つと、あたかも都城に入るような思いがしたであろう。寺域のまわりは、唐の里数で、数里ある。その寺域を囲む塀ぎわに槐の樹がびっしり植えられ、牌門を入ると、棟の数四千といわれる境内は、一つの都市といっていい。都市に住む僧のための生活施設も完備している。境内を流れる清流から水をひいて汚物を流すようにつくられた流厠院、洗濯所である仏洗衣院、縫裁所である仏衣服院、医薬をつくる仏医方院、浴殿である浴室院、食堂である仏食院、それに病院が二つあり、一つは聖人病院といい、一つは仏示病院という。この大空間のなかに塔や楼がいくつもそびえ、空海は最初楼門を入ってすぐ目の前にそびえていた三重楼の大きさにおどろいたが、往くにつれてそれらが幾つもあり、五重楼もあれば七重塔もあった。七重塔の西側には巨石を組んだ鐘台がおもおもしくうずくまり、塔の西には経台があった。

やがて空海は、寺務を司る僧によって、かれの居室に案内された。この棟は中央に廊下がとおり、部屋ごとに観音扉がついている。入ると、部屋はほぼ正方形にちかく、後の中国家屋のような土間と高床といった感じではない。床《ゆか》一面の板敷で、壁は黄土で塗られ、南に窓が明いている。

「あなたは、ここに二十年おられることになります」

と、案内の僧がいったかどうか。

空海は留学生《るがくしよう》であるために、二十年が年期になっている。遣唐初期のころの留学生の留学期間はひどく長く、義徳という僧は三十八年、僧道光は二十五年といったふうで、文官もまた長く、吉備真備《きびのまきび》などは十七年であった。みな、長安で老いる。

(そうは、しておれぬ)

と、空海はおそらくおもったにちがいない。この計画性に富んだ男が、二十年分として貰っている経費を数年で集中的に費うことによって実効を大きくしてみようという意図を秘かに抱いていたらしいということは、すでにのべた。

この部屋に入ったとき、そういうことよりも、ほかに大きな感銘が湧きあがることがあったはずである。この部屋の先住者も、やはり日本の僧であった。永忠《ようちょう》といった。永忠は在唐三十年の人である。

永忠は秋篠氏の出で、山背《やましろ》にうまれた。秋篠氏はもと土師《はじ》氏で、土師氏が上代以来葬礼をつかさどる氏族だったことをきらい、その氏の族のうちの一部が、朝廷のゆるしをうけて秋篠氏を称した。この氏の長者の姓《かばね》が宿禰であることをみると、多少の有力者だったにちがいない。『続日本紀』の延暦元年の項に、秋篠宿禰安人《やすと》という者が、改氏についての上奏文をたてまつっているのが出ている。永忠の父か兄であろうか。永忠は、『元亨釈書』によると、「宝亀ノ初《はじめ》、入唐留学シ、延暦ノ季《すゑ》、使《し》ニ随ツテ帰ル」とある。宝亀年間のはじめといえば七七〇年代で、このころには遣唐使船が渡唐していない。永忠はおそらく私船に投じて渡海したのであろう。延暦の季、使に随って帰る、とは、要するに、この二月十日、長安を離れた葛野麻呂の一行に随って帰ったのである。当然、空海は長安東郊の野の灞橋《はきょう》まで一行を見送るとき、この永忠とも十分会話を交わす時間があったと思われる。

「よく励まれよ」

と、永忠が、先輩として空海にいったにちがいない。『元亨釈書』に、永忠という人は「威儀ヲ摂《せつ》シ、斎戒欠クルナシ」と書かれているから、身の痩せた、篤実そうな人柄が想像される。

唐にあっては三論をきわめたというから、とびきり思弁的な人であろうか。さらに在唐中、声明《しょうみょう》などの仏教音楽を修得し、帰国のとき幾種類かの楽器ももち帰った。音楽が好きであったろうと考えざるをえない。ついでながら永忠は帰国すると、当時、官寺としてあらたに建てられた近江の梵釈寺の主として迎えられ、のち、奈良に移った。さらについでとして触れるが、空海は帰国後、この永忠と親交をあつくした。永忠は晩年、朝廷から僧綱《そうごう》の職につくようにという内意があった。僧綱とは、全国の僧尼を行政的に統轄するやや俗職くさい職で、宗務大臣といっていい。永忠はこれをことわるために、その上奏文の起草を空海にたのんだ。在唐三十年というこの三論の権威でさえ、漢文の文章力は空海におよばなかったことを証拠だてている。その文章が、空海の文集である『性霊集』に載せられている。朝廷はその文章によって、永忠の歎きをなっとくした。ところで、その勅答文もまた空海が朝廷のために代作しているのである。その代作の勅答文も、空海の『性霊集』に載っている。なにやらふざけたような話だが、いわば近代の厳格趣味からみればけれんに類するようなことでも平然とやってのけるところに、空海の人柄の一部はあったと考えていい。

「永忠和尚は書物ばかりを読んでおられて、いつもそのあたりにすわっておられた」

とでも、寺務の僧は言って、床の一点を指したろうか。その床の一点は、心なしか、しみともつやともつかず、黒ずんでいたであろうか。

空海には、永忠のように書物の虫のようなところはない。かれはとほうもなく抽象的思考力にめぐまれている一方、並はずれて現実に対する好奇心がつよく、しかも詩文を愛するという、一通りの仏徒からみれば浮華とも映るところがあり、この浮華の虫が、かれを永忠のように、この一室で尻の下の床の饐《す》えるまですわりつづけるということをさせなかったにちがいない。かれがこの西明寺の一室に住むようになってから数ヵ月間、その消息がよくわからない。何をしていたのか。『御請来目録』には、

爰《ここ》ニ諸寺ヲ周遊シ、師依《しい》ヲ訪ヒ択《えら》ブ

とある。要するに、長安のまちをほっつき歩いていた、ということらしい。

かれの入唐の目的は、純粋密教の体系を組織的に学びとることであった。そのための長安における師ということになれば、常識としてはさがすには及ばない。密教の正統の道統を承《う》けている恵果《えか》がいる。恵果ひとりであることは、当時、密教に縁のある僧ならたれでも知っていたし、空海そのひとも知っていたにちがいない。本来なら、西明寺の宿舎に荷物を置くや、まっすぐに恵果のところへ行くべきだったであろう。しかし、空海はゆかなかった。

空海が西明寺へ行って止宿するのは二月十日で、恵果を訪ねるにいたるのは、五月なのである。この間《かん》、想像するに、かれは長安の早春、爛春、晩春を充実して楽しんでいたであろう。ふりかえってみれば、そのあたり、最澄とのちがいが、滑稽なぐらいでさえある。最澄は入唐するや、長安にもゆかず、ただちに台州へ直行した。そこで天台の体系を得るや、追われるように明州の港にもどって帰りの船にとび乗っている。いかに期間のみじかい還学生とはいえ、息のつまるような日程である。

それにくらべれば、どうやら空海は閑々とした日々を送っているようでもある。

十四

大唐の長安、延康坊、西明寺。

空海はここに住み、日々、町に出てはここに帰る。かれはたしかに日々、町に出たであろう。青と丹《に》にいろどられた長安の殷賑は、人類の宝石のようなものといっていい。


長安は、左京は屋敷町であるために人通りも閑散としているが、右京は商家が多くつねに雑踏していた。かれの住む西明寺のある延康坊は右京で、喧騒のちまたである西市にちかい。遠く西域から荷を運んできた商隊が駱駝の背の荷を解く場所も西市であり、ペルシアうまれの少女が露天で人をあつめて舞踏をしてみせるのもこの西市であった。西胡の娘たちは桃色に息づくからだを軽紗でつつみ、つまさきを立ててはげしく舞う。胡旋舞といった。ときに天をつかもうとするように鋭く跳ぶ。胡騰舞とよばれる。舞う娘を、長安のひとびとは胡旋女とよんだ。

胡旋女、胡旋女、心《しん》は弦に応じ、手は鼓に応ず、廻雪飄々《へうへう》、転蓬《てんぽう》のごとく舞ふ。左旋、右転、疲るるを知らず、と白楽天は歎じ、元稹はその舞うさまを「回風乱舞、空に当つて散ず」と詠み、李端はその容姿を「肌膚は玉の如く、鼻は錐《きり》の如し」と表現した。空海もおそらく群衆にまじり、伸びあがって、紅暈《こううん》の軽巾をまとった娘たちの舞いを見たであろう。

空海は生涯不犯《ふぼん》とされたが、そのことは女性への関心が薄かったということにはならず、むしろかれほどそれをはげしく内蔵していた者もまれではなかったかと思われる。花弁に粘液をふくんだようなその文章の独特の装飾性といい、男女の愛縛を菩薩の位であるとする理趣経をもって密教の主要経典にしたあたりといい、かれをもって枯淡の人ということはできないであろう。かれは性の具体的世界にこそ泥《なず》まなかったにせよ、泥む以上の執拗さをもってその世界を昇華させ、その昇華作業こそ即身成仏の道であるとした男だけに、胡旋女をみて、見ることによって胡旋女とかかわってゆく自分の想念を、透明歓喜《かんぎ》にまで抽象化する作業を、人混みのなかで私《ひそ》かに、内面の奥で、演じていたかのようにおもえる。

「空海よ」

と、国子監の寄宿舎にいる橘逸勢は、しばしば西明寺に空海を訪ね、自分が実見した町の模様をつたえたにちがいない。当然ながら、坊から坊へ偕《とも》に歩いたに相違なく、やや軽矯なところのある逸勢は、そういう場合、空海に対し、唐語で喋っていたかもしれない。狭斜を見ずして長安を語るなかれ、などといって、空海をその町に誘いこみもしたであろう。

長安百十坊、坊はすべて路幅四、五十間もある都大路で区切られている。しかしながら、長安ノ大道、狭斜ニ連ナル、と詩《うた》われるように、大道はさらにいくつものせまい路地につながってゆく。遊里や酒房はそういう狭斜の路地の両側に軒をならべていることが多く、日が傾くと、弦歌、嬌声が満ちた。貴となく賤となく、この町をぞめき歩くなかに、逸勢も空海も、ひとの踵《かかと》を踏みつつ歩いたかと思える。長安には常時、四千の異国の使臣と随員が滞留していたというし、そういう異土の人と袖を触れあいつつゆくこと自体が、狭斜を歩く楽しみであった。科挙の試験をうけるために上京してきている官吏志願者だけで、毎年千人、多い年は二千人を越え、そういう者も、この町へくる。そういう者の中には、異人種もいた。白い皮膚と赤い髪の西胡さえいたというから、長安が世界の都であることが、この狭斜の風景でも知ることができる。六朝《りくちょう》は貴族政治であるために門閥を重んじたが、唐朝は思想として普遍性を尚び、皇帝の補佐をする人材はひろく天下にもとめ、試験でもって登用し、人種を問わなかった。唐の皇帝の原理には、皇帝は漢民族のみの皇帝であるという意識はなく、世界に住むすべての民族を綏撫《すいぶ》するという使命をもち、華夷のわけへだてをするということがない。唐朝において大きく成立したこの普遍的原理を、空海が驚歎をもって感じなかったはずがないであろう。かれがのちにその思想をうちたてるにおいて、人間を人種で見ず、風俗で見ず、階級で見ず、単に人間という普遍性としてのみとらえたのは、この長安で感じた実感と無縁でないに相違ない。

狭斜の花は、あるいは俠児といえるかもしれない。

唐の詩人たちはかれらを詩題にすることを好み、少年行という型が流行していたほどであった。李白が詠んだ五陵ノ年少、金市ノ東、というのはその代表的なものといっていい。金市とは、空海の居住区にちかい西市のことであり、その東といえば、空海の居住区の北隣の坊《まち》の狭斜をさすのであろう。銀鞍白馬春風ヲ度《わた》ル、伊達に傾《かぶ》いた行装でもって春風に馬を打たせてゆく。

章台という長安の遊里で、遊俠の少年が白馬でもってくりこんでゆく姿を、崔国輔は「少年の行《うた》」と題して詠んでいる。手には珊瑚の鞭をもち、それが白馬の白によく映る。その鞭を道におとしてしまったために白馬は驕って容易にすすまない。やむなく手をのばして道ばたの楊柳の枝を折って鞭に代えると、春の日をあびて路傍の女がうっとりと少年を見つめている、という情景である。

遺却す、珊瑚の鞭
白馬驕りて行かず
章台、楊柳を折る
春日、路傍の情

狭斜を歩く空海と逸勢は、こういう少年の何人かに追いぬかれたであろうか。李白の「少年行」においては、銀鞍白馬の少年が、落花を踏みつくしてどこに遊ぼうかと迷いつつ、やがて、笑って入る胡姫《こき》、酒肆《しゅし》の中、という情景で結ぶ。長安の狭斜には胡姫のいる酒房が多い。とくに少年というイメージには西方からきた碧眼の少女を配さなければ絵として色彩の妙が生れないというのが詩人の常識だったのであろうか。

空海はそういう酒家の軒下をかすめて歩きつつ、胡姫というものがいかに密教仏に――密教仏は現世の扮装であるだけに――酷似しているかに内心おどろいたにちがいない。

「僧であることが気の毒だ」

と、逸勢は空海をからかったであろうか、空海はむしろ密教に悟入することによって彼女らの性と自分のそれを抽象化させて空の一点で結ばれることが可能だという理趣経の境地を感じつつ、逸勢よ、僧であることで私を気の毒がる必要はない、僧であればこそいいのだ、とつぶやいたかどうか。

長安の青綺門
胡姫、素手《そしゅ》もて招き
客を延《ひ》いて金樽に酔はしむ

という情景もあったであろう。たとえ青綺門の胡姫が素手をもって空海の袖をひいたところで、空海はべつに動じることなく胡姫の手に触れたかもしれない。何事も思想化することに苛烈なほどの情熱をもっていたかれには、血の色の透《す》けてみえる胡姫の手にふれた感触もまた容易ならぬ材料であったろうし、菩薩という抽象性へ昇華させようという楽しみのひとつになったかもしれない。

ただ、僧形《そうぎょう》のため酒房に入ることだけは遠慮したかもしれない。しかし橘逸勢は入って当然であったし、ときには胡姫を抱いて朝を迎えることもあったはずである。

その一部始終をかれは西明寺にきて空海に話したに相違なく、空海もまたそういう話をきくことを好んだかと思える。

「壚《ろ》というのは、どういうものだ」

と、空海がきく情景は十分想像できる。壚は、胡姫などのいる酒肆の装置として唐詩にしばしば出てくる。壚は、火で物を煮る炉ではなく、単に黒い土を盛って炉のようなかたちに壇をつくったものである。その黒く光った壚の上に酒壺をならべ、客と胡姫は壚をはさんで対しているのである。壚とふりがなをつけることが、もっともふさわしい。胡姫が店を開けて壚のむこう（客の側から）に立つことを当壚《スタンド》、壚ニ当ル、という熟語までこの当時はできていた。逸勢はそれをこまかく説明し、胡姫の声音《こわいろ》までつかってみせたかもしれない。

「化粧《けわい》をして壚に当れば、表に柳が垂れている」

といったのは、玄宗のころの詩人賈至の詩を踏まえている。

紅粉、壚に当れば弱柳垂れ
金花の臘酒、酴醾《よびと》を解く
笙歌《しやうか》、日暮、能く客を留《とど》め
酔殺《すゐさつ》す、長安軽薄児

「酔殺す、長安軽薄児、というのがいいじゃないか」

逸勢はわざと不良ぶってけたたましく笑ったであろう。空海はさすがに逸勢の軽薄さにはついてゆけず、

「賈至と同時代の李頎《りき》に、にがい詩があったろう」

と、いったかと思える。李頎のそれは、長安へ行く人のために詠んだ詩で、あまり遊んで理想をうしなうな、と軽く説教する。ただし唐の文化感覚は説教といえどもユーモアを含んで洗練されていなければならない。李頎は旅立つ友に対し、いますでに季節は寒くなろうとしている、樹々も冬にむかっていそいで葉を落としはじめているようだ、さだめし君が着くころの長安の御苑《ぎよえん》のあたりでは、砧《きぬた》の音があちこちからきこえ、音が冴えかえって日暮れどきには物さ

びしくきこえてくるであろう、なんとも酒の旨くなる季節だが、かといってあまり遊んじゃいけないよ、「見ること莫《な》かれ、長安行楽《かうらく》の処《ところ》。空しく歳月をして蹉跎《さた》たり易からしめん」と、片目をつぶって言っている感じである。

「李頎というのは、くだらない」

空海はわざわざ説諭のためにその詩を引用したくせに、唾を吐くような表情でいったようである。李頎は進士に挙げられたが、性格が吏務にむかず、ほどなく官を辞して故郷に隠れた。ここまでは空海自身に似ているが、李頎は真実を求めるために道教に入り、神仙の世界にあこがれ、しきりに不老長生の薬を服用していたといわれる。空海が嘲笑するのは道教が思想と思想の行《ぎよう》をもって真実を追求せず、薬でその世界に入ろうとする安易さで、結局は李頎の隠遁というのは思わせぶりだけで薄っぺらいのだ、儒者くずれにはそれが多い、官を辞して故郷にかくれるなら、なぜ大勇猛心をおこして宇宙がどのようなものであるかを考えようとしないのか、というふうなことを言ったとしても、不自然ではない。

宇宙といえば、宇宙について仏教とくに華厳経や大日経と異った解釈をしている寺院も、長安に多かった。建物が一見して異風で、そういう建物が、空海の居住区である延康坊の近くに多く見られた。

空海は、当然ながらそういう存在に関心をもったはずだし、それらの異風な建物がどういう思想を象徴しているかについて、西明寺の僧その他にしつこいほどきいたにちがいない。

たとえば、祆教《けんきょう》である。

その教会の構造は、白く大きな煉瓦を積みかさねた祠堂と、おなじく白い煉瓦でできた小さな門だけでできあがっており、空海はこの奇妙な建物を洛陽でも見たはずであった。長安には数多くこれらの建物があり、祭日には多数の西胡《イラン》の男女が詰めかけるだけでなく、その門前で、西胡人が得意とする幻戯《めくらまし》や曲芸、浮き立つようなリズムによる舞踊などが演ぜられていた。空海も当然、見物の群衆のなかにいたはずである。

「あの白い祠堂の中には、つねに火が燃えている」

という説明を、群れの中のイラン人からきいたに相違ない。

——これは、何という寺だ。

と、最初、空海は質ねたであろう。きかれた者がもし漢人なら、

「波斯寺」

と、単に、そう答えたろうか。西胡は自分たちの民族をみずからはイラニとよんでいたが、しかし他民族のあいだでは波斯（ペルシア）とよぶことが多かった。

長安における祆教の信徒は多く、唐朝ではかれらを監督するためにわざわざ役所をつくっているほどだった。その役所を「薩宝」とよぶ。薩宝とは唐語でなく、西胡の音に漢字を当てた

ものらしいが、意味はわからない。ただし祆教を奉ずる者はすべて西胡といってよく、漢人の信者はまず居ないから、薩宝は西胡の居留に関する事務を管掌しているといっていい。

好奇心の旺盛な空海は、この祆教の教会まで入って行ったのではなかったか。元来、この時期の長安人も、その影響をうけた日本人も、仏教を閉鎖的なものとして見ず、祆教などのようなものも仏教の一派なのかもしれないと観ずる漠然とした許容性のようなものが存在したから、たとえ空海が波斯寺の中に足を踏み入れたところで、怪奇な異教的世界に接するといったような緊張感はすくなかったであろう。そういう猟奇趣味よりもまず、教義を知って自分に得るところがないか、という欲求のほうが強かったにちがいない。

祭壇には、火が燃えている。

信徒たちは火を拝むために拝火教などとよばれているが、空海がとっさに連想したのは、かれがまだその全体系に触れていない密教における護摩であったであろう。

（つまり、護摩か）

と、思ったり、自分の連想を否定したりしたにちがいない。

護摩というのは、火をもって供養をするということで、釈迦の仏教にはこれがなく、むしろこの種のものを外道として排した。しかし、密教は釈迦が嫌悪した護摩をとり入れたがために、空海の護摩に対する関心がつよい。

護摩は、インド古来の土着宗教であるバラモン教から系譜をひいているのであろう。

バラモン教徒は天を拝し天を供養する場合、火をもっておこなう。火こそ天が食物を摂るための消化器であるとし、火中に供物を投げこめば、それが煙や炎になって天にのぼり、天がそれを食する。天はよろこび、供物を火中にした人に対して福をさずけるという思想である。釈迦の没後、数世紀して興った密教はこれをとり入れ、大いに仏天を供養した。

ところでインドにおける護摩の思想はなおその程度にとどまっていた。インドから中国を経てやがて空海に及ぶころになって単にかつてバラモンの修法だったこの火の行事が高度に思想化され、火を真理とし、薪を煩悩とし、真理をもって煩悩を焼くという思想をもつにいたる。さらには焼くにあたって焼く修法をおこなう行者、かれの前に燃えあがる炎、そして行者の前に立つ本尊という三位は一体であるという論理を構成し、これが、行者の身《しん》と口《く》と意《い》の三密行を感応せしめるというところにまで到達するのである。単なる火をそこまで到着せしめたのは空海そのひとなのだが、しかしいま長安の世界で遊ぶ空海にとっては、好奇心の段階でしかない。

「これは、密教の護摩とどういう関係があるか」

と、空海は、祆教の波斯僧に質問したであろう。

「そういうものと関係はない」

波斯僧は答えたにちがいない。波状形の髪と白い皮膚をもった波斯僧は、仏教僧のように禁欲的ではない。おそらくかれは妻をもっていたであろう。妻は透きとおるような羅衣に肉体をつつみ、耳や胸、あるいは腕に宝石のかざりをきらめかせ、唐詩にあるように腰に一帯を垂れているという姿であったろうことは、容易に想像できる。


空海がたとえその婦人を見て欲情を覚えたところで、かれの思想でいえば恥ずべきことではなかったであろう。かれにとって具体的世界はすべて煩悩の刺激材であると見ており、具体的世界がなければ即身成仏という飛躍ができない。その具体的世界を一瞬で清浄——抽象化——してしまう思想と能力を身につけることが密教的作業だと考えている男なのである。

空海が後年、護摩をも思想化してしまったのは、護摩の火に薪という具体的なもの——煩悩——が焼かれて清浄という抽象化を遂げるという内容を考えたからであった。


ついでながらかれは後年、内護摩《ないごま》という言葉さえこの思想（具体的には大日経）から取り出した。護摩を二種類にわけ、実際に火を用いて修法するのを外護摩《げごま》といい、観念のなかで具体的なものを抽象化して身を清浄にするのを内護摩とした。婦人をみて欲情することを恥じず、むしろその欲情を瞬間に内護摩できないことを空海は恥じるという思想にまで、このときすでに達していたであろう。かれはあかあかと欲情したにちがいない。

このとき、波斯僧が、言ったに相違ない。われわれが奉ずる祆教は密教などというきのう今日の産物ではない、この教えの始祖は、ゾロアスターである、ゾロアスターは釈迦よりふるく千年以上前の人だ、といったかと思える。

空海は、その教義を熱心にきいたかと思える。しかし次第に軽侮をおさえかねたであろう。かれはこの時代にあっては稀れといえるかもしれない比較哲学の徒である一面をもっていた。好みとしても能力としても、かれが思想の比較に関心をもち、そのことに卓れてもいたことは、『三教指帰』において儒仏道の三教を比較し仏の優位をあきらかにしたことでもわかるし、またかれの五十代に、『十住心論』十巻を著し、六宗（三論、法相、律、華厳、天台、真言）を比較してついには真言をもって第一とするという判釈をうちたてたことでも想像しうる。祆教の教義を聴きつつ、かれはその脳裏においてつねに何ごとかとの比較をしきりにおこない、検《ため》すがようにしてきいていたであろう。繰りかえすようだが、比較は空海のもっとも好むところであり、しばしば、かれの知的作業の方法でもあった。

波斯僧は、この宇宙の二大要素は善と悪である、宇宙は善と悪の相克する場でもある、とまず最初にいったにちがいない。

善にして光明なるアフラ・マズダは、いっさいの善なるものを創造し、一方、悪にして暗黒なるアンラ・マイニュはいっさいの悪を創造し、たがいに戦い、たがいに相手を滅ぼそうとしている。それが宇宙だ、と波斯僧は説くのである。この善神と悪神はそれぞれ軍隊をもって戦う。善神は天にあって天上の軍隊をひきい、悪神は地獄にあって地獄の軍隊をひきいる。天にある善神が、多くの天使や精霊をひきいているという構造は、祆教と同様、この長安に来ている景教《けいきょう》（ネストリウス派のキリスト教）と酷似している。景教といえば、景教と同様、祆教にも人間に対する審判もある。現世界が存続するのは一万二千年で、その世界の終末のときに最後の審判がおこなわれるが、その審判によって死者も復活するという。

「何が、善なのか」

と、空海は、善悪というあいまいなものを絶対視している祆教に対し、嘲笑をおさえがたく思いつつ、質問したであろう。それに対し、波斯僧は、

「善神が善である」

と、論理を循環させつつ答えざるをえなかったにちがいない。

しかし、空海がきいて、童話的興味のある話もすくなくなかったであろう。仏教にあっては不滅は否定されているが、祆教においてはすべての絶対的要素は不滅である。霊魂もまた不滅である。霊魂は死後三日間、死体のそばにある。その後風に運ばれ、チンヴァトという橋の手前で裁判をうける。裁判官は三人いる。秤《はかり》があり、霊魂たちは生前の行為を秤にかけられ、善霊と悪霊とに分類される。善霊が渡ってゆく橋は堅牢で、渡れば天上界へゆくが、悪霊が渡る橋は狭くもろく、あわれにも踏みはずして深淵に堕ちる。深淵が、地獄である。もっとも善悪どちらともつかぬ霊魂の場合、天上と地獄の中間にある浄罪界に入らねばならず、その浄罪界において復活の日まで待つのである。

（お伽話だな）

と、空海は思ったにちがいない。

しかし、この祆教の説く霊魂の生態――死後、三日間、死体を離れないとか、風にはこばれて橋のそばにゆくなど――といった内容に酷似した話が、いつのほどか日本に伝わったのか、日本にあって仏教的俗信として存在している。祆教が、ある部分はキリストを教祖とする景教を思わせ、ある部分は日本の俗信を連想させるのは、どういうことなのか。日本に形を変えて伝来したとすれば、長安へ行った物好きの僧が、あるいは媒体者だったかもしれず、その媒体者を空海に擬するのは、思想というものを純粋に結晶体のようなものでありたいと志向しているかれに対して、むろん酷であることは言うまでもない。

なぜ祆教にあっては火を拝するかということについては、空海はそれを知ったところでさほどの感興をおこさなかったにちがいない。そのことは多分に物語的で、善神のアフラ・マズダの息子が、火なのである。火を拝することは善神を尊ぶことであり、さらに善神の本質である光明を崇ぶことにもつながり、ひいてはその光明に照らされて自分の霊が善霊になってゆくことを願うことにもつながる。空海は護摩の火さえ抽象化し、思想化した男だけに、祆教における火の素朴さに失望する思いをもったであろう。

空海は、かれの住む右京においてウイグル人を見ることが多い。回鶻、畏兀児、維吾爾などと書く。

ウイグル人の多くは、交易商人であった。かれらはかつては草原の騎馬民族として、ときにはモンゴル高原の覇者になるなどし、漢民族の平和の障害の一つになっていたが、その後、この民族は商業をおぼえ、東西交易の利が大きいことを知り、商人として長安に居留したり、あるいは隊商をひきいて西市や東市に入ってくるようになった。

ウイグル人はもともとモンゴロイドに属する古代トルコ民族だったが、かれらが商業を覚えるようになったころにイラン系のソグド人と混血する状態ができ、容貌も、人によっては西胡とよばれるイラン人と一見変らない男女がふえてきた。

要するにウイグル人はもともと素朴な遊牧民族だったのが、中国の西方の沙漠においてソグド人と接触するうち、商業をおぼえることが先なのか、混血が先なのか、容貌が変るとともに商業民族である面を濃厚に持ちはじめたのである。同時に宗教も、遊牧のころの呪術的なものから脱けだして、マニ教（摩尼教）という体系的な宗教をもつようになった。

そのマニ教の寺院も、空海の居住区付近に多い。

マニ教の寺院のまわりにはウイグル人の商店や住居が多く、かれらは長安に居ながら、長安の市民としてよりも、マニ教の寺院を中心に暮らし、寺院群を統轄する司教、寺院を主管する長老、また信者を直接教導する清士を指導者として生活していた。空海は、当然ながらこのマニ教の寺院をも訪ねたはずである。

マニ教は、もともとはイランで興った。教祖はマニという人物で、かれはすでにキリスト教を知っており、他の宗教や哲学にもあかるく、これによって土俗のゾロアスター教の教義に重大な修正を加え、あらたにマニ教をおこした。このことで、イランの国教であるゾロアスター教からの弾圧を買い、早くから禁教令が布かれていたために、その僧や信徒はイラン本土のそとにのがれ、むしろウイグル人のような異民族にうけ容れられた。

この教会の習慣には、七曜がとり入れられていた。僧は月曜日を休日とする。一般の信徒は日曜日を休息日とする。空海は、日曜日ともなれば、長安の大路小路を教会にむかって急ぐウイグル人の男女を多く見たことであろう。

空海は、マニ教の寺院に入って、そこに火が燃えていないことで、祆教とのちがいを見たに相違ない。祆教にはわずかながら偶像を用いることがあったが、マニ教には偶像がなかった。さらに祆教との重大なちがいは禁欲的なことで、僧の妻帯と飲酒をゆるさず、一般信徒に対して、殺人や姦通を邪悪なものとして禁じていることであった。


空海は教義を知りたかったであろう。しかし知ることができたとすれば、祆教の場合と同様、失望せざるをえなかったにちがいない。

マニ教は祆教とおなじく、宇宙を光明と暗黒にわける。光明の父は善神であり、暗黒の王は悪魔だが、祆教においてはたえず両者が争闘しているのに対し、マニ教では両者はたがいに均衡し、静止している。ただし未来においてこの均衡がやぶれ、暗黒の王が光明の国土に侵入を開始し、はじめて争闘があるとする。祆教においてはこの争闘は結局善神の勝利になって死霊は復活しこの地上は善美な世界になるというのだが、マニ教はそのように楽観することなく、善悪の争闘は永劫につづき、帰一することがない。……すでに華厳経と大日経によって善悪の次元を超越した真理が宇宙を動かしていることを知った空海は、この種の教義をきいても、稚拙な童話をきく程度の感興しかおこらなかったにちがいない。

さらに、空海の居住区に景教の寺院がある。緑の瓦で屋根をふき、白堊の塔をもったこの教会の建物は、長安の異国情緒の象徴のようなものであり、この都の殷賑をうたう詩人たちから格好の題材にされてきただけに、空海も、祆教やマニ教とはちがい、多少その存在を重いものとして眺めていたにちがいない。

中国においては、明代にキリスト教が入った。しかし遠く唐朝においてそれが存在したというのは、夢のような光景に思える。景教とよばれた。景という文字は光りかがやくという意味をふくんでいるために用いられたという。景教は、唐の太宗の貞観九年（六三五）に中国に入り、武宗の会昌五年（八四五）の廃仏毀釈のあおりを食って、仏教とともに弾圧され、ほろんだとされているから、二百年あまりつづいたことになる。

景教は、ふつうネストリウス教とよばれる。コンスタンティノープルの司教ネストリウスによって唱えられた異端で、説くところはむしろ神に対する純粋な思考から出ている。神の子であるイエスは神と合一した存在であることは認めるが、しかしイエスを胎内に宿した処女マリアは人としてのイエスを宿したわけであり、神性を宿したわけではない。イエスが処女マリアの肉体を離れてこの世にあらわれる瞬間、キリストたる神性をそなえた。つまりマリアはただの人間であり、神の母ではなく、従ってマリアを拝む必要はないとした。この説によって、かれは四三一年、異端と宣告され、司教の地位を剝がれ、追放された。かれとかれの徒はこれによってローマ教会から離れ、東方へゆき、やがてイランに入り、さらにソグディアナを経て東トルキスタンに入り、さらに東へすすんで、七世紀の初頭、中国に入ったのである。

中国に入った伝道団の長老は、阿羅本《アラボン》（アブラハム？）というイラン人の僧だった。貞観九年、太宗は、時の宰相房玄齢・魏徴らに命じ、阿羅本らを宮中に迎えてその説くところを聴き、経典の漢訳をゆるし、天下に布教することを許した。つぎの高宗も阿羅本をあがめて鎮護大法主とし、のちやや衰えたが、玄宗の保護によってふたたびさかんになった。玄宗はとくに勅命して、それまで景教の教会が波斯寺とよばれて祆教と混同されがちなのをふせぐため、大秦寺と称せしめた。

粛宗、代宗も景教を好遇した。空海が入唐してほどなく死んだ徳宗もかれらをしばしば招いて鄭重に遇した。とくに徳宗の建中二年（七八一）は記念すべき年であったであろう。長安の義寧坊にある大秦寺の境内に一碑が建てられた。

「大秦景教流行中国碑」が、それである。この碑は当然、建って二十数年後に長安にいた空海の目にとまったかと思われる。空海のようにさまざまの思想に関心をもつ男が、義寧坊の大秦寺を訪ねなかったはずがないし、訪ねればかならず境内に建っているこの碑を見たにちがいない。見れば、碑文は、シリア文字と漢文で書かれている。

その内容は、まず天地創造のことからはじまり、原初、神によって作られた人間が原罪を得ること、やがてキリストが神の子として誕生することなどが述べられ、次いで、唐の太宗の世、阿羅本が景教をもたらして長安に入り、太宗のあつい尊崇を得、勅命によって長安義寧坊に大秦寺を建てしめられ、僧二十一人が得度したことなどが書かれている（勅命による得度ということを考えると、この二十一人のキリスト教の僧は官僧として国家から給与をうけたであろうことが想像できる）。

この景教碑を建てた者は碑文によれば、王舎城《バルク》うまれの伊斯《いし》という者である。碑文の文章を作った者は、碑文によれば「景浄」という者であった。

この碑は、後《のち》のことになるが——おそらく武宗の弾圧のときであろう——何者かによって地中に埋められた。明の天啓五年（一六二五）といえば、長安のきらびやかな街衢がとっくの昔に田園になってしまった時代だが、土地の者が偶然一石碑を掘りあて、話題になった。この出土物は、当時、中国にきていた耶蘇会の宣教師たちをよろこばせたが、このことがヨーロッパに報じられたとき、耶蘇会の宣教師の偽作だろうという者が多く、「中国のそういう古い時代にキリスト教が入っていたはずがない」といわれたりした。その後、さまざまの傍証から推して真物とみとめられるようになってもなお決定的な確証がなかったが、明治二十年代に仏教学者高楠順次郎博士が、唐代の編纂になる『貞元新定釈教目録』――長安にあって空海が当然見たはずの書物――を読んでいたところ、「大秦寺の僧景浄」という名前を発見し、碑文の撰者があきらかに実在していたことにおどろいて、パリの東洋学の専門誌に発表し、これが碑の真贋を決める確証のひとつになった。

『貞元新定釈教目録』三十巻は、空海の住む西明寺において、僧円照という者が編纂した書物である。円照は京兆藍田（陝西省西安府藍田県治）の人、十歳、西明寺において出家し、玄宗の開元年間、勅命によって経典の翻訳にたずさわった。『貞元新定釈教目録』は徳宗の生存時代に完成し、空海が西明寺に寄宿したこの時期も、なお高齢ながら、法弟たちの面倒をみていた。空海は当然ながら、この円照に会ったであろう。円照はこの時期、国家から手厚い礼遇をうけていたから、異国の無名の僧である空海などは、円照の前に拝跪してその法徳を仰がねばならない。あるいはわずかに膝を進めて、二、三の言葉をかけてもらう程度だったかと思われる。

この円照の『貞元新定釈教目録』に六波羅蜜多《ろくはらみった》経《きょう》の翻訳についての挿話が出ている。経典翻訳についての苦心談といっていい。

この経の翻訳は、インド僧般若三蔵が徳宗の勅命によってやることになった。般若三蔵は北インドのうまれで仏教をふかく修め、みずからの意志で唐に渡った。かれが長安に入ったのは徳宗が即位してほどもない建中三年（七八二）で、乞食のような人体《にんてい》をしていた。しかしながら徳宗は、このインド僧の到来をよろこび、あつく遇すること、景教僧の場合とかわらない。世界の文明の主宰者であるという唐朝の皇帝の、皇帝としての思想がよくあらわれているというべきであろう。しかしながら、かれは自分にあたえられた六波羅蜜多経を見ると、自分の母語のサンスクリット語ではなく、イラン語であることを知り、当惑した。

——自分は唐語も解せず、まして西胡《イラン》の言葉がわからない。どうすればよいか。

と、おそらく円照あたりにきいたにちがいない。円照は唐僧ながらサンスクリットがよくできたために、般若三蔵はこの円照の世話にずいぶんなったかと思える。

——西胡語なら、大秦寺の景教僧にきけばどうか。

と、円照はいったにちがいない。

この時期、大秦寺の司祭が、さきにふれた「大秦景教流行中国碑」の碑文の中に名前が刻まれている景浄だったのである。景浄は唐名を名乗っているが、イラン人であった。やがてインド人般若三蔵とイラン人景浄とが、イラン語の経典を漢文に直すという作業にとりかかったが、両人とも訳者としてまことに不適当だった。般若三蔵はサンスクリットしかわからず、景浄は母語のイラン語とおそらく中国語しかわからず、しかも仏教徒でなく、キリスト教徒である。両人がどんなやりとりをして翻訳を進めたか、珍風景というほかない。察するに、景浄がざっとした下訳をやってのけてしまったのかもしれない。ところがその漢文を般若三蔵が円照に(想像だが)見せると、解釈がキリスト教に片寄せてなされており、このため般若三蔵が大秦寺へ行って大喧嘩をしてしまったらしい。

——それでいいのだ。

と、景浄も譲らなかったようであり、このあらそいはついに皇帝の徳宗のもとにまで行くという始末になった。両人は、徳宗の前へ出た。徳宗が双方の主張をきいて首をかしげ、やがて、「景浄よ、お前は、つねづね弥尸訶《メシア》を説いている。般若三蔵は釈迦の教えを説いている。キリスト教の僧が仏教僧と一緒になって仏典を訳するのは、あたかも白いものと黒いものとをごっちゃにしているようなものである。以後、一緒にやるな。別々に翻訳せよ」

と裁定したということが、『貞元新定釈教目録』に出ている。

高楠順次郎は、『貞元新定釈教目録』におけるこのくだりにおいて「景浄」という人物を発見したのである。

ついでながら、「大秦景教流行中国碑」に、景浄のほかに及烈という名の景教僧も出てくる。及烈については、大正初年、桑原隲蔵博士が『冊府元亀』という唐代の書物を検索しているとき、この碑文の中の名がこの書物にも出ていることを発見した。これによって、この碑の真物であることが、いよいよまぎれもないことになった。ちなみに、桑原博士の「ネストル教の僧及烈に関する逸事」（大正四年十一月『芸文』）には、「及」の古音がgapで、「烈」はlietであるため、及烈の胡音はGabrielであろうとしている。

長安は、なお春である。
空海は依然として、

　長安城中ノ諸寺ヲ歴訪シ、師依《しい》ヲ択《えら》ビ、覓《もと》ム（『仏祖統紀』）

という時期にあったであろう。かれは前記のインド僧般若三蔵に就いてサンスクリットを学ぶのだが、そのことは時期としてはこれよりもやや後に属するように思われる。いずれにせよ、空海が、キリスト教の宣教師景浄とかかわりの深い般若三蔵から語学を学ぶ以上、興をおこして西明寺の北方の大秦寺を訪ねたと想像するほうが、空海のために豊かな風景のようにおもえる。訪ねれば、「大秦景教流行中国碑」の碑文を読んだであろうし、読めば景教の教義への関心ももったであろう。もし景浄が長寿であれば、境内の片すみででも、出遭ったかもしれない。

以上、煩瑣なことに触れてきたのは、空海の精神を啓《ひら》かしめた大唐の長安が千載一遇といっていいほどに世界思想史の上で華麗な時代であり、土地であったことを知りたかったからである。もともと思想に対する想像力がゆたかに生れついたこの人物が、この時期の長安においてどれほど華やかな刺激をうけたか、時代が遥かな昔であるだけに、想像するだけでも気が遠くなるような思いがする。

春が闌《た》ければ、牡丹の季節になる。

長安の人士は牡丹の豪華さを溺愛し、なかには牡丹一株に万金を投ずる高官や富豪もあったといわれるが、この花への愛は貴人にかぎらない。庶人も挙げてこの季節を待つ。

牡丹の代表的名所は、進昌坊の大慈恩寺と、空海のいる延康坊の西明寺であった。それぞれ境内が開放され、ひとびとが焦《く》がれ歩く。満城をあげて酔ったようになるのである。西明寺に居住する空海も、当然ながら、この群れとは無縁でなかった。

花開き、花落つ、二十日
一城の人、みな狂ふがごとし

という詩句がいかに真を伝えているかを、空海は目のあたりに見たに相違ないし、空海もこの群衆とともに、夢のような日々を送ったにちがいない。

十五

「それならば、青竜寺に住む恵果《えか》和尚がよろしかろう。──」
という助言を、空海は何度も受けたにちがいない。

空海は、おのれが入唐《にっとう》の目的はいつに密一乗の伝法を受けるにある、ということをかつて福州の刺史にも上書したように、この西明寺においてひとびとにも常住語っていたはずであった。ひとびとは、青竜寺の恵果和尚の門をたたき給え、と声に谺《こだま》するようにいったに相違ない。当然なことなのである。長安城中、純密の正系を伝える者は恵果しかいなかった。しかも恵果は無名の僧ではない。かれは三代の皇帝に灌頂《かんじょう》の師をつとめたほどの者であり、およそ仏教に有縁の者なら、恵果の名は知っている。

「ぜひ、恵果和尚のもとにゆかれよ」

と、毎日、新たな人にあうごとに、空海はそうきかされたにちがいなく、また、早い時期に空海の目的をきかされた人などは、

「まだあなたは、恵果和尚のもとに行っておられないのですか」

などと、この日本の若い僧をなじるようにいったかもしれない。

それでも空海は、ただちに履《り》を穿《うが》って恵果のもとに行こうとしなかったのは、どういうことなのであろう。


この種の進退の奇妙さは空海の生涯につきまとうものだが、ともかくもかれは長安に入ってから五ヵ月ちかく、そして西明寺に居を定めてから三ヵ月というあいだ、恵果とは没交渉に自分を置く。


すぐ趨《ゆ》けば軽んじられると思ったのであろうか。

この間《かん》の機微については、われわれに想像のたのしみをあたえてくれる。たとえば入唐早々に訪ねたとすれば、どうか。


——君は何者か。

ということを玄関子から訊問されるに相違なく、場合によっては取り次いで貰えないということも考えられる。たとえ然るべき紹介者を通じて恵果そのひとに会い得たとしても、恵果が空海の人物や学殖の評価に迷い、これを軽んずるということもありうる。恵果には門弟が多い。

ふつう、こういう入門志願者に対しては、門弟の末席に加え、何年か寺の片隅に住まわせ、師匠じきじきに物を教えることなく、兄弟子にでも面倒を見させておくということになるであろう。

西明寺で起居している空海は、当然、毎日のように恵果のことを考えている。かれには独特の感覚があり、あるいは、

（いきなり、法統を譲ってもらうということにならないものか）

と、考えたのではないか。

仏教界の常識からいえば途方もないことだが、空海にとっては飛躍でも荒唐なことでもなく、後年のかれから考えて、そういう思案に、むしろかれらしい自然さがあるといえる。

恵果について詳しい人物が、空海の住む西明寺にもいた。

空海と親しかった者として、志明と談勝という二人の名前が、記録にある。のちにこの両人が恵果への紹介者として空海を青竜寺に連れてゆくことになる。察するに、この両人は、空海の学殖に驚き、心から推輓する気持になっていたに相違ない。空海はこの両人から恵果についてくわしくきいていたであろう。

話は、あとのことになるが、恵果はこの年の暮に死ぬ。死後、空海は門弟を代表してその碑文の文章を書くのだが、その碑文のなかに、恵果の人柄が書かれている。

四儀つつしまざれども成り、三業まもらずとも善し

とある。恵果はどうやら、うまれながらに円満な人柄であり、物欲についてもめずらしく淡泊であった。

たとへ財帛軫《ざいはくあと》を接し、田園頃《うね》を比すれども、受くることあつて貯ふることなし。資生を屑《もののかず》とせず、或は大曼荼羅を建て、或は僧伽藍《そうがらん》処を修す

僧には、財貨について貪婪な者が多い。長安の大寺といえども内実は高利貸をしたりして、寺そのものが巨大な金融資本になっている例が多かった。そういうなかにあって、恵果の金銭に対する淡泊さは珍奇とするに足る、というのである。

恵果は、中国における密教の正嫡の系譜において、漢人としては最初か、もっとも早い時期

に属している。

この長安に、組織的に純密をもたらした人は、当然ながら、インド人であった。以下のことはいずれ触れねばならないが、密教には二つの体系がある。精神原理を説く金剛頂経系の密教と、物質原理を説く大日経系のそれだが、前者は金剛智というインド僧が伝えた。後者については善無畏というインド僧が伝えた。それぞれが、唐の朝廷から賓師の礼遇をうけた。

金剛智は、その法を不空に伝えた。

不空も、漢民族ではない。かれの功をたたえた碑が、いまも西安の陝西博物館に現存しており、空海もその著によってこの碑文を見ていることがあきらかである。空海は、密教の相続系譜として『付法伝』を著したが、そのなかで不空について触れているくだりの典拠は、主としてこの碑文に拠っている。ただし、空海の『付法伝』では不空の出生地を南インドとしているが、諸説が多い。よくわからない。要するに、唐でいう西域の人である。

恵果は、その不空から金剛頂経系の法を承《う》けた。

恵果は長安郊外の出身で、生家は馬姓を称していた。

少年のころに出家し、不空の弟子の某に師事し、十七歳で不空に会う。会うにおよんで不空からその器量を愛され、「聚沙《しゆうさ》の歳、則ち先師に事《つか》へ、二十余年、巾錫を執持す」(『表制集』)

ということになる。恵果の密教僧としての成長の順序をいうと、十九歳で不空から灌頂を受けたが、そのとき不空の前で投花の儀式をおこなったという華麗な話がある。投花とは、花一枝を折ってきて、多くの仏が描かれた曼陀羅の上に投げるのである。花は、転法輪菩薩《てんぽうりん》の上に落ちた。これによってその僧が生涯念持すべき仏が決まるのだが、恵果の場合、転法輪菩薩ということになった。不空はこれをよろこび、恵果をもって法を弘める素質があるとした。

次いで、恵果は二十歳のとき不空から具足戒をうけた。二十歳で、不空が専門とする金剛頂経系の密教体系をことごとく相続した。さらに密教発達史上ゆゆしいことは、ほぼ同時期に、恵果が、不空の専門でない大日経系の密教体系も受けたことである。この大日経系の相続は、不空そのひとからそれを受けたという説と、そうではなく大日経を専門とする善無畏の弟子玄超（新羅人）から受けたという説などがあるが、誰から受けたにせよ、インドの本国にあってさえ別個に発達してきた密教の両体系を一身に受けたという点では、恵果がどの程度の人物であれ、中国密教史での重大な結び目をなす存在だったということがいえる。

この時期、大唐長安において密教は盛大であったといえるかどうか。

景教や祆教《けんきょう》もそうであったように、それを弘めるためにはるかな異境からきた異教の伝道僧たちは、皇帝の庇護をうけた。

仏教は、なおさらのことである。

招来される経典はことごとく国家事業として翻訳された。大唐帝国の文明が世界性をもつというのは、この面においてもそうであろう。人類の文明の歴史で、国家がこれほどの大がかりな翻訳事業をやったのは唐朝以外にはないかもしれない。訳経院という役所が常設されていた。その翻訳のしかたは、きわめて組織的であった。訳場《やくじょう》の光景をいうと、サンスクリットの原典を朗読する者、それを唐語に翻訳する者、それを整えて文章化する者、さらにはそれを校合する者などに手分けされ、ときに疑義がある場合には訳場に何百人という権威があつまり、討議がおこなわれたりした。

密教のぼう大な経典の翻訳も、またそのようにしておこなわれた。善無畏、金剛智、あるいは不空といった異国の僧が勅命によって翻訳事業の中心となり、大組織をつくってそれを進め、空海のこの時期にほぼ完了している。

そのぶんにおいては、密教は唐朝において優遇され、盛大であったといえたかもしれない。しかしながら、実際には必ずしもそうではなく、皇帝以下、中国人一般が密教に期待したのはその思想性ではなく、その枝葉である呪力のほうであった。さらにいえば、この新来の体系は究極の目的を――いうまでもないことだが――成仏においている。しかもその密教的成仏たるや、他の仏教の体系なら人間が成仏するなど気が遠くなるほどに可能性が小さいにもかかわらず、密教にあってはそのまま〝即身〟の姿で成仏できる。つまり仏教一般の通念からいえばありうべからざるほどに異様なダイナミズムを持っているはずであるのに、唐の朝廷ではそのことにさほどの関心をもたなかった。繰りかえすようだが、密教の壮大な形而上学や即身成仏などという観念上の果実をよろこばず、ごく現実的な行者の呪力のほうをよろこんだ。

このため、唐へきた右の異国の僧たちは、朝廷の尊崇と庇護をえるためにさかんに呪術をおこなわねばならなかった。たとえば金剛智は食事ごとに食物を天からとりよせたといわれるし、また病死した公主に呪術をほどこし、しばらくながら蘇生させたりした。呪術は、請雨法を施すことが多く、金剛智だけでなく、善無畏も不空も、朝廷から命ぜられるたびに雨乞いをやってみせねばならなかった。

とくに、玄宗皇帝は呪術を好んだ。あるときひでりがつづいたために玄宗は善無畏をよんで雨をふらせようとした。善無畏はとんでもございません、とこれを断った。いま法を用いれば危うございます、暴風雨になりましょう、ということだったが玄宗はきかず、強制した。善無畏はやむなく鉢をとりよせ、水を盛り、小刀をもって水をかきまぜ、陀羅尼をとなえつづけると、たちまち眼前に竜が躍り出た。やがて天が真暗になり、電光がはためき、大雨が沛然と降ってきて、ついに長安のまわりの河川があふれ、城内にも被害が出た。玄宗は驚歎してしまった。

恵果の師である不空にいたっては、かれが果たした多くの思想的作業よりも、長安におけるその人気は大呪術師としてのものであった。不空もまた玄宗に接近し、道教の術士と呪術をたたかわせて勝ったりした。

玄宗とそれ以後の唐の朝廷は道教への傾斜がいちじるしい。ひとつには前代の則天武后のころに仏教を保護しすぎたことによる反省もあったであろう。また、唐の帝室が李氏であるところから遠祖は老子であるという伝説をつくったため、政策として保護もした。しかし一面、道教(老荘の思想としてのそれでなく、土俗宗教としての体系)そのものの内容が充実してきたことにもよる。道教はもともと単に鬼神を祀って招福を祈ったり禍福を占ったりする程度のものだったが、仏教の渡来とともに大胆にその教説、とくに宇宙構造の説を剽窃するようになった。

これについてはつねに仏教側が道教を攻撃しつづけてきたところだが、しかし一面、仏教もまた中国化して中国という思想風土に根付くにおいては、道教に負うところが多かったということはいえる。たとえばサンスクリットの形而上的なことばを翻訳するにあたって、多くの造語もおこなわれたが、似たような言葉が中国に存在する場合は、それが借用された。そういう言葉の中には——筆者いう。これは『荘子』の著者である福永光司教授から教えをうけたことだが——老荘の哲学用語が多く、つまりは老子を権威として教祖であると称している道教と、当然、多くの術語が共通してくる。このためもあって、唐の時代になれば道《どう》といい仏《ぶつ》というが要するに両者似たようなものではないかという印象が中国語世界では一般化され、となれば似たものである以上、中国の固有である道教を重んずるほうがよろしかろうという気分がつよくなったということがいえるかもしれない。

それをもっともつよく持ったのが玄宗皇帝であったであろう。玄宗は気質的にも神仙にあこがれ、神鬼を祀ることを好んだ。その傾斜が政治に濃厚に反映し、ついには前代までのながい慣例をやぶって官吏に道士を任用するというところまで行ったりした。たとえば道士あがりの王璵《おうよ》が侍御史にまで登ったことなど、その一例といえる。王璵はさらにつぎの粛宗にも寵用され、宰相にまで登っている。

ともかくも、盛唐以後の唐朝にあっては、道教の宮廷勢力が大きかった。これに対抗するのに、金剛智も善無畏もあるいは不空も、呪術をもって渡り合わざるをえなかったのは当然であったであろう。これがために金剛智や善無畏の将来した純粋密教が、せっかくぼう大な思想体系をもちながら、その宮廷に対する接触面においては呪術や加持祈禱、さらには西胡《イラン》の幻戯のようなまねまでせざるをえなかった。純密が中国に渡来するにあたって、呪術性という点で似たような道教が存在したということは、密教にとって、逆縁としても順縁としても、不幸であったといえる。

不空は、大暦九年（七七四）、七十歳で死ぬ。空海が入唐する三十年前のことである。時の皇帝の代宗はかれの死を哀悼し、三日にわたって政務を廃した。そのように不空に対する唐朝の礼遇は厚かったが、しかしながら密教に対する手厚さというより、多分にかれの呪術能力に対するそれであったであろう。不空の死は、密教の教勢としての衰弱にもつながった。不空が、その天性としか言いようのない呪術能力という個人芸でもって密教の世俗的人気を懸命にささえ、長安の密教的風景を奕々《えきえき》としてかがやかせていたのだが、これによってにわかに陽が沈んだような観がある。

あとに、不空が育てた秀才たちが残った。

不空は死ぬ前に、おおぜいの門弟のなかから六人をえらび、法統を伝えた。才質がもっともすぐれていたといわれる恵（慧）朗、新羅人で理論家として知られた恵（慧）超、また五台山金閣寺の含光、あるいは保寿寺の元皎や覚超、さらにのちに空海がめぐりあう恵（慧）果らがそれである。かれらは不空がえらんだだけに、教学にも行法にもすぐれていたが、しかし唐の宮廷を幻惑させた不空のような天稟の呪術能力は持たなかったのではあるまいか。

このうち、恵果がもっとも若い。かれが師の不空の死に遭ったときはまだ二十九歳であった。

もっとも、残された僧たちに、修法《すほう》の力がなかったわけではない。

恵果にも、多少それがあったらしい。

大暦十三年といえば不空が死んで四年後のことだが、かれは観音台に登って祈念した。月夜であったというが、月のなかに観音像がありありとあらわれて群衆を陶然とさせたという。また請雨法を修して雨を降らせたこともあるというが、不空の場合のように、玄宗皇帝をして感歎のあまりわざわざ玉座を降りてその膝前に跪《ひざまず》かしめたというような個人芸はもっておらず、一個でもって道教の勢力と対抗するような力はなかった。

しかしながら、唐の朝廷はかれを粗略にはあつかっていない。三十歳にして、長安の青竜寺の東塔院を賜わり、そこで灌頂道場をひらいている。その翌年、若くして国師の称号を賜わった。

恵果は、老いた。

かれが密教史上に名をとどめたのは、老いるにつれて恵朗のような卓越した兄弟子たちが死ぬか、あるいは恵超のような新羅人が母国へ帰ったりして、不空の法を伝える者としてはかれ一人になったからだともいえる。

「不空三蔵の法を伝えている者は、恵果ひとりである」

ということは、空海も、長安に入った早々にきいたにちがいない。

恵果の門は、かならずしも淋しくはない。

かれの門人のなかで名のきこえた者としては、義明、義満、義澄、義恒、義壱、義政、義操、義雲、円通、義倫などがおり、ほかにはるばるジャワからやってきた弁弘、新羅からきた慧日などもいる。

しかしながら、宮廷における宗教勢力としては、道教に譲ったかたちだった。恵果のように淡泊な性格では、道教に挑戦したり、宮廷に工作したりするようなことは苦手だったに相違なく、要するにその活動に華やかさを欠いた。密教は、その灌頂儀式ひとつでも壮大な演劇を思わせるように、思想としても儀式や修法としても、本来が華麗なものであった。それを欠いた場合、ひとびとは一種のさびれを感じざるをえない。空海が長安に入ったこの時期、密教はすでに退潮気味であったといわれるのは、そういう事情と印象によるものだったにちがいない。事実、恵果の晩年のこの時期には、すぐれた若者が密教を志さなくなっていたのではないか。

恵果は空海のこの時期、病んでいた。中国の文化は、記録好きという点で、それを重視しないインド文化とひどく異ったものであるが、そのおかげで、恵果程度の人物がいつ病床についたかが、わかる。空海の入唐の前々年の貞元十八年（八〇二）、恵果の五十七歳のときである。

「恵果和尚のご様子がよくないということをきいて久しい。再起はむずかしいのではないか」

というひそやかな声も、空海は耳にしたにちがいない。

さらに、恵果とその門下の事情に通じているはずの西明寺の志明と談勝などから、それ以上に重大なこともきいたであろう。恵果は右の貞元十八年、五十七歳のとき、自分の健康がふたたびもとにもどることはないと見て――ちょうど、かつて先師の不空三蔵がその病床に六人の高弟をよんで密教の法灯護持についてこまかく指示したように――恵果もそのことをおこなった。枕頭によばれたのは、弟子のなかでの法臘主座である義明、のちに空海と詩文のまじわりを深くする惟上など七人であった。

しかしながら、その後、恵果の病状はかならずしも悪化していない。

恵果は、空海が長安に入ったとき、あるいはそのあと西明寺に住して以後、その入唐の目的と、その異能をしばしば耳にしたであろう。

このあたりに、空海がただちに青竜寺に参趨して恵果の門をたたくことをしなかった機微を見ることができるかもしれない。

空海の長安における評判は日ごとに高まった。

空海の才が顕われるのに時日を要しなかったであろう。空海の文章は、かつて福州において観察使閻済美を驚歎せしめたが、その評判はあるいは長安にきこえていたかもしれず、たとえそうでなくても、酒宴のたびに詩賦の交換があるのは中国の知識階級の風習であり、そういう機会は、遣唐大使葛野麻呂がまだ長安にいるときにすでに公式の宴会だけで再三にとどまらない。

唐朝のひとびとは、ひとの詩才については、歴朝のなかでも異常なほどに過敏であり、すぐれた詩や詩人が出現すると、たちまち喧伝された。

空海は文に長じ、詩はこれに次いでいる。それでもなお、その詩は長安人士の驚きをさそうものがあったらしく、進んで交わりを求めにくる者が相次ぎ、このため詩賦の応答にいそがしく、空海の文集である『性霊集』の序に真済が書いたように、詩賦の往来ややもすれば篋笥《けふし》に剰《あま》れり、というぐあいであったらしい。

文字ハ儒ニ冠タリ

と、前試衛尉寺丞である朱千乗がその詩の中でほめている異国の僧空海の評判が、恵果の耳にとどかぬはずはなかったであろう。

さらにかれの仏教あるいは密教についての造詣が西明寺の僧たちを驚かせていたことも、恵果の耳に入っていたはずであり、そのことを思えば、恵果は空海が自分を訪ねてくる以前に、すでに空海について豊富な知識をもつに至ったかと思える。であればあるほど、恵果において空海の来訪を待ち望む気分が昂《こう》じて行ったに相違なく、一方、空海においては、恵果の気持がそのように昂じてゆくのを待っていたのではないか。

それがために、空海は、五ヵ月近くも、恵果を、いわば置きっぱなしにしていたのであろう。このことは、のち、空海が帰国してから九州にながくとどまり、都に姿を見せなかったことと、感覚（政略感覚というべきか）としては濃厚に共通しているように思える。

空海という人物のしたたかさは、下界のそういう人情の機微の操作にあったといえる。


空海には、妙なところがある。

その『御請来目録』において、自分は恵果に偶然遇《あ》ったのだ、としている。つまり、自分が長安城中の諸寺を歴訪してあるいていたとき、

城中ヲ歴《へ》テ名徳ヲ訪フニ、偶然《たまたま》、青竜寺東塔院ノ和尚、法諱《ほふゐ》ハ恵果阿闍《あじや》利《り》ニ遇《あ》ヒ奉ル

と、書いている。そう書けば文章としては眉目《みめ》は美しくなるが、しかし「密一乗」を求めて入唐した者が、密一乗の最高権威である恵果にたまたま遇ったということは、あまり正直であるとはいえない。この文章の不正直さのなかに、むしろ逆に、右のような、空海のけれんじみた操作が匂い立っているといえる。

そのようにして、空海は出かけるのである。
西明寺の僧たちが、空海をかこむようにして同行した。人数は、『御請来目録』によれば五、六人であり、名前は志明と談勝しか出ていないが、いずれも恵果から辱知されている連中に相違なく、また空海という存在を珍重しているひとびとであったにちがいない。

恵果の住む青竜寺は、むろん私寺ではありえない。官寺であった。この唐における官寺という概念は後世に似たものをさがせば、寺というより国立大学という印象であろう。官寺としては青竜寺の格は、西明寺よりも低かったかのように思われる。自然、恵果の、というより密教の唐の仏教界における位置は最高といえるようなものではない。

青竜寺は、西明寺と反対の左京にある。
左京は屋敷町が多く、右京のように人家が稠密していかにも都会らしく雑踏しているということはない。青竜寺のあるのは左京新昌坊であった。その南門に接して境内がひろがっており、この青竜寺の門前だけはややにぎやかである。『南都新書』に、長安の戯場多くは慈恩に集まり、少しは青竜に在り、というから、見世物小屋や酒場などもあり、市民が群れてごたごたした界隈であったかと思える。志明や談勝らは空海を挟みつつ、その雑踏を分けて青竜寺の門に入ったにちがいない。

以下のことは、空海自身が書いた『御請来目録』の文章に拠る。

恵果は空海を見るなり、笑《えみ》を含んで喜歓したというのである。


和尚、乍《たちま》チ見テ、笑ヲ含ミ、喜歓シテ曰ク、我、先《まへ》ヨリ汝ノ来ルヲ待ツヤ久シ。今日相見ル、大《はなはだ》好シ、大好シ

恵果があわれなほどによろこぶさまが目に見えるようである。「大好々々《タアハオ》」というのは、おそらくこの当時の口語であったものを、空海が文中にはさんだにちがいなく、このため、恵果の音声まできこえてくるようである。

恵果はさらにいう。自分は寿命が竭《つ》きなんとしている（恵果はこの年の暮に病没する）。しかしながら付法（法を伝えること）に人が無かった、さっそくあなたに伝えたい（必ズ須《すべから》ク速カニ、香花ヲ弁シテ灌頂壇ニ入ルベシ）……と恵果は全身でよろこびを示し、きわめて異例なことに、初対面の空海に対し、どうやら何の試問もおこなわず、すぐさまあなたにすべてを伝えてしまおう、と言い放ってしまっているのである。

事実、そのとおりになった。

附篇

『空海の風景』余話

日本という島国の向こうには太平洋が広がっているばかりです。

これまでこの国には外から人間や文化が一方的に入り込んでくるばかりで、逆に世界に対してお礼をしたことのない国であります。アメリカの占領軍が飛行機に付着させて持って帰っていったススキが現在繁殖して困っているそうですが、日本の文化がよそにいったのは、まあススキぐらいなのかもしれません。

こういう日本からは世界的な人物が出にくく、大文明は起こりにくい。

ですから日本の歴史のなかで出現した偉人はいずれも、「日本の」菅原道真であり、「日本の」源頼朝であり、「日本の」西郷隆盛であります。みな、「日本の」という接頭語がつく。

ところが一人、弘法大師だけは例外ですね。

彼だけが「人類の」空海です。

お大師さんの思想はアメリカであれ、アフリカであれ、どこへ行っても通用する。鎌倉時代のお祖師さんたち、親鸞や日蓮といった人々でさえ、日本の地理的な条件のなかでこそ通用する思想家ですが、弘法大師空海だけは珍しく世界観を持った思想家といえましょう。

この空海を書くのです。

『空海の風景』としてしか書けません。空海から現代までの千百数十年という時間の隔たりばかりではありません。

日本の歴史がこれまでに持った最大の巨人で、真理そのものといったところがある。とても小説の対象にはならないのです。空海という巨人の、衣の袖の塵埃《じんあい》だけでも最後に描ければというそれだけの目的で、私は書いてみることにしたのです。

私が昭和十八年の夏に高野山にのぼったときのことです。

学徒出陣の思い出にと、地図も持たずに二人の友達と約束し、吉野山から潮岬《しおのみさき》に向けて出発しました。

最初は昼間に歩き、夜に寝ていたのですが、とにかく暑い。夏の日差しを避けるため、途中からは昼間はどこかの小屋で寝させてもらって、夜通し歩くことにしました。そうしているうちに何日目かにどこでどう道を間違えたか、だんだん道が上りになっていった。夜中になって頂までのぼりつめてしまったら、そこに大都会が見えた。

電光がきらきら光って見えました。

深山幽谷に来て、こんな高い山の上になぜ都会があるのかと、実に驚きました。これが高野山だったのです。ひょっとすると私は、空海が初めて高野山に来たときの道を上ったのかもしれません。

その美しさは格別のものでした。

それまでの数日間、人の通らない夜道を歩いて心が寂しくなっていたためでしょうか。本当に大都会に来たような、極端な言い方をすれば、天人たちの住むといわれる兜率天《とそつてん》の都に出てきたような夢心地になったのです。

空海はひょっとすると、ここに長安の都の一角を造って、若いころの留学の思い出をひそかに娯《たの》しまれていたのではないか、そう妄想したりもしました。そしていまもこの妄想は消えていないのです。

無事に帰れたら高野山大学に入ろうかと考えていたこともありましたが、もし実行していたら、『空海の風景』は書けなかったでしょうね。

戦争から帰ってきて、私は新聞社に入りました。京都支局の宗教担当というのが私の持ち場で、市内にある各宗派の本山を取材に回るようになりました。

空海について学び始めたのもそのころからです。智積院《ちしやくいん》に足を運び始めた昭和二十三年ごろからでしょうか。

昭和二十七年に高野山にのぼったときは、高野山大学の水原堯栄《ぎようえい》先生のもとに直行しました。水原先生は真言立川流の大家で、先生の本はいろいろ読んでいたのですが、これといった質問もせずに、世間話だけをうかがって帰ったことを懐かしく覚えています。色の白い、本当に清らかな学僧であられたという印象だけが焼きついています。

そうこうする間に家内の両親が相次いで亡くなりました。住まいには仏壇がなかったものですから、家内の家の仏壇を引き取りまして、月に二回、お坊さんがお参りに来られるようになりました。

真言宗の名刹のお坊さんです。

読まれるお経をよく聞いていますと、私が子供のころから聞いている真宗や浄土宗のお経とは全く趣が違うのです。それまでお経の節回しとは物悲しいものだと思っていた私にとって、天地の生命を謳歌するような、明朗で堂々たる読誦《どくじゅ》に接したことは、それまで思いもかけないことでした。

このことが、いよいよ私に空海への興味を本格的なものにしたようです。

それから私は『弘法大師全集』を少しずつ読み始め、空海への接近に努めるようになったのですが、ちょっとした病気にかかって入院することになりました。そこへお見舞いに来てくださった方がいます。

空海は神様です。感想も何もない

大阪生まれの東洋史の学者で、非常に科学的な考えを持っておられる方です。私は退屈しの

ぎに空海のことばかりを考えていたものですから、

「空海をどう思いますか」

と、その先生にお尋ねしました。

ご両親とも徳島のご出身というその先生の答えはこうでした。

「私のような四国の者にとってはお大師様は『神様』ですね。『どう思うか』ということはないんです。ただそれだけです」

どんな場合にでも理性を失いそうもない人文学者が、こと空海のことになると、

「神様だから感想も何もない」

とおっしゃる。それを聞いたときは、息をするのを忘れるような驚きがありました。

空海について書いてみようと思ったのは昭和四十年ごろです。

そのころ『坂の上の雲』を書いていたんですが、合間に空海の書いた四六駢儷《しろくべんれい》体の美しい漢文を見ていて、非常に精神衛生に役立ったんです。

『坂の上の雲』は日露戦争の戦況などを時間と場所を間違わずに書くという面倒な作業がつきまといます。だれそれが何年何月何日何時何分に、どういう拠点にいたかという些細な事実でも間違えれば、無意味になってしまう。こういう緊張が続くと、心がかさかさしてきます。ところが『弘法大師全集』のほうは、時間関係から解放された、いわば真実ばかりの世界です。『坂の上の雲』の執筆中はずっと、お大師さんのおかげで精神のバランスが保たれていました

ね。

空海は讃岐国（香川県）で生まれました。

誕生の地にはいま、善通寺が建っています。その故郷に、満濃池《まんのういけ》という大きな池があります。決壊に悩まされ続けた讃岐の国司が、唐から帰った空海に補修工事を頼みます。空海は見事な築堤工事を成し遂げ、住民を歓喜させたという有名な話があります。

私もそこへ行ってきました。

ダムのような池の上に立って空海のことを思いめぐらしているうちに、ふと気がついたことがあります。

この池と池の下方の田畑とは讃岐の佐伯氏の支配下の土地ではないか。

つまり空海の出身地ですね。

おそらく空海は幼少のころに遊びに来たはずです。季節になると、池畔のいたるところに多数の蛍をわかせ、夜の池を夢幻に彩ったに違いありません。よく知っている土地であり、歓喜させた民とは佐伯氏の影響下にある農民だということもできます。

空海は十八歳になると、京都にあった大学に入学しました。

大学といっても藤原氏の門閥大学のようなもので、藤原氏以外の子弟なら、途方もない秀才でないとパスしない。空海は、母方の叔父の阿刀大足《あとのおおたり》のもとで受験勉強をして、狭き門を突破して大学の明経《みようきよう》科に入った。大学で語学を専攻した形跡もないのですが、入唐すると、話せたらしい。さらには中国人を驚かせるような名文を書くこともできた。天才ですね。

大学では人間の本質や宇宙の根本原理は教えてくれず、そういう方面のみに関心のあった空海は、いわば上っつらの学問を捨て、大学を中途で飛び出してしまいます。

消息を絶っていた空海は三十歳前後になって、留学僧のひとりとして遣唐使船に乗り込みます。

総勢二百人が四隻の船に分乗していくのですが、この団員のなかに最澄、のちの伝教大師もいました。

最澄はいわば東大総長ですね。

非常に身分の高い役人僧侶として、天皇や皇太子の潤沢な公費をもって入唐します。

これに対して、空海は僧階をもたない得度僧にすぎません。同乗のだれひとりとして、この無名の僧がのちの空海になるとは思わなかったでしょう。

途中で暴風雨にあって船団はちりぢりになり、空海の船は目的地よりもはるか南方の閩《びん》の地、いまの福州に漂着します。

ここで一行は罪人の扱いを受け、海岸の砂上に滞留させられてしまう。

それを救ったのが空海でした。

大使の藤原葛野麻呂《かどのまろ》から頼まれて唐の皇帝あてに書いた一文が、土地の役人を驚かせ、たちまち待遇は一変した。こうして空海は、長安に向かいます。

長安という言葉を耳にするだけで、私ども日本人は何かワクワクするところがありますね。
当時の長安は多民族が寄り集まってできた国際都市です。

空海は長安を想い高野山を開く

ちょうど現代アメリカが二十世紀文明の担い手となっているのと同じように、当時の世界で最大の文明都市でありました。

長安の繁華街には銀座のスタンドバーのようなところがあり、イランから来た青い目のホステス嬢がぶどう酒を注いでくれる。

白壁で緑の瓦の洋風教会も散在していました。これは景教といって、ネストリウスという人の流れをくむ、キリスト教の、異端とされた一派です。

また、イランで発生したゾロアスター教（拝火教）の教会もありました。

その祭礼では火を焚くそばで、女性がアクロバットのようなダンスを見せてくれる。

日本の奈良には当麻寺《たいまでら》、長谷寺《はせでら》（真言宗豊山《ぶざん》派の本山）といった牡丹の名所がありますが、これはもともと長安のお寺のまねなんですね。

長安の人々が牡丹を熱狂的に愛でた名残でしょう。長安の都の華やいだ興奮が、日本の大和路の諸寺にいまも余韻を残している。

異民族であれ、才能のある人ならば官吏や偉い僧侶に抜擢され、直接、皇帝と話すこともできる。そういう長安で空海は一流スターとして、その才華が認められました。

空海は日本の歴史のなかでも最も芸術的才能の豊かな人であり、さまざまな方面に豊かな感受性を持った方でもあります。私は空海には、長安という街そのものがひとつの壮大な芸術品として感じられたのではないかと思っています。

二年という短期間で帰朝した空海は、請来《しょうらい》目録だけを朝廷に提出し、あとは空海の評判が自然とふくれあがっていくのを待って、さっそうと登場します。名もない留学僧が持ち帰った「正密」という体系的密教を国に広めようとすれば、そういう舞台装置が必要だったのかもしれません。まあ、後世の小説家の妄想かもしれませんが。

小説家としての私の興味は、高野山で自身の教学を完成させるまでの空海にありました。教団ができれば、そこには流派ですとか、いろいろな争いが持ち上がるのは当然のことです。そういう開創以後のお大師さんについては、別の評論や小説、研究に受け持っていただくことになります。

ところで、空海がその後の日本文化に果たされた功績は計り知れないほどに大きいのですが、ただひとつ日本人に悪い癖がついたなと思うことがあります。

不自由な「師承の伝統」です。

禅宗の印可よりも枠が狭く、先生から弟子は一歩も逸脱が許されない。

真言宗にはこういう伝統の雰囲気が生まれました。

数十年前の日本画壇のように、他門の塾生とは立ち話をしてもいけない、あるいは師匠の絵画には寸毫も異を唱えてはいけない、そういった不文律に展開していく。

こうして例えば空海の密教芸術は独立した職人の世界に閉じ込められてしまいました。もっと極端にいいますと、空海自身が真理であり、毘盧遮那仏《びるしやなぶつ》であるという正統真言密教の雰囲気が、学問、芸術面での自由な展開をおしとどめたのではないかというのが、私の気分にはあります。

さて空海は四十歳をすぎてから、プライベートなお寺として高野山をつくりました。官寺ではなく、私寺です。

高野山は不思議な山でして、ちょうど牡丹の大きな花びらの真ん中の芯のようなところが高野山にあたります。その周りを蓮華の花びらのような山々が幾重にも取り囲んでいる。こういう地形の所に、後の堂塔伽藍《がらん》がたちこめる宗教都市の素地をつくった。

真言密教というものは単なる「教義」ではなく、全身で表現したり、絵画や彫刻などの芸術で表現せざるを得ない。それにふさわしい堂塔伽藍をおこすのは当然でした。

その後、空海は東寺を下賜され、東寺を密教寺院にするために大改造を加えたりしているのですが、あくまで高野山に魂の行き所を定められた。

これはやはり青年時代の感受性を刺激した長安のイメージがあるのではないでしょうか。

いわばお大師さんの「空想」と日本思想史上に位置する空海の「思想」とは無縁でありますが

が、詩人の直観で、

「長安の都に似たものをつくることで、世界に通じる思想をここに据えておこう」

そう思ったのではないでしょうか。

長安の都では正月の数日間、すべての城門を開け放って都じゅうを光の海にする祭りがありました。

偉い役人も、下っ端の役人も、「おまえ」「おれ」に戻る無礼講です。

玄宗皇帝のころに始まった祭典です。

空海が長安に着いてまもなくこの祭りに遭っているのですが、おそらく比類のない華やかさにびっくりしただろうと思います。

空海はこれを手本にして高野山の万灯会《まんどうえ》を始めたのではないか。私はずっと思っていたのですが、万灯会は奈良朝末期からすでに宮中行事として定着していたそうですね。私の想像は当たらなかったのですが、宮中ではすっかり途絶えているこのきらびやかな行事が、高野山にだけ綿々と今日まで伝わっているのであります。

高野山とは、陰々滅々とした仏教臭さというものはなく、生命と天地を謳歌し、太陽のように明るくいきいきとした生命のほとばしり出る真言密教の趣旨や思想の表れなのだと、考え直してみてください。

そうするとお大師さんが長安を偲ばれたのではないかとする私の妄想も、けっして冒瀆ではないと思うのであります。

真言密教は石の上に座るようなせせこましいものでも、死後の世界だけを考えるというようなものでもなく、本来は非常におおらかで、世界性を持った宗教なのではないかと、私のような素人は思うのであります。

一九七六年六月六日　和歌山県高野町・高野山大学松下講堂
高野山真言宗参与会設立総会特別講演

（『司馬遼太郎全講演　第一巻』朝日新聞社、二〇〇〇所収）

『空海の風景』は、「中央公論」一九七三年一月号〜九月号、十一月号〜七五年六月号、九月号に連載されました。本書は、単行本『空海の風景』上巻（小社刊、一九七五年十月／新装改版　二〇〇五年六月）に、新たに附篇として「『空海の風景』余話」を収録したものです。

装幀　熊谷博人

司馬遼太郎

1923（大正12）年、大阪に生まれ、大阪外語大学蒙古語学科を卒業。1959（昭和34）年『梟の城』により第42回直木賞を受賞。67年『殉死』により第９回毎日芸術賞、76年『空海の風景』など一連の歴史小説により第32回芸術院恩賜賞、82年『ひとびとの跫音』により第33回読売文学賞、83年「歴史小説の革新」により朝日賞、84年『街道をゆく　南蛮のみちⅠ』により第16回日本文学大賞（学芸部門）、87年『ロシアについて』により第38回読売文学賞（随筆・紀行賞）、88年『韃靼疾風録』により第15回大佛次郎賞を、それぞれ受賞。1991（平成３）年、文化功労者に顕彰される。93年、文化勲章受章。日本芸術院会員。1996（平成２）年２月死去。

空海《くうかい》の風景《ふうけい》
——上巻《じょうかん》　新版《しんぱん》

2024年３月10日　初版発行

著　者　司馬遼太郎《しばりょうたろう》
発行者　安 部 順 一
発行所　中央公論新社
〒100-8152　東京都千代田区大手町1-7-1
電話　販売 03-5299-1730　編集 03-5299-1740
URL https://www.chuko.co.jp/

ＤＴＰ　平面惑星
印　刷　三晃印刷（本文）
大熊整美堂（カバー・表紙）
製　本　小泉製本

Published by CHUOKORON-SHINSHA, INC.
Printed in Japan　ISBN978-4-12-005756-4 C0093

定価はカバーに表示してあります。落丁本・乱丁本はお手数ですが小社販売部宛お送り下さい。送料小社負担にてお取り替えいたします。

「司馬遼太郎記念館」への招待

司馬遼太郎記念館は自宅と隣接地に建てられた安藤忠雄氏設計の建物で構成されている。広さは、約3180平方メートル。2001年11月に開館した。

数々の作品が生まれた自宅の書斎、四季の変化を見せる雑木林風の自宅の庭、高さ11メートル、地下1階から地上2階までの三層吹き抜けの壁面に、資料本や自著本など2万余冊が収納されている大書架、……などから一人の作家の精神を感じ取っていただく構成になっている。展示中心の見る記念館というより、感じる記念館ということを意図した。この空間で、わずかでもいい、ゆとりの時間をもっていただき、来館者ご自身が思い思いにしばし考える時間をもっていただきたい、という願いを込めている。　（館長　上村洋行）

利用案内

所 在 地　大阪府東大阪市下小阪3丁目11番18号　〒577-0803
T E L　06-6726-3860
H　P　https://www.shibazaidan.or.jp
開館時間　10:00～17:00（入館受付は16:30まで）
休 館 日　毎週月曜日（祝日・振替休日の場合は翌日が休館）
特別資料整理期間（9/1～10）、年末・年始（12/28～1/4）
※その他臨時に休館することがあります。

入館料

	一　般	団　体
大人	500円	400円
高・中学生	300円	240円
小学生	200円	160円

※団体は20名以上
※障害者手帳を持参の方は無料

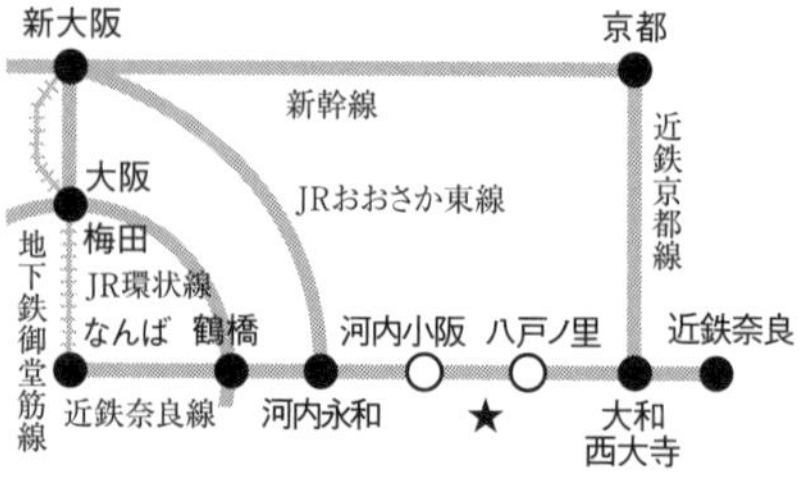

アクセス　近鉄奈良線「河内小阪駅」下車、徒歩12分。「八戸ノ里駅」下車、徒歩8分。
Ⓟ5台　大型バスは近くに無料一時駐車場あり。事前に予約が必要です。

記念館友の会　ご案内

友の会は司馬作品を愛し、記念館を支えてくださる会員の皆さんとのコミュニケーションの場です。会員になると、会誌「遼」（年4回発行）をお届けします。また、講演会、交流会、ツアーなど、館の行事に会員価格で参加できるなどの特典があります。

年会費　一般会員3000円　サポート会員1万円　企業サポート会員5万円
お申し込み、お問い合わせは友の会事務局まで
TEL 06-6726-3860　FAX 06-6726-3856